DEUX FEMMES EN VUE

DU MÊME AUTEUR

Voir p. 375

Madeleine Chapsal

Deux femmes en vue

roman

Fayard

© Librairie Arthème Fayard, 2001.

À nos bonheurs de passage

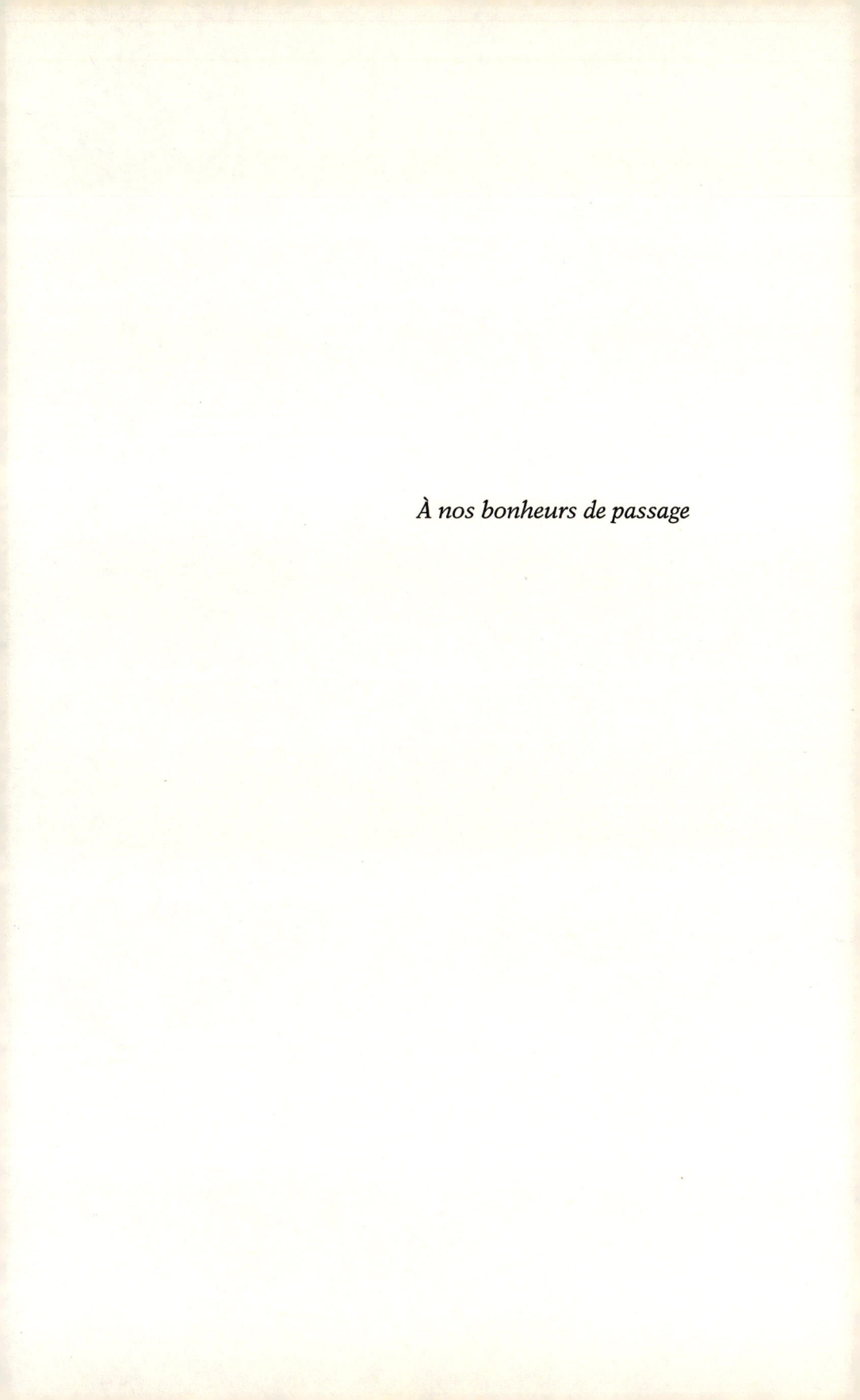

« À quel moment de ma vie ai-je paru à mon mieux ? ai-je été le plus moi-même ? », se demande Léonore, rentrée chez elle après sa journée de travail, en contemplant les ultimes portraits d'elle que vient de prendre Kourine, son photographe attitré.

Passionnée d'images, comme tous les créateurs de mode, les petits et les très grands, Léonore possède des cartons emplis de clichés de toutes tailles, en couleur, en noir et blanc, des rayonnages entiers d'albums classés par années. Toutes ces images la représentent aux diverses époques de sa vie, en tous lieux, avec des personnages différents : des enfants, des hommes, plus ou moins célèbres, des gens âgés et désormais disparus, des chiens, des chats, des artistes...

Les contempler – elle peut y passer des heures – la plonge chaque fois dans une perplexité angoissée. Quand était-elle à ce qu'elle peut considérer comme son sommet, et a-t-elle su en profiter ?

À quinze ans, elle avait déjà ses jambes, mais comme la mode était aux jupes longues et amples, nul ne les apercevait. Sauf quand elle était à la plage, en maillot. Ses cheveux, longs eux aussi, descendaient presque jusqu'à sa taille. Mais, là aussi, la mode commandait, et elle les gardait dans leur couleur naturelle, châtain foncé, strictement resserrés en chignon, parfois dissimulés sous un foulard, ou nattés.

Sans compter qu'elle souriait peu, à l'époque. Or, à bien contempler les clichés un peu flous, comme mangés par le temps, cette adolescente maussade, aux seins inexistants, en tout cas invisibles sous des vêtements aux formes lâches – seule la taille, étroite, était soulignée –, lui paraît tellement plus émouvante, et tout compte fait plus séduisante que la femme épanouie, sûre d'elle, au regard aiguisé, dont Kourine vient de capter l'image d'à présent !

La Léonore d'aujourd'hui, au profil unique, à la coiffure particulière, comme le sont ses attitudes, déploie dans la vie comme en photo une personnalité qui la sort du rang.

Et elle a su faire de son prénom, accolé au nom, somme toute banal, de son ex-mari, un patronyme signifiant beauté, luxe, exception.

Léonore Duval, c'est plus qu'une marque ou qu'une griffe prestigieuse ; Léonore Duval, c'est une façon d'être.

La sienne.

À la fois accordée au temps, à l'époque et, de saison en saison, d'année en année, décennie après décennie, précédant la tendance. En fait, modelant l'opinion.

Dans modeler, il y a mode. Léonore, c'est l'incarnation de la mode parisienne, vivante, changeante, persistante, ensorcelante...

Elle décroche son téléphone, appelle Georgine :

– Je n'en peux plus, souffle-t-elle sans se présenter.

Georgine éclate de rire :

– J'allais t'appeler pour t'en dire autant !

– Que va-t-on faire ?

– Continuer ! Que veux-tu qu'on fasse d'autre ?

– Je sais bien. J'ai reçu les photos d'Alf Kourine.

– Et alors ?

– Elles sont... horribles.

– Tu exagères !

– En fait, elles sont somptueuses... mais je me déteste. Je ressemble...

– À quoi ?

– À une femme qui a tout ! Même l'âge...

– Ce qui est vrai, non ?

– Vu de l'extérieur. Mais est-ce bien cela que je voulais... ?

– Et moi, tu crois que j'avais envie d'être écrivain ? Auteur de best-sellers, en plus ! Sûrement pas ! Ce sont des choses qui arrivent...

– Toutes seules ?

– On commence, et puis ça continue... sans vous...
– Tu as le temps de déjeuner ?
– Si j'ai fini mon chapitre.
– Alors, à une heure ? Au Flore ?
– Bon, d'accord.

Ce dialogue, cela fait vingt ans qu'il se poursuit, s'affine, s'enrichit. Certaines femmes ont plusieurs vies, la leur plus celle d'une autre femme, leur amie de cœur, comme on disait en cour de récréation.

Léonore et Georgine sont la récréation l'une de l'autre.

Du fait qu'elles vivent – différemment – la même chose... Ce qu'on appelle la gloire. Ou la célébrité, ou le vedettariat.

Elles ont tout fait pour devenir des femmes connues, elles s'y sont appliquées comme de bonnes élèves qu'elles ont appris à être dans leur enfance, soigneusement, méticuleusement, laborieusement – et maintenant ? Pour qui, pour quoi continuer ce travail épuisant ?

Car même les stars sont fatiguées d'elles-mêmes, certains jours.

Le soleil brille, en ce début d'avril, et les cafés de la place Saint-Germain ont sorti leurs terrasses comme au temps où le meilleur de l'époque y discutait, chantait, écrivait à perdre haleine.

Reste-t-il quelque chose de ces brillantes années d'après guerre ? Hélas ! contrairement à ce qu'affirme la chanson, s'il est un lieu où il y a un « après », que le passage des ans a transformé, où la population qui le fréquentait a été remplacée par une autre, c'est bien Saint-Germain-des-Prés ! Toutefois, un certain esprit y demeure, comme s'il imprégnait à jamais les murs, l'air ambiant. En particulier au café de Flore, à l'heure de midi.

Léonore et Georgine ne savent pas ce qui les attire ici, de leur passé ou de celui des autres, mais c'est dans cet établissement que leurs pas les mènent dès qu'elles veulent se retrouver en tête à tête, à la fois reconnues – du fait de leur célébrité – et laissées en paix.

C'est l'accueil que recherchent tous ceux et celles qu'on nomme les « stars », ces personnes qu'une accumulation de publicité, de passages dans les médias, de photographies mille fois reproduites, rendent instantanément identifiables.

Excités de les apercevoir, les passants tentent d'obtenir au moins un autographe qui leur permettra, de retour à la maison, de rendre crédible leur aventure : ils se sont trouvés dans les parages d'une étoile vivante !

Aux temps anciens, la poussée de fièvre que déclenchait le face-à-face avec un être hors du commun – roi, seigneur, religieux, n'importe quel grand de ce monde – allait jusqu'à vous métamorphoser. Vous guérir, si l'on était malade. En fait, vous miraculer. De nos jours, ce qui attend Léonore et Georgine, c'est qu'on leur demande de se laisser photographier, en somme « prendre ».

Mais faire trop fréquemment l'aumône de sa personne, ne fût-ce que sous la forme d'une image, dérobe de l'énergie : toutes deux en font couramment l'expérience, surtout Léonore dont la fine silhouette est devenue l'emblème de sa maison de couture.

C'est pourquoi le Flore, où elles sont traitées en habituées, sans plus, apparaît comme un havre de paix à ces deux femmes trop en vue. L'indifférence du personnel y est à toute épreuve : juste assez de courtoisie de la part des garçons qui gèrent le premier étage – où elles ont leur table réservée – pour les débarrasser de leur manteau et leur tendre la carte du jour.

Pour le reste, on semble ignorer leur poids de succès – lequel s'apparente au poids des ans –, ce qui les allège : elles se sentent à nouveau des étudiantes, des débutantes dans la vie et dans leur métier, avec un avenir entier et intact devant elles.

Comme au temps où elles se sont connues, avant d'avoir consommé leur double réussite dont elles avaient chacune le pressentiment. Car il est souvent donné aux élus de la chance de savoir d'avance que le succès les attend à condition qu'ils consentent à se donner quelque mal.

D'avoir toutes deux une détermination aussi forte les avait liées, bien décidées qu'elles étaient à profiter de leurs atouts de départ. Dans ce tremblement qui accompagne la prime jeunesse, tant elle craint de ne pas être à la hauteur de ce qu'elle se promet – une angoisse qui frôle l'exquis.

Plus tard, l'âge venu, c'est de fatigue qu'il arrive que l'on tremble, ou bien de peur : celle d'avoir à lâcher la barre que l'on a si longtemps tenue si ferme... Furieux, qu'on soit homme ou femme, de constater qu'on ne peut plus compter sur soi, surtout pour l'essentiel : séduire...

Aux siècles révolus, c'était le moment – souvent précoce – où les femmes du grand monde, les favorites des rois, les courtisanes de haut vol, les beautés jusque-là souveraines, couraient se réfugier, en fait enterrer leur décrépitude, dans les ordres et sous le voile.

Aujourd'hui, les femmes en vue, telles Léonore et Georgine, sont contraintes de poursuivre au grand jour ! Point de havre, point de cachette ni de retraite pour ces combattantes modernes ! Quel est le sort le plus cruel : se soustraire aux yeux du monde, quand on s'abîme, ou se décomposer sous son regard (dont celui des caméras de télévision) ?

Mais ce souci ne fait encore qu'effleurer, à de brefs moments, les deux amies.

L'escalier monté – en se retenant de souffler, par coquetterie –, les deux femmes s'assoient avec souplesse et grâce (dues à l'exercice quotidien) sur la banquette qui fait coin. De ce poste, elles peuvent observer le reste de la clientèle tout en se détendant pour quelques quarts d'heure de trêve dédiés aux confidences. Bavardage facile, qui pourrait paraître surprenant de la part de femmes si occupées, qui achève toutefois de les délasser.

– Qui est ce garçon ?
– Lequel ?
– Celui avec qui tu flirtais, l'autre soir ?
– Tu veux dire l'avocat ?

Et Georgine de rire d'être ainsi prise à partie par son amie. Car, d'elles deux, c'est Léonore la plus séductrice, toujours à l'affût d'un homme à charmer ou à « tomber ». D'où la malice qu'elle met à prendre les devants en accusant Georgine d'une nouvelle aventure, comme chaque fois qu'elle surprend son amie en compagnie masculine.

– En fait, ce garçon veut devenir écrivain, et tu sais comme c'est : il sollicite mes conseils, il aimerait me soumettre un manuscrit... Tout le monde prétend écrire, aujourd'hui, et les gens sont persuadés qu'il existe des recettes, comme en cuisine, que j'en détiens, puisqu'on me publie et que ça marche, et que je n'ai qu'à les leur refiler...

– En couture, c'est pire : personne ne veut plus apprendre, on croit tout savoir d'emblée et on ne me demande pas mon avis, on m'impose le sien. Je vois arriver tous les jours des liasses de croquis de mode, signés d'un nom en caractères plus gros que le dessin, avec adresse internet, numéro de fax, de téléphone... On s'attend à ce que je convoque sur l'heure, achète, paye... Je renvoie le tout dans l'instant, car il suffit que je les garde vingt-quatre heures pour qu'on m'accuse de plagiat !

– Pareil dans l'écriture : si tu conserves trop longtemps un manuscrit que t'a adressé un inconnu, à la parution de ton prochain roman la

personne prétendra que tu lui as volé ses idées !
C'est arrivé à des écrivains chevronnés, il y a eu
procès : tu te rends compte de l'inanité et de la
mauvaise foi ! Le plus souvent le plaignant a
perdu, bien sûr, mais tout de même, c'est désagréable !

– Les gens sont fous.

– Ils ignorent la somme de travail qu'exige le
talent pour être fécondé... Ils s'imaginent que la
réussite ne tient qu'à la chance, ou au fait qu'on
doit avoir des appuis dans la place, et qu'on n'a
qu'à partager le tout avec eux...

– C'est l'époque qui veut ça. Tout le monde
revendique l'égalité, elle est d'ailleurs promise
par la Constitution, donc personne n'a droit à
plus de talent ou de réussite que les autres.
Sinon, c'est considéré comme injuste, détestable,
inadmissible...

Mélancolie fugitive. Chacune se souvient de
ses débuts, à la fois si humbles et si orgueilleux.
Ni l'une ni l'autre ne se croyait supérieure aux
« anciens », se contentant, chacune dans leur
domaine – la mode, l'écriture –, de chercher à les
imiter, ces maîtres, à s'en inspirer. Mais les
égaler tenait du rêve fou ! Or, toutes proportions
gardées – l'époque n'étant plus la même –, elles
l'ont réalisé, ce rêve ! Elles sont reconnues, célébrées. Jalousées.

– ... Tout de même, il est joli garçon, ton futur
jeune auteur...

– Je te le présente quand tu veux !

– Merci, j'ai mon soupirant, et il suffit à m'encombrer !

– Où en es-tu avec lui ?

C'est ce qui fait le charme de leurs tête-à-tête : elles peuvent parler hommes, évoquer leurs amoureux, vrais ou supposés, comme si elles avaient toujours vingt ans et qu'il n'y avait que ça qui comptait : plaire, séduire, être séduites. Dire oui, dire non à l'amour qui passe et n'oublie personne quand on accepte de l'accueillir !

Surtout si une complice est là pour en rire avec vous, y croire, vous regarder avec, dans les yeux, la petite lueur qui signifie : « Plus belle que toi, il n'y a pas (si ce n'est moi…) ; je te jure sur ma tête que tu peux y aller !… »

Et elles y vont, ces amies de tous les jours depuis bientôt trente ans. Sans un accroc.

Jusqu'ici.

L'homme passait continuellement les doigts dans ses épais cheveux bruns. Pendant tout le vol, il avait accaparé l'attention de l'hôtesse de l'air. Ce voyageur lui avait semblé si nerveux, excédé même. Pourquoi ? Quand il était entré dans la cabine, elle avait cru le reconnaître, le festival de Cannes était en cours et la plupart des passagers de la ligne en venaient ou y allaient : des célébrités, acteurs, réalisateurs, producteurs. Journalistes, aussi.

Quoique beau garçon, celui-ci ne devait pas être un acteur ; était-il dans la presse et aurait-il raté l'interview d'une star pour se montrer aussi agité ? À deux reprises, elle avait dû lui intimer l'ordre de boucler sa ceinture, puis de ne pas allumer de cigarette… Loin de se fâcher, comme la plupart de ceux qu'elle réprimandait : « Pardon », avait-il proféré, l'air contrit. Et il l'avait fixée de deux yeux d'un bleu si foncé qu'elle avait molli et était revenue en douce lui apporter un peu de champagne ; non dans une coupe, mais dans un discret verre à orangeade. Il avait souri en découvrant sa gâterie. S'était un peu calmé.

« Jamais plus, se dit-il en buvant le liquide mousseux, je ne tomberai amoureux d'une actrice ! C'est invivable ! »

Quand Corinne lui avait proposé de la rejoindre à Cannes où elle était invitée par le festival avec tous les participants du film retenu pour concourir, il avait commencé par refuser : elle serait trop occupée, elle n'aurait pas le temps d'être avec lui, ne fût-ce qu'un après-midi ou même l'espace d'un déjeuner...

– Qu'est-ce que tu t'imagines ? Je ne suis pas une star, je ne suis qu'un second rôle. Et il n'y a pas que la journée : nous aurons toutes les nuits pour nous. Je dispose d'une chambre avec un grand lit, et même un balcon !

Alors il s'était débrouillé pour trouver une place d'avion.

Une fois à Cannes, il avait vite découvert que c'était lui qui avait raison : Corinne n'était pas disponible. Qu'elle ne soit pas venue l'accueillir à l'aéroport de Nice, il pouvait, quoique déçu, le comprendre, mais qu'à son arrivée à l'hôtel il ne l'ait trouvée nulle part, sans qu'elle eût laissé le moindre message à son intention, lui avait paru déplaisant, blessant, même, après l'effort qu'il venait de consentir pour la rejoindre !

Ce n'est que grâce au hasard, quelques heures plus tard, qu'il était tombé sur elle dans le hall du

Carlton, entourée d'une bande d'admirateurs surexcités.

Il faut dire qu'elle portait une robe deux pièces qui lui laissait l'estomac, le nombril, le dos à l'air, plus une jupe fendue jusqu'en haut de la cuisse. Quelques flashes crépitaient et Corinne, la tête rejetée en arrière, ses mèches blondes voltigeant devant ses yeux vert d'eau, riait à pleine gorge.

Apercevant Nicolas, elle lui avait fait un petit signe de la main, aimable, certes, mais surtout distant. Qui signifiait : « Tu es là, bonjour ! Comme tu vois, je suis occupée... »

Pas par lui, en tout cas !

Même cirque à l'heure des cocktails, jusqu'à ce que tout le monde se précipite pour aller visionner une superproduction américaine dans la grande salle du palais des Festivals. Corinne ne s'était pas préoccupée d'avoir Nicolas, son amant, à ses côtés ; elle trônait au parterre avec d'autres acteurs, stars ou pas stars. Elle ne lui avait pas non plus procuré de billet d'entrée, et c'est par miracle qu'il était tombé sur un jeune producteur qu'il avait connu autrefois dans une équipe de foot ; Hubert l'avait dépanné d'une place à la corbeille.

Après la projection, une fresque éprouvante sur les mafias de la prostitution en Russie, les gens du cinéma s'étaient engouffrés dans des voitures et il n'avait revu Corinne qu'en fin de soirée, à la réception organisée par la Gaumont.

Là, elle avait daigné venir jusqu'à lui :

– Tu as aimé, mon chou ? C'était magnifique, n'est-ce pas... ?

La starlette – elle n'était pas star, loin de là – avait changé de tenue. Jupe longue, cette fois-ci, le corps entièrement recouvert, mais sous une étoffe totalement transparente : on voyait les seins et, au milieu du corps, une sorte de string cachait à peine la touffe !

Quand il avait parlé d'aller se coucher, Corinne avait allégué qu'elle ne pouvait pas encore : un agent américain désirait la rencontrer.

– À cette heure-ci ?

– Il n'y a pas d'heure, dans le cinéma... Je te retrouverai dans la chambre.

À quelle non-heure était-elle rentrée ? Nicolas s'était endormi, épuisé par sa journée de travail, suivie du voyage, de la soirée. De la déception, aussi.

Au matin, quand il s'était réveillé, Corinne dormait du sommeil de quelqu'un qui a bu, fumé, veillé trop tard, et que rien ne pourrait réveiller. Nicolas avait saisi son sac de voyage, griffonné un mot sur le papier à en-tête de l'hôtel, demandé un taxi, sauté dans le premier avion en partance pour Paris. Il y en avait toutes les heures, ces jours-là...

Ce qui le rendait si furieux, c'était de s'être laissé avoir alors même qu'il avait tout prévu. Lorsqu'il l'avait rencontrée, elle était à l'époque sans travail, Corinne s'était révélée toute à lui, trop, même, lui téléphonant au bureau plusieurs fois par jour.

Puis elle avait eu la chance de décrocher ce contrat et tout le temps qu'avait duré le tournage, il n'avait plus compté. Ou à peine.

– Eh bien quoi ? lui avait dit Steve, son meilleur ami, auquel il s'en était ouvert. C'est normal ! La compétition est si dure, dans le cinéma ; en ce moment, cette fille doit se battre et se défendre bec et ongles contre tous les autres. Si tu veux une femme entièrement à toi, ne va pas la chercher dans le show-business...

– Mais je ne cherche pas de femme entièrement à moi ; je me bats moi aussi, tu le sais, et j'ai besoin de mon temps, de ma liberté pour exercer mon métier... J'aimerais seulement une femme convenable.

Ça lui était sorti comme ça, et maintenant, dans l'avion, il s'interroge : c'est quoi, une femme *convenable* ?

Une hôtesse de l'air, peut-être ?

Celle-ci, en tout cas, est la première personne du sexe féminin qui ait paru s'intéresser à lui depuis quarante-huit heures.

Toutefois, au moment où il met le pied sur la passerelle pour quitter l'appareil, c'est sans le moindre sous-entendu qu'elle lui lance : « Au revoir, monsieur, à bientôt. »

Service, carrière, comme toutes les autres !

Pas plus dans l'avion qu'à Cannes il n'y a désormais de vraies femmes.

« S'il m'avait tant soit peu draguée, se dit pour sa part l'hôtesse, j'étais capable de pousser plus loin – mais rien, pas même un remerciement... Où sont les hommes ? »

Une heure de vol pour faire Nice-Paris, mais combien de temps pour établir un début de communication entre deux personnes qui pourtant l'auraient souhaité ?

« Je te raccompagne jusqu'à la boutique », lance Georgine à Léonore après qu'elles ont déjeuné et sont sorties du Flore.

Elle trouve plaisant d'utiliser ce mot de « boutique » pour désigner la célèbre maison de couture de son amie et son imposant immeuble. C'est de Léonore qu'elle le tient : « Je vais à la boutique », jette la couturière. Façon pour elle de rester au temps de ses débuts, quand elle créait une vingtaine de modèles dans deux pièces mansardées communiquant par un escalier de bois en vis avec un magasin grand comme rien.

« Tout ce qui devient surdimensionné commence souvent dans une mansarde », se dit Georgine qui ne peut s'empêcher de gloser à propos de tout ce qui la touche ou la surprend. « Mimi Pinson, déjà, mais aussi les plus grands des peintres, écrivains, poètes. Où habitait un Rimbaud, tout juste débarqué à Paris, sinon dans une chambre de bonne ? D'après l'histoire, quantité d'inventeurs, d'artistes, de philosophes, bref, tous ceux qui ont été jeunes, pauvres et qui sont "montés", comme on disait, à Paris pour y réussir, ont commencé dans un garni plus ou moins sordide... »

Certains de ces jeunes ambitieux n'en sont pas sortis, de leur mansarde, et déjà beau qu'ils n'aient pas dégringolé dans la cave ou sous les ponts !

Mais d'autres, tel Pierre Cardin, le célébrissime couturier de la Rive droite, à partir de leur chambrette et de leurs rêves se sont créés des empires.

N'empêche que continuer à se croire « en boutique », à défaut de jouer à coucher dans une quasi-chambre de bonne, une cellule, quoique luxueuse, imitée de celles des moines, conserve jeune. En bon état mental. Confère même une forme de sécurité.

Tous ceux qui sont parvenus au sommet se savent en danger, et, même s'ils le nient, se répètent en secret, par superstition, les paroles prémonitoires de Letizia Bonaparte : « *Pourvou que ça doure !* »

« Moi aussi, je me dis ça tous les matins en m'installant devant ma table à écrire », pense Georgine en franchissant derrière Léonore la grande porte du somptueux magasin. Créer et réussir ce que l'on a conçu n'est pas donné d'avance et reste fragile : que de faillites, de démantèlements subits...

Mais pourquoi cette inquiétude alors que « tout baigne », que des sourires les accueillent : pensez, la patronne ! Léonore y répond : elle aime être aimée, ou se croire telle.

– Tu montes un instant, tu as le temps ?

C'est dit sur un ton de prière, en fait il s'agit d'un privilège : peu de personnes ont le droit de suivre Léonore Duval dans ses pièces personnelles.

« Chaque fois que j'y pénètre, se dit Georgine en longeant le couloir à l'épaisse moquette noire et rouge – les couleurs de Léonore –, j'ai le sentiment d'entrer dans la caverne aux trésors... »

Aux murs, toutes sortes de portraits, de photos, d'images représentent la maîtresse des lieux. Sont affichés aussi des mots affectueux ou admiratifs signés de grands noms de la littérature ou des arts, des dessins d'une main célèbre ou d'une autre : ici les murs parlent.

Ils racontent une gloire que Léonore ne déploie pas sur sa personne. Sobrement vêtue, sans bijoux, hormis ses bagues, si elle n'était pas autant médiatisée elle pourrait passer inaperçue. Mais, lorsqu'on la découvre dans son « antre », on est confronté à ce qu'on pourrait appeler, en termes de pouvoir et de finance, sa « surface ». Qui est des plus vastes. Internationale.

« Laisse tes affaires là » – le ton n'est plus, comme tout à l'heure, celui de la demande, mais de l'ordre. Dans un coin de la première pièce, à même le tapis, Georgine abandonne son sac, sa veste de peau, le tout à la griffe de la maison. Puis elle suit Léonore dans le vaste studio où se conçoivent et s'exécutent les collections.

La comparaison s'impose avec un atelier de peintre. Sous un apparent désordre, les éléments d'une composition en chauffe sont offerts à la vue : rouleaux d'étoffes entassés sur le sol, grandes tables couvertes d'échantillons de matériaux différents, fourrure, plume, dentelles, séries de boutons, d'agrafes, ceintures en toutes matières, objets indéfinissables.

À partir de là, Georgine sait que son regard et celui de Léonore, jusque-là si voisins, vont diverger. Ce qu'elle voit, qui retient son attention, est tout autre que ce que Léonore perçoit, juge, accepte, refuse ou combine d'un foudroyant coup d'œil.

La romancière en a plus d'une fois fait l'expérience : si elle prend en main un métrage d'imprimé, un tour de cou, une garniture en s'exclamant « C'est joli, ça ! », c'est pour se faire répondre : « Trop voyant… », ou : « Déjà utilisé ! », ou : « N'entre pas dans la collection. »

C'est ce qui ravit Georgine : se sentir néophyte, ignorante dans ce qui est une discipline sans faille, qui se rapproche même de l'ascèse comme chaque fois qu'un créateur s'impose de rejeter quelque chose d'attirant, et même de beau, au nom d'impératifs échappant aux autres, dictés par l'œuvre en cours.

En somme, par une religion.

Car il y a du commandement religieux dans la couture, qui varie d'un couturier et d'une collection à l'autre. Cela passe du long au court, du « déchiré » à l'opaque, au transparent, au vert et mauve, jaune et brun, total noir ; les seins seront petits, gros, la taille basse, haute, les tissus semés de points imperceptibles, rayés, bariolés de larges motifs... Quant à la ligne générale, elle est sans cesse sous le coup du féroce diktat qui régit la mode : « On détruit tout et on recommence !... »

« C'est comme lorsque je fais un livre, se dit Georgine, il y a des images, des mots, des idées qui entrent dans l'ouvrage en cours ; d'autres, même excellents, n'ont rien à y faire. Je les garde pour plus tard – ou pour jamais. »

Pureté infinie d'un tableau de Nicolas de Staël : ce qui est refusé étant plus important que ce qui est admis. Massacre intérieur, constant, indifférent au profane.

Georgine s'est machinalement emparée de ce qui lui semble être un manteau long dans un léger jersey noir, col et revers de velours, en apparence abandonné sur une chaise. (En fait, rien de ce qui traîne ici n'est laissé au hasard.)

– Essaie-le ! jette Léonore sans la regarder.

Georgine en refait constamment l'expérience : que l'objet ou la personne se trouvent ou non dans le champ de son regard, Léonore s'aperçoit de tout. Ce qui est, ce qui commence à être, ce qui sera...

Qu'elle demande à Georgine, qui n'est pas mannequin, de passer un modèle encore en travail, est une façon de lui dire : « Pour moi, tu vaux autant qu'une professionnelle ! Tu représentes mes clientes à venir, les femmes normales... »

En un tournemain, Georgine se débarrasse de sa veste pour s'introduire dans l'étroit manteau qui – elle l'a perçu d'avance – affine, allonge la silhouette. Un embellissement qu'elle ressent avant même de s'être approchée de la glace en pied entre les deux grandes fenêtres. Où elle se voit stylisée, d'allure plus moderne.

– C'est merveilleux ! Je le veux tout de suite...

– Attends, je ne sais même pas si je vais le conserver.

– Mais pourquoi ?

– Il revient dans toutes mes collections.

– Celui-là a quelque chose de plus que les précédents... Je t'assure qu'il démode tous les autres ! La preuve : j'ai envie de jeter aux orties le reste de ma garde-robe. Je ne veux plus que lui !

Léonore, sourit, contente. C'est son objectif, chaque saison : insuffler aux femmes un désir nouveau. Impérieux ! Déchirant comme un nouvel amour ! Aujourd'hui, Georgine, si au fait de ses créations, vient de lui servir de banc d'essai. Si son amie est surexcitée, c'est qu'elle-même est dans la bonne voie, celle de la vraie nouveauté...

Toutefois, Georgine le sait, la créatrice n'en fera qu'à sa tête, ou plutôt qu'à celle de son exigence : poussée par une force intérieure qui l'oblige à changer de regard.

Car ce qu'elle fait – et que ne font pas les autres créateurs de mode, en tout cas pas autant qu'elle –, c'est *voir*. La couturière ne coud pas, ne coupe pas, n'assemble pas : elle impose quelque chose d'encore invisible, sauf à elle, que son équipe a pour fonction de réaliser afin de le rendre visible.

Les voici, d'ailleurs, qui s'amènent un à un : la première, le mannequin, l'assistant, la manutentionnaire...

– Tu peux rester, lance Léonore.

Rare passe-droit.

Georgine ôte le manteau tube, le replace avec regret là où elle l'a pris, va s'installer dans un coin sur un tabouret.

Elle va pouvoir assister, en *live*, comme on dit aujourd'hui, c'est-à-dire « sur le vif », à un spectacle hors de l'ordinaire : un couturier au travail. Et elle va tenter de s'introduire « dans sa tête »...

Léonore le sait et c'est pour cela qu'elle aime avoir son amie auprès d'elle : si quelqu'un est capable de l'aider à mettre son geste créateur en mots, c'est Georgine, l'écrivain.

Du fait, déjà, que son amie suit son évolution presque depuis le premier jour. Et que son matériau à elle, c'est le langage.

Alors qu'elle-même traduit ses émotions par des formes et des coloris.

– Tu as de la chance, dit Georgine à Léonore qui fait découdre le bâti d'une poche pour l'épingler ailleurs sur la poitrine du mannequin, tu touches directement tes admiratrices, tu t'adresses à leur corps, à leur physique. Pour moi, ça doit passer par l'intellect, il faut qu'on me lise, et c'est un exercice mental fatigant, voire répulsif à certains ! La preuve, tout le monde ne lit pas, alors que tout le monde s'habille et juge ce que les autres portent, fût-ce un pagne...

Léonore recule d'un pas pour juger de l'effet de ce qu'elle vient de faire bouger par sa première.

– Oui, mais toi, ce que tu publies reste, ou a une chance de rester ! Tandis que moi, tout se détruit – pis encore, se démode...

– Mais l'écrit aussi se démode ! Nous en sommes au même point : soumises au désir que nous suscitons chez les autres !

– Comme en amour, alors ?

Léonore rit ; le mannequin, la première, Lucienne, aussi. Toutes sont des femmes que les hommes, à l'occasion, rendent malades.

– C'est drôle, reprend Léonore, juchée sur ses très hauts talons, les poings sur les hanches, à contempler le modèle en velours dévoré qu'installe Lucienne sur le mannequin maison.

– Qu'est-ce qui est drôle ?

– Toutes les deux, nous voulons séduire les hommes ; or nous nous appliquons à plaire aux femmes !

– Probablement parce que ce sont elles qui les détiennent avant nous, comme s'ils étaient tous leurs pères ou leurs fils ! Plaire aux femmes qui l'entourent, aussi bien à son épouse, voilà le chemin le plus court pour aborder un homme.

– Et quand tu en veux un pour toi toute seule ?

– Prépare-toi à la guerre… !

– Alors, je fais des vêtements à la fois pour les femmes et contre elles. Des tenues de combat, en quelque sorte ?

Léonore s'est retournée vers elle, une paire de ciseaux à la main brandie comme une arme. En fait, c'est la sienne, elle pourrait en faire son blason, comme les tailleurs d'autrefois.

– Exactement ! Après ce que je viens de te révéler, je crois que j'ai droit à un cadeau…

– Lequel ?

– Le manteau-tube, dès qu'il y en aura un de disponible.

– À une condition !

– Laquelle ?

– Ne t'en sers pas contre moi. Pour te faire la plus belle pour aller draguer !

« Il est vrai, se dit Georgine, que c'est grâce à ses vêtements que j'ai réussi bien des conquêtes. Mais pas contre elle, jamais. Elle n'a pas à s'inquiéter… »

Il faut dire que, jusqu'à présent, les deux amies n'ont pas plu aux mêmes hommes.

Dans un petit vent vif de fin de printemps qui lui fait enfouir ses mains dans ses poches et remonter le col de sa veste, Nicolas avance sur le boulevard en direction de son bureau de la rue du Four.

Il aurait dû prendre une écharpe et l'adage seriné par sa mère lui revient en mémoire : *En mai, ne fais pas ce qu'il te plaît...* Marthe est morte depuis maintenant deux ans et, bribe par bribe, tout ce qu'elle a dit à son fils, « pour son bien », pendant trente ans, lui revient. Cela sera-t-il comme ça toute sa vie, ou l'obsédant retour du passé finit-il par cesser au bout de ce cheminement qu'on appelle le « deuil » ?

À la mort de son père, Nicolas avait sept ans et il ne se souvient guère de ce qu'il a ressenti. Ni de ce qu'il a connu du vivant de Bob. Si ce n'est une ou deux gifles magistrales et méritées, et quelques conseils pour « se montrer un homme ».

Nicolas est-il devenu un homme ? Seule une femme pourrait le lui dire, or Corinne, sa dernière, n'est pas vraiment une femme, rien qu'une « gigolette » – encore un terme qu'il doit à sa mère ! Une petite personne avide de réussite, ou de ce qui lui semble tel : un succès en trompe l'œil, pour masquer la faim de reconnaissance d'une pauvre fille sans véritable ambition.

À sa prochaine aventure, s'il s'en présente une, il n'acceptera qu'une femme ayant déjà réussi – ou qui s'en moque !

Au coin du boulevard et d'une rue très circulante, Nicolas aperçoit les hautes vitrines d'une boutique qui vend des vêtements. S'il est souvent passé devant en allant à son bureau, il ne s'est jamais arrêté pour détailler ses étalages. Mais, aujourd'hui – est-ce parce qu'il a froid ? –, il remarque malgré lui des écharpes, des châles, des gilets, des chaussettes dans des couleurs attrayantes, siglées, amusantes, élégantes, à la fois pour femme et pour homme...

En fait, c'est son cou à découvert qui réclame protection. Et entrer dans cette boutique pourrait déjà le réchauffer !

Effectivement, sitôt franchi la grande porte vitrée, une douce chaleur l'enveloppe tandis qu'une jeune femme mince et blonde vient à sa rencontre :

– Je peux vous aider ?

– Je voudrais quelque chose de chaud pour ma gorge...

– Mais nous...

– Je sais, vous n'êtes pas un café ni un bar ; ce qu'il me faut, en fait, c'est de quoi réchauffer mon cou !

Nicolas ne peut s'empêcher de plaisanter ou de taquiner les filles dès qu'elles prétendent jouer un rôle : celui de vendeuse, par exemple.

La jeune fille se dirige vers un placard à plusieurs tiroirs qu'elle ouvre les uns après les autres, et elle poursuit sur un ton neutre :

– Mohair, cachemire, laine et soie, soie...

– Pour un mois d'avril, vous me recommandez quoi, en plus de l'aspirine ?

– Je...

Manifestement, il a réussi à la déboussoler, mais, pour ce qui est de se faire conseiller, bernique ! Il va falloir qu'il se débrouille seul, et il n'y connaît pas grand-chose en matière d'habillement.

– Pashmina, répond une voix derrière lui, cela se porte autant l'hiver que l'été, au printemps qu'à l'automne, à la mer qu'à la campagne, et cela vient dans toutes les couleurs...

La voix dans son dos est à la fois douce et autoritaire, féminine en diable. Nicolas pivote sur lui-même pour faire face à l'intervenante : un visage fin, blanc, auréolé de cheveux d'un roux sombre, et joliment marqué par la vie, sourit avec malice.

Enfin quelqu'un qui comprend sa manière de plaisanter !

– Ce quelque chose de toutes les couleurs qui convient en toutes saisons, j'imagine que c'est l'amour ! De l'amour ?

On rit.

– À l'achat, c'est peut-être un peu plus cher que l'amour, mais, à l'usage, c'est plus durable, vous verrez... Marielle, montre à monsieur les pashmina.

La femme – c'est sûrement la maîtresse des lieux – va pour partir. Nicolas voudrait la retenir :

– Et pour la couleur, vous me conseillez quoi ?

– Celle qui ira à la femme de votre vie ! Car elle va vous la voler, votre écharpe !

Nicolas a envie de protester : « Il n'y a pas de femme dans ma vie... » Mais quelque chose lui dit que c'est en train de changer, et il laisse la personne en noir disparaître par une petite porte qui semble conduire aux étages de la vaste maison de couture.

– Je veux celle-ci.

Un roux sombre, de la couleur de ses cheveux à elle, et qui porte son chiffre, L.D. : Léonore Duval.

C'est le troisième vernissage auquel Nicolas Charpentier se rend cette semaine dans le but bien déterminé de rencontrer à nouveau Léonore Duval.

Au premier d'entre eux, après avoir attendu un moment, Nicolas doit se rendre à l'évidence : la couturière ne viendra pas. Au second, il apprend qu'il l'a ratée de peu, et, déçu, se retire aussitôt. Aura-t-il plus de chance dans cette galerie cotée de la rue Mazarine ?

C'est Christiane Selve, sa copine journaliste, qui lui a refilé le tuyau qu'elle considère comme le meilleur pour se retrouver face à face avec Léonore Duval. Sinon, en tant que femme en vue, la Duval ne se promène jamais seule dans la rue : elle est toujours escortée par quelqu'un de sa famille ou de son équipe. Et, le plus souvent, elle sort de chez elle ou de ses ateliers pour monter directement dans sa voiture, conduite par le chauffeur de sa société.

En revanche, la journaliste lui conseille de se rendre aux vernissages, si fréquents au printemps, car Léonore est collectionneuse, surtout de sculptures – pierres, résines, bronzes – et parfois de peintures.

Rue Mazarine, aujourd'hui, on expose les dernières créations d'un successeur de César : des compressions de métal incrustées de morceaux de verre, de cailloux, de bois flottés. « Très beaux », dit la presse. « Interpellant. »

Tous les critiques d'art sont là. « Léonore se doit d'y être ! » se répète Nicolas en hâtant le pas. Il est venu à pied de son bureau, son écharpe brun-roux au cou. N'est-ce pas trop afficher son attente ? Il verra : selon les circonstances, il s'en servira comme d'un signe de reconnaissance ou l'escamotera dans sa poche.

Une seule chose est certaine : cette rencontre doit apparaître comme le pur effet du hasard. Et de l'amour de l'art, bien entendu.

Jackpot ! Léonore descend de sa voiture noire arrêtée par son chauffeur juste devant la galerie au moment où lui-même s'en approche. Nicolas ralentit alors le pas, il n'a plus besoin de se presser : il la « tient ».

Il laissera ceux qui se trouvent sur le trottoir la saluer avant qu'elle ne pénètre dans la galerie tandis que la voiture s'éloigne. Bonheur supplémentaire : elle est venue seule.

Nicolas se sent ému, sans bien comprendre pourquoi, et il a envie de s'invectiver : « Tu trembles comme un groupie sur le point de demander un autographe à son idole ! Du calme, mon vieux ! »

En fait, il éprouve l'excitation du chasseur qui vient d'entrevoir sa proie : une pulsion primitive à laquelle aucun homme normal, face à une femme convoitée, ne peut résister.

En vitrine, deux œuvres de grandes dimensions, de Berlanger, attirent le regard. « Pas mal, pense Nicolas. Plus décoratif qu'inspiré, mais utilisable. » Il sait déjà auxquels de ses clients il va recommander l'artiste.

Ainsi, quoi qu'il arrive, il n'aura pas perdu son temps, et c'est avec sa conscience de professionnel plus détendue qu'il pénètre dans la galerie et entreprend de repérer Léonore.

Au centre d'un petit groupe, la femme célèbre distribue quelques sourires, puis s'écarte pour faire seule le tour des œuvres exposées.

Nicolas profite de ce qu'elle est devant une masse hérissée de pointes, érigée sur sa partie la plus étroite – comment tient-elle ? – pour l'aborder.

– Il n'y a donc pas que les sculpteurs pour emprunter aux autres... Vous aussi, vous copiez !

– Moi ?

Piquée au vif à l'idée qu'il parle de sa mode, Léonore s'est retournée.

Quel regard ! Gris-vert, scrutateur au point d'en paraître noir.

– Eh bien oui, vous avez piqué la couleur de mon écharpe pour vos cheveux !

Il a réussi : après un instant d'hésitation, elle a un sourire ! L'a-t-elle reconnu comme l'homme qu'elle a conseillé pour son achat ? En tout cas, elle a remarqué d'emblée que le pashmina vient de chez elle.

– Qui vole qui ? Je crois bien que c'est vous...

– Je vous assure que je l'ai payée, et cela valait le prix ! Depuis, j'ai le sentiment de me promener avec vos cheveux autour de mon cou. Doux, chaud, brillant ! Je ne laisse personne y toucher...

Léonore le trouve-t-elle trop flatteur ? Elle se détourne vers les cimaises où s'encastrent, dans des niches ménagées à cet effet, de minuscules objets de bronze. Plus que la forme, le titre donné à l'œuvre est significatif :

– *Soleil mort-né*... Qu'en pensez-vous ?

Gagné ! Elle lui demande son avis, donc elle l'accepte.

– C'est bien nommé : cela manque totalement de vie... Je préfère les animaux sculptés par Pompon.

– Celui-là, je l'adore ! Je possède un de ses chiens, et un petit ours. Je les ai achetés il y a longtemps, quand on l'ignorait encore.

– Vous avez bien fait. Il faut toujours prendre les choses... et les gens avant qu'ils ne soient connus.

Quel regard mélancolique elle lui lance en guise de réponse !

– Dans ce cas, pour moi, c'est trop tard !

La voilà, sa chance, et Nicolas ne va pas la louper. Cette femme a besoin d'être consolée de ce qu'il y a de plus endolori chez quelqu'un, surtout chez une femme qui aime l'amour : sa réussite.

– Je suis convaincu qu'il y a en vous des domaines totalement inexplorés, inconnus de vos admirateurs. Et aussi de vous...

Sourire narquois ! Elle doit penser qu'il cherche à l'entortiller :

– Lesquels, par exemple ?

– Votre amour pour les bêtes... On n'achète pas des sculptures animalières juste parce qu'on les trouve belles ; cela va plus loin... Vous avez un chien, un chat ?

– Je ne peux plus me le permettre, je voyage trop ; j'en ai eu, autrefois...

– Alors il faut prendre un animal qui se suffit à lui-même quand vous n'êtes pas là !

– Quoi, un poisson rouge ?

– Mieux que ça !

– Mais quoi ?

Il se retient pour ne pas lui lancer tout à trac : « Moi ! », mais c'est trop tôt, elle s'éclipserait.

– Si vous déjeunez avec moi, je vous dirai lequel. Je vous l'offrirai même, peut-être... Quand je saurai si vous méritez de l'avoir.

– Mais je...

Il la coupe :

– Vous n'avez pas votre agenda sur vous ? Bon. J'appelle demain votre secrétaire. Prévenez-la : Nicolas Charpentier.

Et c'est lui qui tourne le premier les talons.

Quand le téléphone crépite, tôt le matin, chez Georgine, elle est sûre qu'il s'agit de Léonore, autre lève-tôt.

– Je te dérange ?

Question rituelle entre personnes bien élevées, fussent-elles intimes.

L'une ou l'autre peut être encore à son petit déjeuner, ou sur une autre ligne, ou en train de recevoir sa pédicure, son masseur, ou en compagnie de quelque amoureux, relief de la nuit, mais, la plupart du temps, elles sont disponibles l'une pour l'autre.

– J'ai fait une rencontre...

– Avec la quantité de monde que tu vois toute la journée, c'est le contraire qui m'étonnerait.

– Une *vraie* rencontre : avec un homme vrai, et qui n'est pas dans la mode.

– Et à quoi vois-tu que ta rencontre est un « homme vrai » ?

– Il s'intéresse à moi, pas à la Duval !

– Cela se manifeste comment, cet intérêt-là ? Il cherche à te baiser ?

– Georgine !... Il n'y a pas que ça qui compte à mes yeux. Ni aux tiens ! En fait, il veut avant tout me parler, me voir, et il m'écoute.

– Jusque-là, rien d'extraordinaire !

Georgine fait exprès de se montrer sceptique, pour ne pas encourager Léonore dans ce qui risque de se révéler une fausse voie. La pauvre s'est si souvent trompée sur les hommes...

– Que tu lui plaises ne m'étonne pas, séduisante comme tu es. Mais dis-moi plutôt pourquoi il te plaît, à toi : c'est ça, l'info !

– Le regard, peut-être. La voix... Écoute, quand une matière me plaît, je ne peux pas expliquer pourquoi, je sais seulement que c'est bon pour moi ! Et que je peux en faire mon œuvre...

– Et celui-là, tu peux en faire ton amant ?

– Mon plaisir... C'est ce qu'il est, pour l'instant. Il me donne à la fois une impression de familiarité et de jamais-vu.

– Exactement ce que tu recherches dans ta mode ! Il a déjà gagné, ce bougre-là : il te fait rêver... C'est pour quand, la conclusion ?

– Avant ça, j'aimerais...

– Je te vois venir : ... que je te donne mon avis !

– Comment le sais-tu ?

– Depuis le temps !

Cela fait plus de vingt ans qu'elles se fréquentent et se téléphonent presque quotidiennement.

Pour pouvoir se raconter en confiance, pour exprimer ce qui leur vient et qui leur semble vrai d'un jour sur l'autre, éventuellement se contredire avant de se pénétrer de ce qu'elles croient avoir découvert.

Pour mieux se connaître, s'explorer, Georgine, depuis qu'elle est toute petite, a choisi d'écrire.

– Je ne sais ce que je pense que lorsque je l'ai couché sur le papier et que je me suis relue... En fait, je n'ai même pas besoin de me relire, il suffit que j'entende les mots dans ma tête : ils poussent comme de l'herbe... Si je les mets sur la page, c'est pour qu'il en reste une trace... À la limite, ce ne serait pas nécessaire, le travail est déjà fait : je me suis « entendue »...

– Tu as de la chance, lui répond Léonore ; moi, j'ai besoin de formuler concrètement... Écrire me barbe, je n'y arrive pas, je ne vois dans ce que j'écris que des petits signes noirs sur du blanc... Je préfère dessiner. Et surtout construire mes modèles.

– Tu ne les vois pas dans ta tête ?

– Si... Avant même de les faire exécuter. Mes défilés aussi sont d'abord dans ma tête, c'est pourquoi je n'arrive plus à dormir, les derniers jours précédant la collection : je revois mes passages, ce qui cloche, ce qui va... Mais ce spectacle imaginaire ne me suffit pas : j'ai besoin des applaudissements !

– Veinarde ! Moi, je n'entends jamais applaudir mon succès en admettant que j'en aie ! C'est dans le silence que je réussis ou échoue.

– Tout de même, tu connais tes chiffres de vente, tu sais qu'on t'achète, et puis on te complimente !

– Ouais, mais pas sur-le-champ, quelquefois longtemps après, pour des textes que j'ai oubliés... Toi, tu as le retour immédiat : tu vois ce que tu viens de créer porté sous tes yeux ! Satisfaction, non ?

– Qui ne dure pas ! Tout est toujours à recommencer, à améliorer, à refaire... Je déplais aussi vite que je plais... Tandis que toi, tu es immortelle !

– Quelle horreur !

Tant de fois elles ont eu ce dialogue qui se continue, selon les jours, par des confidences qu'on peut dire d'amour, en fait sur leur relation avec les hommes. L'effet que leur font ou leur ont fait certains hommes.

– L'amour que j'ai eu pour Philippe, c'était fou ! La passion... Je ne pouvais pas me passer de lui une seule minute. J'ai fait des choses incroyables pour le retrouver, l'embrasser une seconde... Eh bien, ça m'a passé du jour au lendemain... Soudain, il m'a paru ennuyeux, sans aucun charme.

– Démodé !

– Georgine, tu exagères, je ne vis pas que dans la mode ! j'ai un cœur, un corps...

– Et tu en tiens compte parce que tu es une artiste. La plupart des femmes s'engagent avec un type ou un autre, font ou non des enfants, puis ne s'écoutent plus elles-mêmes. Ni leur partenaire. La route est tracée, approuvée par la famille, l'entourage, la société... Un jour, il les quitte pour une autre ou pour rien, et elles en sont encore à se demander pourquoi !

– Moi, je quitte la première.

– Toi, oui ; moi pas. Je vais jusqu'au bout.

– J'admire ta persévérance !

– Une forme d'entêtement. Je crois aussi que je me dis qu'un homme en vaut un autre, qui en vaut un autre... Et que tout ce remue-ménage pour en changer n'en vaut pas la peine... Cela dit, je suis vexée comme tout lorsqu'on m'abandonne !

– En fait, quoi que tu en dises, c'est toujours toi qui quittes : tu te détaches subtilement de l'intérieur. Soudain, il s'en aperçoit et il est convaincu, en faisant sa valise, que c'est lui qui saute le pas ! Mais tu avais pris les devants...

– Résultat : aujourd'hui, je suis seule !

– Moi aussi...

– Pas tout à fait, d'après ce que tu me dis : tu t'es trouvé un prétendant !

– C'est le mot : j'ai un prétendant, comme Pénélope. Dois-je le laisser macérer ou m'en servir tout de suite ? Dis-moi !

– Montre-le-moi, si tu veux que j'aie un avis.
– Demain, je déjeune avec lui. Je t'invite à nous rejoindre. Tu es libre ?
– Où cela ?
– À l'Avenue, tu sais, le restaurant où on ne laisse entrer que les gens riches et célèbres, ou alors les belles filles...
– Comme nous sommes les deux, nous avons nos chances de ne pas être refoulées !

Leur célébrité, les femmes n'y croient jamais tout à fait, elles en jouent comme lorsqu'elles s'amusent à se présenter dans une tenue, puis une autre tout à l'opposé... Même les plus imbues d'elles-mêmes savent qu'en devenant Madame le Directeur, Madame le Ministre ou Madame la Présidente, elles ne font que se déguiser ; il n'y a que les hommes pour croire aux titres. Ces grands enfants qui continuent de prendre leurs peluches pour des êtres réels... Les femmes, elles, prennent facilement les hommes qu'elles désirent pour des hommes qu'elles aiment. Reste d'enfantillage, comme pour les peluches ? Ou talent d'illusionniste ?

Pour l'instant, Léonore ne songe guère à l'amour, mais au jeu. Elle a juste envie de présenter Nicolas qui l'amuse, à son amie Georgine dont elle connaît l'exigence en matière d'êtres, afin de se faire valoir à ses yeux : « Regarde ce que je suis capable d'attraper ! N'est-il pas mignon ? »

DEUX FEMMES EN VUE

Elle se réjouit d'avance du regard étonné de Georgine sur le bel homme, plus jeune qu'elles deux, chevelu, les sourcils forts, les yeux bleu iris. « Pour que ce soit complet, je commanderai du Chasse-Spleen, se dit-elle, ou bien un Beychevelle. Et nous parlerons d'art, de littérature, de télévision, même, mais surtout pas de mode... »

Elle a envie d'être une femme aux yeux de cet homme – pas une créatrice ! Célèbre, en plus, bien trop célèbre ! La célébrité, cela déclenche tout ce qu'on veut, mais rarement la tendresse ou l'émotion...

C'est donc au cours d'un déjeuner que Léonore avait choisi de présenter Nicolas à Georgine pour qu'elle lui donne son avis sur l'homme qu'elle connaît encore mal. Pour ne pas dire à peine.

Nicolas, que la couturière n'a pas prévenu de la présence de l'écrivain – inutile qu'il se mette d'avance en frais : il risquerait de ne plus être naturel –, a jugé courtois d'arriver avant l'heure prévue, pour ne pas faire attendre Léonore. Elle lui a dit que sa secrétaire retiendrait à l'Avenue pour qu'ils aient sa table, toujours la même, située à l'écart, sous la véranda.

En arrivant à ce restaurant qui fait le coin de l'avenue Montaigne – celle des couturiers – et de la rue de Marignan – celle des cinéastes –, Nicolas se dit qu'il n'avait jamais remarqué jusque-là l'établissement. Léonore le lui a décrit comme particulier : à la fois par le choix de sa clientèle – tout le monde n'est pas admis –, par ses menus – légers, diététiques, végétariens – et par ses prix, élevés.

Le statut est différent en terrasse, laquelle, ouverte au passage, est, par beau temps, très achalandée.

– Monsieur ?

Un jeune malabar lui barre l'entrée.

– Je pense que Mme Duval a retenu une table.

– En effet, monsieur. Par ici.

Trois couverts sont dressés, et non deux.

Nicolas ne bronche pas. Il n'est que l'invité ; même s'il entend régler l'addition, il n'a pas à émettre de remarques ni d'objections. On verra ce qu'il en est à l'arrivée de Léonore.

En fait, c'est Georgine qui survient la première ; Léonore s'est trouvée retenue à la dernière minute par le débarquement imprévu d'un fabricant italien. Difficile d'y échapper : ceux qui exécutent ses modèles en usine sont essentiels à la bonne marche de sa maison et, de bon ou mauvais gré, elle leur accorde tous les privilèges. Mais lorsque l'Italien, qui ne fait que passer par Paris, propose de se mettre aussitôt au travail, Léonore objecte qu'elle ne peut décommander son déjeuner, prévu de longue date. Elle n'a qu'une demi-heure à lui accorder...

Coup de fil à l'Avenue : peut-on prévenir les invités de Mme Duval qu'elle sera légèrement en retard, qu'ils commencent sans l'attendre ?

Quand le maître d'hôtel s'approche de la table pour délivrer le message, Georgine vient d'arriver et s'est assise auprès de Nicolas. Conduite par un garçon, elle s'est plantée devant lui en le dévisageant fixement. C'est donc l'oiseau ! Pas mal... Attendons qu'il parle. D'entendre comment il s'exprime.

Nicolas l'a vue venir de loin, s'est dit qu'il connaissait ce visage, cette silhouette, mais n'est pas parvenu à lui donner un nom. Or, voilà qu'elle s'adresse à lui sur un ton amusé :

– Monsieur Charpentier, je présume ?

Comment se fait-il qu'elle le connaisse ?

– En effet, madame...

Maintenant il s'est levé.

– Je suis Georgine Mallet, nous déjeunons ensemble. Avec Léonore.

Le maître d'hôtel, qui s'est approché et qui entend nommer Léonore, en profite :

– Mme Duval vient de téléphoner, elle aura quelque retard ; elle prie monsieur et madame de commencer sans elle.

– C'est bien, merci, dit Georgine. Mais rien ne presse, nous l'attendrons pour manger. Toutefois, nous pouvons peut-être boire ? dit-elle en s'asseyant face à Nicolas.

– Que désirez-vous : cocktail, jus d'orange, champagne ? demande Nicolas qui s'est à son tour rassis.

– Une coupe : le vin de champagne est bon, ici. Mais je le désire très glacé.

Quelque chose dans l'attitude de l'homme laisse percevoir qu'il ne s'attendait pas à sa venue.

– Léonore ne vous a pas dit que je serais des vôtres ?

– Elle n'a pas dû pouvoir me joindre. Je n'étais pas dans mon bureau, ce matin. Mais j'en suis ravi...

Georgine se met à rire :

– C'est tout Léonore ! Elle aime réunir impromptu ceux qui lui plaisent... Vous savez, nous sommes des amies de longue date.

Non, Nicolas ne savait pas.

– Vous avez de la chance de la connaître depuis longtemps.

– J'en suis convaincue.

– Elle aussi a de la chance, ajoute-t-il aussitôt, craignant d'être impoli.

Georgine se contente de sourire. L'animal est bien appris, déjà ça. Ensuite, c'est le silence.

On leur apporte leurs consommations : la coupe de champagne, glacé comme le souhaite Georgine ; Nicolas a commandé une bière légère.

Ils sont là, à se regarder. Se détailler, en fait.

L'esprit de Georgine marche vite : ainsi Léonore entend coucher avec ce type ! Quel attrait lui trouve-t-elle ? En vaut-il ou non la peine ? Par amitié, puisqu'elle est là pour ça, Georgine fait l'effort de le déterminer...

De son côté, Nicolas examine la personne que Léonore a choisi de lui envoyer pour le scruter. Car il a vite deviné, aux regards qu'elle lui lance, que tel est son rôle. Léonore aurait-elle pris du retard exprès pour les laisser seuls ensemble ?

Nicolas sent qu'il est en train de passer un examen et il a envie de demander : « Quelle note me donnez-vous ? Faut-il que j'ôte ma chemise ? »

Ce pourrait être mal pris et gâcher ses chances avec l'une comme avec l'autre... Mieux vaut faire mine de ne s'être aperçu de rien et profiter de ce tête-à-tête inattendu pour tenter d'en savoir plus long. Sur ces amies proches et sur leur relation : jusqu'où va leur intimité ?

Autrement dit : est-ce une femme qu'il vient de rencontrer, ou deux ?

– Alors ?

Georgine, qui vient de répondre à son portable, se met à rire :

– Je savais que tu allais me poser la question. Mais je n'imaginais pas que ce serait aussi vite : je n'ai même pas eu le temps de rentrer chez moi, je suis encore dans le taxi...

– Tu dois bien avoir une première impression. Donne-la-moi en un mot : bonne ? mauvaise ?

– Il y faut plus de nuances... Cela dépend de ce que tu as l'intention d'en faire, de ce garçon !

– Pas de l'engager, en tout cas !

– Tu mens.

– Georgine, tu rêves ! Nicolas n'a pas l'étoffe d'un vendeur, ni d'un chauffeur. Je ne le vois pas non plus créant des modèles avec moi...

– Un amant, c'est tout ça et encore plus !

– Donc, tu considères qu'il peut être un amant ?

– L'est-il ?

– Pour l'instant, non.

– Un flirt ?

– En paroles, très fortement ; en gestes, un peu... Il me baise les mains, les bras, tu sais, comme au XVIIIe siècle...

– Et tu adores ça !

– Il ne faut pas que ça dure, sinon je le croirai impuissant, ou pire... Il faut dire à sa décharge que je ne l'ai vu jusqu'à présent que dans les endroits publics, ou assise à côté de lui dans sa voiture – il m'a encore raccompagnée, tout à l'heure. Difficile d'aller loin, dans ces conditions...

– Tu ne lui as pas dit : « Tu montes, chéri ? »

– J'attendais ta... ton...

– Ma permission ?

– L'ai-je ?

– Je refuse d'être responsable de ta chute et de ses suites !

– Tout de même, dis-moi une chose : est-ce qu'il te plaît ? Tiens, s'il te draguait, toi, tu ferais quoi ?

La question prend Georgine au dépourvu et elle ressent comme un bref pincement au cœur.

– Excuse-moi, mon taxi arrive devant chez moi, je dois le payer. Je te rappelle tout à l'heure.

Mais Georgine ne le fait pas. Elle n'a pas envie de reparler de Nicolas à Léonore, laquelle est assez grande pour se débrouiller seule avec ses tentations. Fini, pour elles deux, de jouer aux adolescentes qui se confient tout-tout-tout de leurs rêves sur le portable au lieu de les vivre !

D'autant que, pour son compte, elle préfère pour aujourd'hui rester sur l'image de cet homme, de ses yeux bleu vif sous un balai de cils noirs, sur le souvenir de quelques-uns de ses gestes qui semblaient non intentionnels, et lui ont paru d'autant plus touchants.

La façon, par exemple, dont il lui a passé le pain – il avait perçu qu'elle en manquait –, sans la regarder et tout en continuant de s'adresser à Léonore. Au départ du restaurant, il l'a aidée à enfiler son manteau de crêpe : elle y serait parvenue seule, mais il a rapidement remis à l'endroit une manche qui s'était retournée. Et il a rectifié son col, comme on fait à un enfant.

Oui, Nicolas l'a traitée – elle qui n'était en l'occurrence que la personne censée tenir la chandelle – comme une femme à part entière.

Pour le reste, entre Léonore et lui, quel roulement ininterrompu de drôleries, de piques, de reparties comiques, de compliments et invites à double ou triple sens… ! Léonore est très forte à ce jeu-là quand elle est en forme, et elle l'était.

Son entrée, déjà, relevait du théâtre ! Elle s'est soudain dressée devant eux, qui ne l'avaient pas vue venir, tout en noir et sans un mot, se caressant le cou qu'elle a si long.

Nicolas venait de lui poser la question sur l'origine de son patronyme – Mallet –, ce qui avait contraint Georgine à se replonger dans la généalogie de sa famille. Il lui avait alors un peu parlé de la sienne, de ces « Charpentier » dont le bois avait sûrement été le métier, à l'origine des temps. Et ils étaient si concentrés, tous deux, qu'ils n'avaient pas vu Léonore s'approcher de leur table.

Au son de sa voix, Nicolas avait levé les yeux et, comme sorti d'un rêve, attendu une seconde avant de se lever, ce qui avait permis à Léonore de prendre le dessus avec un brin d'ironie :

– Vous permettez que je m'assois à votre table ?

Il avait alors tiré le troisième siège, entre Georgine et lui, avec un empressement emphatique.

– Madame, vous êtes chez vous... Nous n'avons fait que tromper le temps en vous attendant.

– Je suis en retard, je sais, mais reconnaissez que je vous ai envoyé de quoi vous faire patienter ! Georgine vous a-t-elle dit qu'elle est la meilleure partie de moi-même ?

Quelque peu exagéré, et Georgine avait dû réprimer l'envie de se lever en lançant :

– Bon, maintenant que vous êtes ensemble, je peux partir...

Ç'aurait été mal venu, presque agressif, et elle s'est contentée de sourire et de leur laisser occuper tout le terrain.

Commander le menu, déjà, leur avait donné l'occasion de se tester, se défier, montrer leurs connaissances culinaires – Nicolas s'est piqué d'en posséder –, puis de progresser dans leur intimité réciproque en piochant dans l'assiette l'un de l'autre.

– Je préfère les poissons grillés, mais la sole, il la faut meunière, cela permet de croquer les arêtes...

– C'est comme les royans, ces sardines de l'Atlantique : on peut les avaler tout entiers, tête et queue comprises... Toutefois, le roi des poissons, pour moi, c'est le bar.

– L'avez-vous goûté au fenouil, comme ils le préparent dans le Midi ?

– Je le préfère nu dans mon assiette, comme une jolie femme dans mon lit !

– Cannibale ! avait répondu Léonore dans un rire chatouillé.

Alors Georgine s'était sentie lasse. Elle s'était contentée d'une salade composée : tomate, laitue, magret, olives noires – qu'elle avait chipotée.

– Pas faim ? lui avait brusquement demandé Nicolas qui avait eu le tact de s'en apercevoir. Madame l'écrivain songe-t-elle à son prochain chapitre ?

– Je ne songe à mon écriture que lorsque j'écris... Le reste du temps, je n'y pense jamais !

– La menteuse, elle nous observe et va nous épingler dans son prochain roman comme des papillons sous une vitrine...

– Léonore, fais-moi la grâce de reconnaître que je ne t'ai jamais prise pour modèle dans aucun de mes livres !

– Est-ce parce que tu ne me juges pas assez intéressante, pas même pour jouer le rôle d'un personnage secondaire ? Qu'en pensez-vous, Nicolas ? N'est-ce pas un affront ?

– Pas du tout, et je comprends les réticences de votre amie ! Léonore : si vous étiez dans un roman, vous y écraseriez tout, comme Mme Bovary...

– J'aimerais avoir sa fin, avait soupiré Léonore, brusquement mélancolique. Elle est morte jeune, et d'amour.

– De manque d'amour, avait rectifié Georgine.

– N'est-ce pas la même chose ? avait protesté Léonore en soulevant son verre presque vide.

– Madame, en tant qu'homme, je peux vous dire que vous êtes si belle et si séduisante que vous ne manquerez jamais d'amour... ni de vin ! avait conclu Nicolas qui, sans attendre le garçon, s'était emparé de la bouteille pour la resservir.

« Mais qu'est-ce que je fous là ! » se demandait à nouveau Georgine tandis que Nicolas la resservait elle aussi sans que ce fût vraiment nécessaire, son verre étant encore aux trois quarts plein.

L'homme avait-il perçu son agacement ?

– Pour la première fois de ma vie, je regrette de ne pas avoir de frère, avait-il lancé.

Cette fois, Léonore était prise de court.
– Pourquoi diable ?
– Pour que nous soyons deux à nous occuper de vous et de votre amie, autant que vous le méritez l'une et l'autre ! Deux stars pour moi seul je sens que je n'y suffis pas. Aidez-moi, s'il vous plaît !

Léonore avait ri, de bon cœur, semblait-il :
– Vous vous débrouillez très bien à vous tout seul, Nicolas, et nous n'avons pas à nous plaindre, n'est-ce pas, Georgine ? Puis-je goûter de votre crème brûlée ?

« Brûlée, roussie, en fait, c'est elle qui l'est !... » s'était dit Georgine en repoussant son sorbet aux fraises des bois à peine entamé.

Dans quelle histoire, qui n'est pas la sienne, vient-elle de se faire embarquer ?

Et voilà qu'elle s'est entichée ! À nouveau. Après tout, c'est bon pour son travail... Si Léonore ne se croit pas amoureuse, elle n'est pas motivée pour créer des robes, puisqu'elle ne les invente qu'en fonction de sa propre personne, de sa silhouette, de ses couleurs... Elle l'a souvent déclaré dans ses interviews : « Je fais des robes pour m'habiller, moi ! »

En réalité, pour séduire l'homme du moment.

Qu'en penser, du nouveau venu ? De beaux yeux : ce bleu profond sous ces cils très noirs suffit à le mettre hors du commun. Il s'exprime bien, avec un peu... je ne dirais pas d'obséquiosité, mais quelque chose du genre : il veut plaire ! Et il croit que plaire, à des femmes comme nous, cela veut dire se répandre en compliments.

Mon pauvre ami, nous les avons tous entendus, et tous mérités !... Lassées nous sommes des hommages, sans parler des flatteries ! Surtout moi ! J'ai plus besoin de vrai que Léonore... Comme sa création est par nature éphémère, il faut qu'elle entende sur-le-champ : « Oh, la belle bleue ! Oh, la belle rouge ! », car, une seconde plus tard, c'est fini : sa fusée, son « bouquet » – la robe de mariée – se sont abîmés dans la nuit.

Alors que moi... Mais pourquoi est-ce que je me compare ? Nous sommes incomparables ! Ne vous y risquez pas, jeune homme !

P.-S. – Tous les hommes plus jeunes que moi sont des jeunes gens.

P.-S.2. – Il faut que j'arrête de tenir ce journal qui n'est qu'un prétexte dilatoire pour ne pas me mettre à mon roman.

L'éditeur l'attend, je l'attends, les lectrices aussi, et je lambine...

Georgine referme l'icône à la date du jour, et la range dans le dossier « MOI » de son ordinateur. Puis elle ouvre le dossier intitulé « Roman » – il ne prendra un titre que plus tard –, clique pour obtenir une page blanche qui se présente comme « Document 1 ». Et lui donne une date, celle du jour.

Tâche enfin d'entrer dans son sujet, c'est-à-dire d'« halluciner » la scène en cours. Son héroïne, désespérée depuis que son amant l'a quittée (ou qu'elle-même a rompu – à décider), va voir pour la première fois un analyste. Le thérapeute ouvre lui-même la porte de son cabinet pour la faire entrer dans la salle d'attente. Tiens, elle va lui donner des yeux bleu vif, abrités d'épais cils noirs... les yeux de Nicolas !

Eh bien quoi, où est le mal ? Ça va lui rendre la tâche plus facile, à elle, romancière, de s'inspirer, pour le physique de l'analyste, de celui de quelqu'un de réel. Elle va même appeler son analyste Nick. Docteur Nick Raffeuille !

Une sorte de clin d'œil en direction d'elle-même – mais, si on ne peut pas jouer avec ses pulsions et ses fantasmes en écrivant un roman, quand et avec qui jouera-t-on ? Même Beckett devait rigoler en écrivant *Oh les beaux jours*, penser sans l'avoir jamais avoué à sa femme ou à sa maîtresse...

Souvent, les journalistes lui demandent à elle : « Dans vos romans, vous prenez qui comme modèle ? Des gens de votre entourage ? vous ? C'est autobiographique ? »

Sa réponse est la même depuis ses débuts : « Un roman est toujours autobiographique ; voyez Balzac, Stendhal, George Sand... Pour ce qui est de *La Femme sans histoire*, je suis loin d'avoir vécu tout ce que j'y raconte ! Je ne suis pas une surfemme ! Ce serait le cas si j'avais connu toutes ces aventures. Toutefois, j'utilise des éléments de mon "ressenti", je ne peux écrire que ce que j'ai directement éprouvé, sinon j'aurais l'impression de faire de la psychologie-fiction, et cela ne toucherait personne au cœur... Les lecteurs – j'ai surtout des lectrices – veulent du vrai, surtout quand je leur parle d'amour. »

Et la vérité, c'est que son *ressenti*, depuis deux jours, a les yeux bleu vif !

Quand Léonore, dans quelques mois, lira son roman, devinera-t-elle chez qui elle a piqué le trait ? Mais où en seront-elles toutes les deux, lorsque son livre sera publié ? Qui aura remplacé Nicolas auprès de Léonore ? Un homme aux yeux bruns, peut-être...

Il faut qu'elle arrête de penser à ce garçon : n'existe pour l'heure que son personnage, Nick Raffeuille, ce séduisant et pervers thérapeute.

Elle répète le nom tout haut ; il sonne bien. Son héroïne, Magli, n'aura pas de mal à s'engager dans un transfert plus que positif dès les premières séances. Iront-ils jusqu'au bout de leur attirance réciproque en transgressant les règles de la déontologie analytique ? Elle verra, elle ne veut pas le savoir à l'avance, sinon écrire n'aurait plus aucun charme. Il faut qu'elle ait le sentiment que ses personnages sont libres d'agir à leur guise, et de la surprendre. Plus encore que les gens réels.

Pour l'heure, elle doit s'appliquer à imaginer, puis mettre en scène ce qui peut se passer au cours de ce premier rendez-vous entre l'analyste aux yeux bleus et sa nouvelle patiente, une blonde ! Bonne idée : elle n'a pas mis de blonde dans ses romans depuis un moment... Et elle aura les yeux... gris ! C'est rare, avec le blond. Une association qui ne peut que troubler le docteur Raffeuille : sa propre mère avait les yeux gris sous ses cheveux blancs ! Léonore aussi a les yeux gris, mais ses cheveux sont roux foncé. Acajou.

C'est démarré, et elle a deux bonnes heures d'écriture devant elle avant d'aller déjeuner au Flore, avec Léonore.

Se faire engager par la maison Duval, surtout à un poste élevé, relève de l'exploit et Fanny Rancenne savait que ce serait difficile. Étant donné ses qualifications, ses capacités, en particulier de séduction, elle était néanmoins convaincue d'y parvenir. Sans compter que ce serait un bienfait pour l'entreprise.

Pour elle aussi si elle savait se montrer assez maligne pour en tirer parti.

« Maligne » est l'épithète qui la poursuivait depuis ses quatre ans, à la maternelle où elle « empochait » la maîtresse en écarquillant les yeux dès que celle-ci lui adressait la parole et en acquiesçant au moindre de ses mots. Plus tard, en classe, Fanny avait le chic pour se faire attribuer les meilleures places : aussi bien pour ce qui est de son pupitre, toujours au premier rang, que sur son carnet de notes. À l'école de commerce, ses camarades aussi la traitaient de maligne du fait qu'elle savait comment s'y prendre pour bénéficier de privilèges – minuscules, certes, mais des faveurs quand même. En amour aussi, elle avait agi avec malignité, ayant fini par se choisir et retenir pour époux un fils de famille – peu « malin », lui, mais nanti et voyageant beaucoup pour son métier de conseiller fiscal. Lui fichant donc la paix.

« Toi, Fanny, tu sais y faire... » La réflexion, émise comme un compliment, l'agace ; elle préférerait de loin s'entendre dire qu'elle est « intelligente », « travailleuse » – ce qu'elle est quand elle veut – ou « belle » – ce à quoi elle prétend, non sans un certain succès. Il n'y a que sa mère que, là-dessus, elle ne trompe pas...

« Fanny est tellement maligne qu'elle arrive à faire croire qu'elle est jolie, dit parfois Élise. Mais c'est Lucie, la beauté de la famille. Fanny, elle, est tout juste convenable, ce qui déjà n'est pas rien... »

Jalouse – il y avait de quoi ! – de sa sœur cadette, Fanny s'était mise à cultiver sa silhouette – aérobic –, à mincir, à prendre des leçons de danse classique et moderne, puis s'était teinte en blond. Depuis si longtemps déjà que, lorsqu'on parlait d'elle, on disait « la blonde », alors qu'elle était châtain comme la plupart des filles d'ascendance vosgienne...

Après quelques stages en entreprise où elle avait su se faire apprécier, elle avait chaque fois donné sa démission : l'ambiance de ces lieux strictement voués à la production économique ne l'intéressait pas.

Son ambition, qu'elle nourrissait depuis longtemps, était d'entrer dans une maison de couture. Pour le prestige – les autres femmes vous regardent avec envie quand vous dites travailler aux côtés d'un des maîtres de la mode –, aussi parce qu'elle était convaincue qu'elle y apprendrait ce qui lui manquait encore dans l'art de se mettre en valeur. Sans compter qu'elle se sentait tout à fait capable de créer elle-même des vêtements...

Si seulement elle avait pu trouver les capitaux, elle aurait adoré ouvrir et diriger une maison de couture. Pour cela, il faut connaître du monde, s'être fait remarquer non seulement pour son talent – beaucoup de gens en ont –, mais pour sa « malignité ».

Fanny était convaincue que c'était avant tout en intriguant qu'avaient réussi la plupart de ceux ou celles qui tiennent le haut du pavé.

Pour se hisser dans les métiers du stylisme – où les prétendants sont légion –, il faut savoir séduire à bon escient : un grand couturier vieillissant qui se cherche un dauphin, un banquier avide de se faire un nom dans le mécénat à la création, un trust désireux de s'élargir – ou tout simplement les femmes, les clientes, en allant dans leur sens avec des modèles simples, faciles à porter, en fait des copies à peine modernisées du style Chanel ou Saint-Laurent.

Ce qu'elle-même porte.

Fanny est la plupart du temps en noir – avec une touche de blanc ou de rouge –, ce qui indique à la fois la classe et la discrétion.

C'est ainsi, en *black* des pieds à la tête, ses cheveux blonds mi-longs noués en chignon serré, les yeux et les lèvres à peine maquillés, qu'elle s'est présentée chez Duval.

Elle y avait ses informatrices, une vendeuse et aussi une première avec qui elle était devenue familière en les guettant dans les cafés du coin, à Saint-Germain-des-Prés, après le travail ou à l'heure de la pause, et elle savait que, cette semaine-là, Mme Duval cherchait une assistante. La sienne venait de tomber malade et la quittait. C'était urgent, la collection étant prévue pour le mois suivant.

Reçue par le chef du personnel de la maison, Fanny avait su exhiber, après un tri de ses divers certificats, tous élogieux, exactement les références qui pouvaient convenir au poste convoité. Puis elle avait parlé de ses goûts : la mode, avant tout. Elle adore la mode depuis toujours, en particulier elle admire éperdument celle que fait Mme Duval. Rien ne la comblerait plus que de pouvoir l'aider dans sa tâche de créatrice, quoiqu'elle-même se sente bien incapable de dessiner ou de créer ne fût-ce qu'un bouton…

Mais, si on lui indique ce qu'elle doit faire, elle est capable de s'y donner nuit et jour, car elle sait combien est lourd le travail dans la couture – ce grand métier d'art – et qu'il exige tout de vous, jusqu'à renoncer à avoir une vie personnelle. De fait, elle n'en a pas. Bien sûr, elle est mariée, mais sans enfant, et son époux est souvent absent, en voyage d'affaires, ce qui fait qu'il ne compte pas sur elle pour le ménage. Elle est libre. Elle a tout son temps, tout à donner à Mme Duval.

Quand le chef du personnel, satisfait et rassuré par ce discours, conseille à la patronne de recevoir la personne qu'il a retenue parmi les nombreuses candidates, Léonore est trop dans le besoin pour chercher la petite bête.

D'un coup d'œil, elle juge que Fanny, en pénétrant dans son bureau, n'y met ni ostentation ni timidité excessive. Elle présente bien, dans sa tenue noire qui se trouve être l'uniforme-maison, elle parle avec laconisme – rien de pire qu'une assistante prolixe. Sobrement maquillée, elle ne semble pas accorder une importance démesurée à son apparence. En revanche, la jeune femme – la trentaine dépassée – paraît prête à enregistrer tout ce qu'on lui dira et à démarrer en un clin d'œil sur une mission ou une autre...

– Sachez que je peux aussi bien vous demander d'aller me chercher un carton d'accessoires qui n'arrive pas, que taper la liste des passages pour un défilé – vous vous dites familière des ordinateurs –, éventuellement m'accompagner à une émission de radio ou de télévision, voire recevoir des journalistes à ma place... C'est très varié, ce que j'attends de mon assistante. Imprévisible !

Il faut à Fanny toute sa force de caractère pour dissimuler la petite lueur qui s'est allumée dans ses yeux à l'idée de pénétrer, fût-ce par personne interposée, dans le monde si fermé et attirant de la presse et des médias.

– Je ferai de mon mieux, madame ; je suis prête à prendre en charge tout ce qui peut vous être utile.

Chacun de ses mots est pesé : il ne s'agit ni de se vanter, ni de se déprécier, ni non plus d'hésiter.

Léonore est plus que jamais sous pression, sa première piétine dans le studio avec, sur le bras, un costume à revoir avant que l'atelier ne le termine. Ensuite, il faudra qu'on lui repasse les manteaux, puis la grande cape en dentelle dont la ligne continue de la préoccuper.

Quelque chose, pourtant, retient ou plutôt chiffonne Léonore : cette fille-là, elle a le sentiment de l'avoir déjà vue. Mais où ? Et qu'elle accepte d'avance toutes ses conditions – de salaire, d'horaire... –, toutes ses exigences, au lieu de la rassurer l'inquiète.

À notre époque, rares sont les quémandeurs d'emploi, fussent-ils au chômage, qui n'émettent pas de réserves avant de souscrire à une embauche, qui ne réclament pas de longs weekends, des « ponts » en sus des trente-cinq heures, ou qui ne s'informent pas de l'emplacement de leur bureau, s'il a une fenêtre, et de quelle durée sera la pause pour déjeuner, etc.

Cette fille-là, quoique encore jeune, semble être de la race quasi disparue de l'après-guerre : elle « en veut ».

Pour son compte, Léonore Duval n'a pas cessé d'en vouloir, et cela, dirait-on, depuis qu'elle est née. Mais, en principe, on ne trouve plus de collaboratrice de cette trempe. Celle-ci en serait-elle une ?

– Vous pouvez commencer demain ?

– Tout de suite, si vous le désirez, madame.

– Très bien, allons-y. S'il vous plaît, allez me chercher Kyra, elle est en cabine, pour qu'elle vienne me présenter l'ensemble en crêpe. Lucienne, ma première, qui est ici, est pressée qu'on fasse l'essayage afin qu'elle puisse le remonter à l'atelier...

Autant lui apprendre d'emblée et sur le terrain qui est qui et comment se déroulent les opérations – lesquelles ont le plus souvent lieu dans le désordre – pour arriver à ce miracle : présenter à l'heure dite, avec une rigueur qui paraît le résultat d'une longue préparation, la soixantaine de modèles nouveaux, inédits, irrésistibles et provocants qui composent la nouvelle collection.

– Bien, madame.

DEUX FEMMES EN VUE

– Vous pouvez m'appeler Léonore.

« Cette fois, j'y suis, se dit Fanny en se dirigeant avec un léger sourire de triomphe vers la cabine. Je l'ai eue, la Duval ! Maintenant, à moi de jouer ! »

Est-ce pour avoir quelque chose à lui dire, ou pour mettre entre eux une distance qu'il espère définitive, que Nicolas éprouve le besoin de raconter à Corinne, de retour du Festival de Cannes, qu'il vient de faire la connaissance de Léonore Duval ?

La réaction est immédiate, dans une exaltation qu'il n'avait pas prévue :

– Non, pas possible ! Tu vas travailler pour elle ?

– Peut-être, mais pas encore. On vient de nous présenter, c'est juste une relation amicale.

Ils sont au bar du Théâtre où la jeune femme lui a donné rendez-vous, soi-disant pour lui raconter ses espoirs – en fait, ses échecs – avec les réalisateurs, et la petite, en l'entendant prononcer le nom de Léonore, saute sur son tabouret à en tomber.

Nicolas n'ignorait pas que le nom de Duval excitait les filles, mais il ne se doutait pas que cela pouvait aller jusqu'à l'hystérie, comme s'il s'agissait de Julien Clerc, de Johnny, de Vanessa... Et lui qui voulait se servir de cette nouveauté dans sa vie qu'est Léonore pour en chasser Corinne ! Il n'aurait rien dû lui dire, car c'est l'effet contraire que son aveu a déclenché !

– Chic, alors ! Tu vas pouvoir m'obtenir des prix ? Tu sais qu'elle est chère : même les soldes, je peux pas me les offrir. Enfin, pour l'instant... Quand j'aurai réussi, je sais où je m'habillerai, crois-moi : tout en Duval !

Fausse route : Nicolas ne se voit absolument pas sollicitant des prix à Léonore pour une petite amie, même « ex » ! La démarche serait tellement inappropriée, maladroite, qu'il en tremble presque.

– Corinne, le style Duval n'est pas fait pour toi !
– Tu me trouves pas assez « classe » ?
– Non, trop jeune !

Ouf, il s'en est sorti de justesse...

– Va plutôt chez Kookaï, ou alors, tiens, habille-toi Morgan.

C'est grâce à la publicité qu'il connaît ces marques, heureusement qu'il en a retenu deux ou trois.

Corinne paraît se calmer.

En réalité, elle combine – comme elles font toutes à cet âge-là quand elles nourrissent une quelconque ambition. Car c'est par les autres – éventuellement par le « cul » – qu'elles pensent pouvoir réussir. Le talent, à les entendre, est devenu tout à fait secondaire à notre époque. Voyez *Loft Story* : ils auraient du talent, ces minables ? Non, ils ont été « choisis » par des adultes au pouvoir. Pour quelle raison ? T'y étais pas, mon gros, tu ne peux que soupçonner...

– Elle est comment, la Duval ?
– Comme sur ses photos.
– Pas plus vieille ?
– Plutôt moins.
– Tu lui as parlé.
– Bien sûr.
– Et de quoi ?

C'est drôle comme la fille la plus limitée devient maligne dès qu'il s'agit d'une autre femme. Comment Corinne pourrait-elle imaginer, elle qui a vingt-deux ans, que Nicolas, le futur quadra, puisse s'intéresser à une femme qui a le double du sien à elle ?

Le flair, l'instinct ?

Mieux : cette énorme machine à faire culminer l'être féminin – dans le meilleur comme dans le pire – qu'est la jalousie !

– Tu sais, on n'était pas seuls ; il y avait...

Avant même de l'avoir dit, Nicolas sait qu'il gaffe à nouveau, mais il ne peut pas se retenir, c'est si exceptionnel, ce qui vient de lui arriver : deux femmes célèbres, et de qualité, d'un coup !

– ... Georgine Mallet !
– Ah, celle-là !
– Eh bien quoi ?

– Avec ses romans qui disent toujours la même chose...

– Tu les lis ?

– Bien sûr. J'en loupe pas un... Ça parle d'amour, et, d'après ce qu'elle raconte, ça marche forcément si on s'y prend bien... Est-ce que je m'y prends bien, avec toi ?

À question directe, réponse directe :

– Corinne, tu ne m'aimes pas, moi non plus. C'était juste une passade, tu le sais. Rappelle-toi ce que tu m'as dit quand on s'est rencontrés : « Je n'ai personne pour l'instant et j'ai besoin de quelqu'un pour me sentir jolie quand je vais voir des photographes ou des metteurs en scène... »

Elle rit en secouant ses boucles naturellement blondes sur sa jolie peau si fraîche. Pas une ride, des dents à l'émail blanc brillant.

– J'ai sûrement ajouté : « J'ai besoin de baiser, pour moi c'est le meilleur des embellisseurs ! » Eh bien, tu sais quoi ?

Et de lui saisir la main à travers la table :

– J'y ai pris goût, à baiser avec toi. Pas toi ?

Cette fois, il faut y aller :

– Corinne, tu es adorable, mais j'ai quelqu'un !

– Tu m'avais dit que tu n'avais personne. Nouveau ?

Elle a retiré sa main.

– Oui, nouveau...

– Ce serait pas cette vieille bique de Léonore, par hasard ?

Est-ce que tout le monde va penser ça ? Pourtant, il n'y a pas tant de différence d'âge entre lui et la Duval. Rien qu'une montagne de célébrité. D'argent. De talent, peut-être...

À ce propos, Léonore est capable de lui révéler s'il en a, lui aussi. Ce que ne saurait faire Corinne qui n'a même pas assez d'expérience pour estimer ce qu'il vaut vraiment au lit... Léonore, elle, doit être en mesure de le renseigner... Elle peut l'aider à se développer, à grandir ; il en a encore besoin.

Ne serait-ce qu'en lui faisant connaître un autre monde.

Déjà, celui dans lequel il y a Georgine Mallet. La femme aux yeux gris. La spécialiste du langage. Un atout qui compte plus que jamais dans cette société où le mot est la clé qui ouvre toutes les portes. Qui a dit : « La politique, ce sont des mots » ? La réussite, aussi. Qu'est-ce qui distingue Bové, par exemple, d'un autre éleveur ? Et Tapie, d'un autre fabricant de baskets ? Qu'est-ce qui a propulsé Coluche au sommet après Devos, et, de nos jours, un Palmade, une Robin, une Joly ?

Les mots, avant tout les mots.

C'est bien pour ça qu'ils veulent tous publier « leur » livre, rédiger leurs Mémoires, les artistes en tous domaines, les acteurs, les industriels... Et chez les politiques, pas une campagne sans un livre ou plusieurs à leur actif !

Georgine serait susceptible de l'aider à conquérir sa place dans le monde des lettres – sinon des lettrés. Elle est le plus souvent en tête des ventes, elle appartient à plusieurs jurys. Elle sait des secrets, elle doit avoir des recettes.

Il a eu le sentiment qu'il lui plaisait, l'autre jour. Et trouver un prétexte pour la revoir n'est pas difficile : le manuscrit d'un ami à lui soumettre... Elle pensera que c'est le sien, qu'il est un auteur en puissance ! Un prétexte à discussion, bons mots, passes acérées, entrechats et entrechatteries en perspective...

– Corinne, excuse-moi, j'ai du travail au bureau, je te laisse. Je rentre à pied... Toi, telle que je te connais, tu vas faire les boutiques de l'avenue Montaigne ! Tiens, achète-toi quelque chose de ma part chez Dior ! Tu me feras parvenir la facture...

Il n'ajoute pas « cadeau d'adieu », mais elle aura compris. Et cela risque de lui coûter cher !

Quand on entre dans le grand monde, il y a intérêt, ne fût-ce que pour se donner du poids à ses propres yeux, à se montrer élégant.

C'est dans la salle d'attente des passagers du Concorde qu'ils se sont passionnément embrassés pour la première fois.

Léonore lui a demandé, comme par jeu, s'il pouvait l'accompagner cet après-midi-là jusqu'à l'aéroport, et Nicolas a dit « oui ».

– Je rêve ! s'exclame-t-elle.

– Comment ça ?

– À vrai dire, je pensais que vous diriez non. Vous travaillez, que je sache.

– Certes, mais je reste maître à bord. Ce qui me donne la possibilité de mettre le cap sur...

Il allait bêtement dire « Cythère » ; il se reprend :

– Une île lointaine, sauvage, sans doute inaccessible...

Les femmes qui ont vécu adorent qu'on puisse les considérer comme inaccessibles ! Et Léonore a eu son rire de gorge, celui d'une pigeonne satisfaite de la parade du mâle.

Au lieu de rejoindre l'aéroport comme à son ordinaire, avec Théo son chauffeur, à bord de la Peugeot noire, quel rajeunissant bonheur que de se retrouver dans la Porsche bleu métallisé de Nicolas !

Pour aller à New York où l'ont précédée deux membres de son équipe, elle n'emporte qu'une valise et un grand sac noir, griffé Duval, qu'elle suspend à son épaule. Plus une petite sacoche portée en bandoulière, qu'elle ne quitte jamais. À croire qu'elle fait partie de son corps.

Ce qui a donné à Nicolas l'idée d'y glisser au dernier moment un petit objet, accompagné d'un billet.

– Mais qu'est-ce que c'est que ça ! Que faites-vous à fouiller dans mes affaires ?

– Je veux que vous vous souveniez de mon existence durant le temps, pour moi éternel, que va durer votre voyage. Alors je vous ai inscrit tous mes numéros de téléphone.

– Il y en a tant que ça ?

– Trois ou quatre, mais un seul est important, celui de mon nouveau portable : je viens de me le procurer ; la ligne est juste pour vous. Personne d'autre n'aura ce numéro. Il sera donc toujours libre pour vos appels. Même moi, je ne l'utiliserai pas...

Léonore est devenue grave :

– Nicolas, vous savez que...

– Quoi ?

Il la tient par les épaules, n'osant plus l'embrasser depuis que d'autres passagers sont entrés, qui les dévisagent, ayant sans doute reconnu la star de la couture.

– Oh, rien…, achève Léonore.

Pourquoi lui dire qu'il est fou, et qu'elle aussi est folle ? Du fait qu'ils sont possédés par le désir d'aimer, d'être aimés, lequel est toujours fou, mais, sans cette folie-là, la vie vaudrait-elle la peine ?

Il lui arrive d'avouer dans des interviews qu'elle crée des vêtements pour partir vers l'amour les mains libres, avec plein de poches pour le strict nécessaire. Le plus précieux…

Le précieux, aujourd'hui, c'est juste un numéro de téléphone et une minuscule statuette en bois sombre, qui doit valoir une fortune, Nicolas ayant compris qu'il ne fallait pas lui offrir des bijoux, car elle en crée et n'en porte guère, hormis ses diamants.

Léonore apprécie son geste ; elle sait combien il est difficile de lui donner quoi que ce soit et de lui faire plaisir… Elle a tant reçu, elle possède tant de choses, de souvenirs aussi !… Et voilà que cet homme jeune, venu d'un autre milieu que le sien, trouve le moyen de franchir tous ces obstacles qui l'entourent, en forme de défenses stratégiques – des « hérissons », disait-on au Moyen Âge… Et de l'émouvoir. Comme lorsqu'elle-même était encore jeune, inconnue, ardente.

Mais ardente, ne l'est-elle pas toujours ? Et, pour ce qui est d'être jeune, une femme n'a-t-elle pas que l'âge de son amant ?

Nicolas n'est pas son amant, il est seulement son amoureux.

« J'ai un amoureux ! » a-t-elle envie de s'écrier en parcourant le petit couloir qui mène à l'avion. Où on la reçoit comme une souveraine du fait qu'elle est une habituée, et célèbre. En plus, aimable avec le personnel...

Aujourd'hui, Léonore paraît absente. Enfermée dans son rêve. Lequel doit lui suffire, tant elle est radieuse.

C'est à allure réduite que Nicolas retourne vers Paris. « Mais elle me manque ! se dit-il. Elle n'est pas ma maîtresse et, déjà, je ne supporte pas qu'elle me quitte... »

Ce qui lui manque, tant il est impatient, c'est la possibilité d'achever de pousser la porte qu'il vient si magistralement d'entrouvrir.

Il hume encore son parfum, aussi son odeur qu'il garde sur l'épaule. Lorsqu'il l'a embrassée, c'était comme un fruit qui lui fondait dans la bouche. La femme se laissait pénétrer, contrairement aux plus jeunes qui croient bon de s'activer, mordiller comme si elles avaient une portée de souriceaux dans la bouche...

Comparaison saugrenue ! Mais tout lui paraît drôle, aujourd'hui.

Son nouveau portable, le rouge vif, se met à sonner.

– Je suis partie, lance la voix chaude.

Nicolas se tait, heureux. Cherche la bonne réponse, qui lui vient tout naturellement :

– Et moi j'arrive...

C'est vrai, Nicolas Charpentier entre dans la grande aventure, celle de la passion – laquelle ne vous laisse jamais intact. Il ne s'y attendait pas. Il est temps qu'elle ravage sa vie.

C'est d'amour que Magli parle à Nick Raffeuille, son nouvel analyste – auparavant, elle s'était confiée à une femme. Car de quoi d'autre est-il question en analyse, si ce n'est d'amour, celui qu'on a eu, qu'on n'a plus, qui a manqué, celui qu'on ne sait pas recevoir, ou pas donner... Et c'est pourquoi, après s'être bien plaint de soi, des autres, de la condition humaine, ou plus précisément féminine, puis de la condition analytique qui ressemble à un dialogue de sourds, ou plutôt à celui d'un blessé (le patient) avec un sourd-muet (le thérapeute), on finit par en tomber amoureux. Amoureuse.

Pour tenter de voir en vase clos – le cabinet de l'analyste est sans vrai danger : on ne passera pas à l'acte – si ça peut fonctionner quand même, ce truc : l'amour...

Et c'est ce qui arrive à Magli, à la trente-septième séance – elle les a comptées, et cher payées : soudain, elle hume, d'un vif batte-

ment de narines, l'eau de toilette dont Nick-les-yeux-bleus doit s'asperger généreusement.

Comment se fait-il qu'elle ne s'en soit pas aperçue plus tôt ? Sans doute parce qu'elle avait encore en tête celle de Vivien, ce tricheur, ce traître, ce coureur, ce séducteur, cet impuissant – du cœur, sinon du sexe...

Toutes ces épithètes, elle les a débitées sur le divan alors qu'elle était venue pour parler de Vivien comme du plus-grand-amour-de-sa-vie...

Nick laissait échapper quelque bruitage qui signifiait à peu près : « Oui, et alors ? Si vous l'aimez, il faut l'aimer tel quel ! L'amour ne chipote pas... »

C'est du moins ce que Magli croyait comprendre, car Nick est le roi, le prince, l'empereur des monosyllabes. Aussi des grognements parfois étonnés, parfois plaintifs, à tel point qu'un jour elle lui a demandé : « Vous souffrez ? »

Il lui a répondu : « Et vous ? »

Eh bien oui, elle souffre, sinon serait-elle là ? Il pourrait quand même réfléchir, avant de se livrer à des interprétations saugrenues...

« Il faudrait que mon histoire avance plus vite, se dit Georgine qui stoppe la course de ses doigts sur le clavier de l'ordinateur. Il faut maintenant qu'il se passe quelque chose entre eux, ou que Magli revienne à Vivien, ou bien encore qu'elle rencontre un autre homme... Tiens, sur le palier de l'analyste, un autre patient : c'est ça qui serait amusant... Les deux analysants se mettent à communiquer à travers leur commun analyste... Dans la réalité, ils se contentent de se lancer des regards en se croisant, car leurs rendez-vous chez Nick se suivent... C'est Nick qui découvre le premier qu'ils sont tombés amoureux l'un de l'autre. Et comme cela le rend jaloux – un analyste est un homme comme les autres –, il va déplacer les heures de rendez-vous afin que ces deux-là ne se rencontrent plus dans son escalier ou sur son palier, et ce sera dramatique. Magli manifestera le désespoir d'une princesse racinienne séparée de son bien-aimé...

Georgine en imagine déjà les cris de douleur : « Vous m'aimez, et je pars ! »... Avec des interrogations sans réponse : où se retrouver, comment se rencontrer à nouveau à moins de faire le pied de grue sur le trottoir de l'analyste, tous les jours, à toutes les heures, jusqu'à ce que... Mais qui a la possibilité, le loisir de faire ça ? Non, Nick est un sadique, ce dont elle se doutait depuis le début...

À propos, qui pense cela de Nick ? Magli ou elle, Georgine, l'affabulatrice de profession, la faiseuse d'intrigues ? Et qui se montre sadique, sinon elle, pour songer à fourrer de tels bâtons dans les roues de ses personnages ?

DEUX FEMMES EN VUE

À croire qu'elle n'est pas satisfaite de les voir s'aimer. Mettons comme Léonore et Nicolas...

Pour ce qui est de ces deux-là, au lieu de les dénigrer, elle devrait s'en inspirer pour continuer son livre : le romanesque de leur rencontre plairait à son public. La vie, parfois, a plus d'imagination que les écrivains... Et sûrement le cœur plus vaste !

L'homme et la femme sont au coude à coude, penchés sur le parapet du pont Marie.

« C'est drôle, se dit Nicolas, alors que c'est son amie qui est écrivain et vit de mots, c'est cette femme-là qui parle le plus… »

Mais pourquoi pense-t-il à Georgine alors qu'il a le privilège d'être avec Léonore ? En fait, quelque chose dans son esprit n'arrive pas à les séparer. De même quand un homme rencontre deux sœurs très proches : alors qu'il a décidé d'épouser l'une, il ne peut abolir l'image de l'autre.

Encore, s'il s'agit de deux sœurs, cette gémellité peut-elle se comprendre : élevées par les mêmes parents, de la même façon, elles ont des manières d'être et de parler si semblables, en dépit de leurs différences, que cela trouble.

Et pas seulement les hommes… Si quelqu'un considère l'une songeusement et qu'elle demande : « Qu'y a-t-il ? », il est fréquent que cette personne réponde : « Tu me rappelles ta sœur… »

En ce qui concerne Léonore et Georgine, elles ne sont pas sœurs, ne se ressemblent pas, ni physiquement, ni moralement. Reste qu'elles sont intimes – et probablement se confient tout. À peine l'a-t-elle rencontré, Léonore n'a-t-elle pas éprouvé le besoin de le présenter à Georgine ? C'est cette alliance presque fusionnelle qui intrigue Nicolas. Le rend perplexe, le gêne.

Léonore rapproche sa tête de la sienne :

– Que préférez-vous, chuchote-t-elle à son oreille, voir l'eau du fleuve entrer et disparaître sous le pont, ou en sortir à gros bouillons comme d'un barrage ?

– Eh bien, je…

Il n'y a jamais pensé !

– Venez, changeons de bord, dit-elle en l'entraînant par la main de l'autre côté du pont ; comme ça, vous pourrez comparer… Et choisir !

C'est le charme infini de Léonore : elle se penche sur des choses qu'on ne remarque pas, tant elles sont familières, et elle les rend étranges. Remarquables. « Est-ce cela, être créatrice ? » se demande Nicolas. Cette femme ne se contente pas de concevoir de nouvelles formes, des assemblages inédits de couleurs, en rejetant sciemment tout ce qui a existé avant elle, et même ce qu'elle a créé peu auparavant ; elle fait en sorte de transformer le monde. Le cadre des choses, l'espace et le temps...

Rien n'arrête chez elle ce mouvement qui semble doux et lent, comme ses gestes, alors qu'il est foudroyant et inflexible.

Quand elle lève les yeux sur lui, il a chaque fois le sentiment qu'elle le découvre. C'est d'ailleurs peut-être vrai... Entre-temps, elle a dû l'oublier – ne pas se rappeler qu'elle est avec lui et s'attendre à en voir un autre. Quelque ancien amour, son dernier amant ?

Nicolas n'en sait rien, mais cette incertitude lui instille le désir de s'imposer. Jusqu'à la frapper.

– Et quand le lit n'est pas celui du fleuve, vous préférez quoi ?

À nouveau le regard gris-bleu, mélancolique, interrogateur : « Faites-moi entrer dans un autre monde », semble-t-il demander.

– Je ne comprends pas.

– Vous choisissez quel côté du lit... quand vous y êtes deux ?

C'est presque grossier, mais ne semble pas déplaire à la femme.

– Ça dépend de qui est avec moi.

– Et quand c'est moi ?

– Je ne sais pas encore.

– Voulez-vous qu'on essaie ?

Cela fait des heures, en fait depuis la veille, qu'ils traînent. Elle, perchée sur ses hauts talons, lui les mains dans les poches, pour aboutir à l'île Saint-Louis.

D'où, adossés au parapet du pont Marie, ils contemplent sans les voir les rives amont de la Seine, dans le rougeoiement du soleil levant qui s'intensifie de seconde en seconde.

Nicolas n'a pas tort, ils doivent en convenir l'un et l'autre : l'heure est venue de coucher.

– J'ai un grand lit dont le matelas est à même le sol, propose Nicolas. Au plafond il y a des poutres. Une sorte de loft avec vue sur le canal Saint-Martin.

– Et moi j'habite sur des jardins, à Saint-Germain-des-Prés… Que de saints autour de nous, vous ne trouvez pas ?

– Quels seins, oui ! dit l'homme en la prenant brusquement dans ses bras et en lui pressant la poitrine.

– Arrête !… Tu me… tu me troubles !

– Je te donne ce que j'ai ! Envie de moi, puisque j'ai envie de toi.

C'est si fort, ce moment-là. « Sûrement inoubliable », se dit Nicolas qui s'imagine déjà en train d'y repenser !

La plupart du temps, c'est après coup qu'on goûte le mieux les événements exceptionnels… Dans l'instant, on reste médusé, comme l'est à cet instant Nicolas. Conscient toutefois que le spectacle, celui qu'ils jouent comme celui qu'ils donnent, n'est que pour eux seuls. Sur la scène miraculeuse d'un Paris à cette heure désert, lequel, bien qu'il en ait vu quantité, de ces couples que l'aube enflamme, s'émeut à chaque fois devant l'éclosion d'un nouvel amour.

Saura-t-il durer, celui-là ?

Léonore vient juste de s'endormir lorsque Georgine l'appelle. Percevant la sonnerie du téléphone dans son demi-sommeil, elle ne bouge pas, ne répond pas. Le fait est exceptionnel : à cette heure, d'habitude, toutes deux sont levées. Mais, ce matin, l'emploi du temps de Léonore est bouleversé.

Après avoir accepté l'invitation de Nicolas à le suivre jusqu'à son appartement situé sous les toits, elle a laissé les choses s'enclencher et suivre leur cours. Étonnée que cela lui arrive à elle, sans qu'elle l'ait vraiment prévu, de se retrouver au bras puis dans les bras d'un homme jeune, ardent, plein de désir, dans un lieu qui ne lui déplaît en rien, contrairement à ce qu'elle éprouve d'ordinaire chez autrui... Ici, tout lui apparaît élégant, simple, fait pour y vivre sans apprêt, avec des meubles bas et le matelas – comme Nicolas l'en a prévenue – à même le sol. Les murs sont blancs, le bois de la charpente apparent et clair ; une ambiance lumineuse ponctuée çà et là de quelques taches de couleur crue. Aucune indication, fût-ce dans le choix de l'ameublement, qu'une autre femme vive là ou y soit passée.

Léonore se sent chez un célibataire jeune à l'esprit clair, au cœur net, ouvert à la lumière – du moins est-ce ce qu'elle peut inférer de cet intérieur si un cadre traduit la personnalité de son occupant. Après tout, c'est bien le rôle des vêtements (elle s'y exerce tous les jours) de révéler qui l'on est ; pourquoi pas aussi celui de la décoration ? Le sourire de Nicolas, lorsqu'il la prend dans ses bras pour l'allonger sur le lit, ressemble bien à ce qui les entoure : sans arrière-monde, juste et sincère.

Et c'est en toute confiance que Léonore s'abandonne. Elle se sent désirée – et pour ce qu'elle est. Une femme qui sait ce qu'aimer veut dire. Et ce que cela implique de don de soi.

Vers les neuf heures, c'est elle qui demande à rentrer tandis que Nicolas propose de passer leur journée couchés à oublier le temps, les obligations.

– Mais je ne peux pas, on m'attend, j'ai plein de rendez-vous !

– Et si vous étiez malade ?

– Je ne suis pas malade !

– Si, vous l'êtes, depuis hier soir... Et moi avec vous ! Si vous restez, de mon côté j'annule tout...

– Voyons-nous ce soir... Je décommande mon dîner et je vous retrouve où vous voulez, ici, chez moi...

– Je viens vous chercher à vos bureaux : le mien est dans le même quartier et ma voiture au parking... Après, nous aviserons, ou plutôt j'aviserai !

Léonore opine, contente : il y a longtemps qu'un homme n'a pas décidé pour elle, en tout cas pour ce qui est de gérer son temps libre. Pour le reste, elle est, reste et sera toujours maîtresse à bord. Pas moyen de faire autrement. D'ailleurs, elle ne le désire pas. Car si la femme en elle se sent grisée, peut-être même amoureuse, le chef d'entreprise ne l'est pas !

L'homme, son nouvel amant, la raccompagne jusqu'en bas de chez elle.

– À tout de suite..., lance-t-il après être descendu de sa voiture pour lui ouvrir la portière. Tâchez de garder les mêmes yeux !

Puis d'ajouter :

– Ils me plaisent infiniment...

Léonore rentre dans son immeuble sans se retourner pour, une fois chez elle, se précipiter vers son miroir. Ses yeux, ils sont comment ? Cernés de mauve jusqu'au milieu des joues, et cela la fait rire !... Ces cernes sont un aveu ! Qu'elle a passé une nuit blanche. Aussi qu'elle n'est plus exactement toute jeune pour s'en trouver autant marquée...

Elle apprécie d'autant plus la délicatesse de Nicolas qui a songé à la rassurer d'avance sur ce qu'elle allait forcément constater. À croire qu'il voit tout d'elle, *in and out*, et cela lui plaît. Sans se démaquiller – il ne reste pas grand-chose de ses fards –, elle se couche, et c'est le répondeur qui se charge des communications jusque vers le milieu de la matinée.

Il lui faut bien se décider à se lever : elle a un important rendez-vous d'affaire sur le coup de midi. Elle écoute les messages tout en prenant son bain, entend la demande réitérée de Georgine : « Appelle-moi quand tu pourras, coureuse... » Ce qui la fait sourire : son amie l'écrivain aurait-elle des antennes au bout de sa plume ?

Tout en achevant de s'habiller – en gris et blanc, avec une touche d'orangé –, le récepteur coincé sur une épaule, elle rappelle Georgine :

– C'est moi !
– Salut, où tu étais ? Déjà sortie ?
– Juste rentrée, et j'avais sommeil...
– Je vois... C'était bien ?
– Divin.

Elle ne désire pas en dire davantage et, au silence de Georgine, elle perçoit que son amie a compris et n'a pas non plus envie d'en savoir plus. Sans doute la romancière imagine-t-elle son aventure à sa façon, c'est suffisant.

En fait, Georgine, ce qui ne laisse pas de la surprendre elle-même, ressent comme une pointe de jalousie...

Tandis qu'elle était restée devant sa télévision, après une brève collation sur la table de la cuisine, pour se coucher tôt, se lever tôt et se mettre à écrire, Léonore courait le guilledou ! Comme une chatte en chaleur... dans la compagnie de quelque beau matou !

Léonore est-elle sérieusement amoureuse ? Georgine en a l'impression, et elle jalouse non pas son aventure, du moins à ce qu'il lui semble, mais son état.

Cela rajeunit de découcher à leur âge, elle l'entend au ton de voix de Léonore, languissant, rêveur – d'où un soudain coup de vieux pour ce qui est d'elle-même !

Cette fois, cela n'est pas comme lorsque l'une ou l'autre se laisse aller à l'aventure d'un soir : dans ces cas-là, la chanceuse téléphone aussitôt, et, excitée, amusée, donne les détails de l'affaire avant que l'autre ait à les lui demander ! Afin de partager le plaisir, et à charge de revanche !

Là, Léonore est silencieuse, comme repliée sur ce qu'elle vient de vivre, et désireuse de le garder pour elle seule.

– Tu veux qu'on se retrouve au Flore ? propose Georgine, intriguée autant qu'agacée par cette réticence à confier un secret qu'elle aimerait à présent percer.

– C'est que j'ai un déjeuner !

Sans autre précision. Pourtant, d'habitude, les deux amies n'hésitent pas à se détailler leurs emplois du temps respectifs, mais Léonore n'a pas envie de révéler qu'elle a de nouveau rendez-vous avec le plaisir. Ce serait le déflorer.

De toute façon, Georgine a compris et extrapole : Léonore entend poursuivre de jour, déjà à déjeuner, son aventure de la nuit !

Avec Nicolas.

Lorsqu'elle retourne à sa table à écrire, c'est pour s'apercevoir que son inspiration – en fait, sa capacité de mettre en mots ce qu'elle ressent – l'a désertée.

Pourquoi se souvient-elle alors de son adolescence ? Dès que sa « meilleure amie » se disait amoureuse, elle-même se mettait à l'être. Pour ne pas rester en compte !

Le hasard, croyaient les deux jeunes filles, et voyez comme la vie est bien faite : il leur arrivait à chaque fois la même chose en même temps ! Elles n'étaient pas devenues « meilleures amies » pour rien. Toutefois, quand l'une se maria avant l'autre, cette amitié, qui devait durer toute la vie, se rompit d'un coup et sans retour.

« Maintenant, avec Léonore, ce n'est pas du tout pareil. Nous sommes adultes et toutes les deux conscientes que l'amitié est autrement plus

précieuse que l'amour… Plus rare… Plus fiable… Plus… »
   Mais le téléphone se met à sonner.
   C'est Nicolas.

Quand j'ai raconté à Léonore que Nicolas Charpentier m'avait appelée, avant que j'aie eu le temps d'aller plus loin, j'ai senti qu'elle se raidissait. Nous étions au Flore, son regard est devenu inquisiteur, il m'a semblé qu'elle crispait son poing :

– Que te veut-il ?

Léonore, la percutante : toujours elle va droit au but, comme une flèche. Est-ce à cause de son ton impérieux que je me suis vaguement sentie coupable ? Alors que je ne le suis en rien...

– Nicolas m'a demandé de lui rédiger un texte de présentation pour son nouveau catalogue...

– Il y en a d'autres pour ça !

– Mais c'est toi qui nous as fait nous connaître ! Souviens-toi...

– Toi aussi, rappelle-toi ! Ce n'était pas pour qu'il t'engage, mais pour que tu me

donnes ton avis sur lui... Une preuve de confiance de ma part !

– Je suis venue parce que tu me l'as demandé, et je t'ai aussitôt fait part de ce que j'en pensais quand tu m'as appelée sur mon portable... Je pourrai mieux encore en juger lorsque j'aurai eu avec lui des relations de travail...

– Je préfère que tu n'aies pas du tout de relations avec Nicolas !

– Ah bon, vous en êtes là ?

– Peut-être...

Elle s'est reculée pour s'envelopper dans son châle comme si elle se préparait à se lever et à me planter là. Puis elle a eu son fameux sourire, celui destiné à lui attraper tous les cœurs, et qu'elle réserve d'ordinaire à ceux qui ne sont pas encore conquis.

– Parce que cet homme est tout neuf dans ma vie, et qu'il est à moi.

Ainsi Léonore s'est décidée – on ne peut plus rapidement – à se le faire ! Sans m'en parler. C'est ce qui me blesse. Et m'irrite... Tant pis pour elle : si elle a des secrets pour moi, je ne vois vraiment pas pourquoi je n'en aurais pas pour elle.

La collection, quelle affaire !

Sans y collaborer – de même que Léonore ne se mêle pas de l'écriture de ses romans –, Georgine a le sentiment d'y participer par la pensée.

Dans les dernières semaines, c'est tous les matins qu'elle appelle son amie pour un échange abrégé par la nécessité où est la créatrice de se rendre au plus tôt dans ses ateliers.

En juin, il s'agit déjà de concevoir, puis de présenter les modèles du printemps prochain.

– Je n'ai pas d'idées, se lamente régulièrement Léonore. Tu en as, toi ?

Aux approches des présentations, la question est rituelle. Georgine se contente de rire :

– J'attends que tu m'étonnes, comme à chaque fois !

– Tout le monde me dit la même chose ! Cela m'exaspère ! À vous entendre, je vais forcément y arriver, mes gémissements ne vous émeuvent en rien, à croire que c'est une façon de me mettre en train !

– C'est le cas, non ? Et, au jour dit, c'est le triomphe !

– Jusqu'à présent... Mais la mode devient de plus en plus difficile, tu vois comme moi ce déferlement de jeunes couturiers ; certains ont du talent, la presse les encense, alors le public suit...

– Une ou deux saisons, puis les femmes reviennent à toi. Parce que tu es là pour garder la ligne...

– Tout le monde sait qu'une ligne Maginot, ça se contourne !

– Ta ligne à toi n'a rien d'un ouvrage militaire ! C'est une ligne faite d'équilibre, de justesse, entre le désir des femmes d'aller de l'avant et, en même temps, celui de rester elles-mêmes, différentes des hommes, désirables – et aussi, c'est important, d'avoir le droit de vieillir, comme toi et moi...

– Tu crois ?

Georgine a le sentiment de la bercer de mots comme elle ferait pour un enfant. Quand elle y est parvenue, en répétant des phrases en forme de ritournelles, Léonore raccroche d'un coup sur un sec : « Faut que j'y aille ! »

Les premières fois, Georgine s'est sentie vexée : elle venait de se donner du mal, et on la plaquait sans un merci !

Maintenant, elle sait que c'est bon signe : elle a su redonner de l'élan à cette femme exceptionnelle qu'est Léonore ; par des paroles appropriées, elle lui a permis de retrouver en elle-même ce que les sportifs appellent leurs « sensations ». Maintenant, la créatrice a hâte d'aller sur ce qui est son terrain, sa piste, de se retrouver parmi ses modèles encore en pièces, entre ses assistants, sa première chevronnée mais inquiète, son mannequin, prêt à se plier au moindre signe.

De loin, à sa façon, Georgine a pu donner un coup de pouce à l'élaboration de la collection.

Pour ce qui est d'elle, il ne lui reste qu'à retourner à sa page blanche – face à laquelle elle est seule...

Mais, ce matin, c'est avec une certaine appréhension qu'elle téléphone à son amie. Elle ne se voit pas lui disant : « Tu sais, j'ai revu Nicolas, il a vraiment insisté, il tient à ce que j'écrive un texte pour lui. Je n'ai pas pu refuser. En plus, c'est très bien payé... ! »

Léonore est dans la dernière ligne droite avant son défilé, cela risquerait de la perturber. Mieux vaut que Georgine se taise.

Mais si Nicolas, de son côté, fait allusion à leur rencontre ?

Il sera toujours temps d'objecter : « Ah oui, si je ne t'en ai pas parlé, c'est que, pour l'instant, il n'y a que ta collection qui compte... Il sera bien temps de te montrer ce que j'aurai rédigé pour *ton* Charpentier quand tu auras l'esprit à nouveau libre... »

Mais, qui sait, Nicolas ne dira peut-être rien ? Autant qu'elle ne casse pas le morceau la première.

– Ça va comment ?

– J'ai des problèmes avec les robes noires.

– De quel genre ?

– Elles sont bien, mais pas transcendantes. J'ai envie de les jeter au panier. Tu crois qu'il faut des robes noires ?

– Tu les vends, non ? Les femmes en veulent toujours...

– Je n'ai peut-être pas besoin de les présenter.

– Tu verras au dernier moment !

Brusque éclat de voix :

– Mais je suis au dernier moment ! Le défilé est dans huit jours...

– À propos, j'ai reçu l'invitation, elle est ravissante, j'adore cette silhouette que tu as dessinée en trois traits noirs et rouges.

– C'est ma nouvelle assistante qui s'en est occupée, elle m'a pris un croquis qui traînait... Il faut que je te la fasse connaître, elle me semble bien. Tu passes, tout à l'heure ?

– Je peux venir vers cinq heures.

– Parfait. Tu me donneras ton avis sur les manteaux à manches larges.

Elles n'ont pas évoqué Nicolas. Comme s'il n'existait pas. Peut-être n'est-il déjà plus dans la vie de Léonore ?

À cinq heures, Georgine est dans le studio, posée sur un tabouret à observer la modéliste au travail.

Tantôt debout, tantôt assise, se reculant, se rapprochant, Léonore ne semble occupée qu'à une chose : voir. C'est le mot qu'elle utilise pour parler de ce qu'elle fait : « J'ai les tailleurs à voir. » Ou : « Je veux revoir la robe rouge. » Et si Lucienne la sollicite, c'est pareil : « Madame, vous avez les robes du soir à revoir… »

Tel est son art : voir. Comme un peintre, un sculpteur, et, s'il lui arrive de toucher, c'est à peine. Du bout des doigts, car c'est avec des mots qu'elle dirige Lucienne : « Il faut remonter la poche… La taille fait un faux pli… Ce serait mieux sans la pince… Cette jupe, on ne l'a pas déjà montrée, la saison dernière ? »

Dialogue incessant, presque chuchoté, qui est à l'origine d'une cascade de gestes : déjà chez Lucienne qui cisaille, démonte, épingle sur le mannequin vivant, puis dans les ateliers. Pour obéir aux ordres parlés de Léonore, un bataillon de mains s'activent...

« La couture, ce sont des mains, se dit Georgine. Des mains qui font, défont, refont... Ne dit-on pas, pour qualifier les ouvrières, qu'elles sont "petites mains", "secondes mains", "premières mains"... À croire que seule Léonore a des yeux ! » Quoiqu'elle ait aussi des mains : longues, fines, vigoureuses, ornées d'un unique brillant. Quand elle ne s'en sert pas pour manier, jauger une étoffe – son seul apport manuel à la confection d'un modèle –, elle esquisse des formes dans le vide. Pour souligner ce qu'elle dit, tracer aussi des signes invisibles.

– J'aurais voulu être peintre ou plutôt sculpteur, gémit-elle parfois.

– Mais tu l'es, lui répond Georgine. Tu sculptes des corps vivants. Connais-tu la phrase extraordinaire de Pierre Cardin : « Pour moi, le corps est liquide, je le coule dans mes vêtements... »

Travail de fonderie ?

Toutefois, Léonore est plus tendre que son confrère, et même timide avec le corps féminin ; au lieu de le forcer, elle l'accompagne dans son évolution. « Il faut dire que les filles grandissent, s'affinent, dans nos sociétés, songe Georgine ; les toutes jeunes sont encore plus grandes que leurs aînées... La mode doit en tenir compte. » La complicité de Léonore avec ce corps féminin en constant bougé aiguise sa perspicacité : depuis près de trente ans qu'elle travaille avec des femmes – mannequins, ouvrières, vendeuses, clientes –, elle les juge en un clin d'œil.

« Qu'une fille entre dans son bureau pour se faire engager, ou fasse trois pas sur le podium, en un rien de temps Léonore perçoit ce qu'elle porte en elle, sans que nul encore ne le sache ! Et ce qu'elle va pouvoir en tirer... Elle pourrait ouvrir un bureau de recrutement ! »

Il faut dire que la couture, la vraie, ne permet pas la tricherie. On peut dissimuler un temps qu'on a bâti une maison sur de mauvaises fondations, pas un vêtement : l'erreur, le déséquilibre se voient d'emblée. Le factice aussi.

Certains faiseurs s'en contentent, pas Léonore : pour ses modèles comme pour elle-même, elle exige le meilleur. Si possible, la perfection.

« J'en fais autant, se dit Georgine ; c'est notre goût commun pour le travail abouti qui nous rapproche. »

La modéliste se tourne brusquement vers elle :
– Tu crois que ça va aller ?
– C'est toi qui sais, ma chérie ; moi, je me contente d'avoir envie...

Fanny Rancenne pénètre dans le studio, semble hésiter sur le seuil. Léonore tend le bras vers elle pour la désigner à Georgine :
– Je te présente ma nouvelle assistante, Fanny.

« C'est drôle, se dit Georgine en souriant à la nouvelle venue, elle ne ressemble pas aux femmes qui entourent Léonore. À croire qu'elle joue un rôle... Les autres, quelle que soit leur fonction dans la maison, sont des femmes « crues », sans apprêt... Mais Léonore doit avoir ses raisons pour s'être choisi une assistante en représentation.

Ce qu'elle ne sait pas, c'est que, ce jour-là, Léonore avait impérativement besoin de quelqu'un, et qu'elle a engagé sur-le-champ celle qui, par chance ou malchance, cognait à sa porte.

Mais quelque chose en Georgine – flair, instinct ? – a tressailli.

C'est avec une volupté comparable à celle de l'Avare comptant les louis d'or de sa cassette que Fanny Rancenne feuillette le volumineux répertoire des « contacts presse » de la maison Duval.

Des noms prestigieux de commentatrices à la télévision voisinent avec ceux de célèbres signataires des pages mode dans les magazines féminins ou les quotidiens.

Par son chiffre d'affaires, la mode est en constante croissance, ce qui lui permet de s'offrir une publicité coûteuse. Aussi ceux qui y ont acquis un nom jouissent-ils d'un prestige mondain de premier plan. Les couturiers ne sont plus traités comme des « fournisseurs » – statut auquel ils étaient réduits autrefois – mais comme des artistes à part entière.

Léonore connaît personnellement tous ses confrères (et rivaux), et les plus cotés d'entre eux sont régulièrement invités à ses collections ; ils y assistent souvent et elle leur rend la pareille. Le temps n'est plus où les créateurs craignaient la copie ou le regard de leurs pairs sur leurs dernières créations : il faut dire que tout va si vite qu'à peine une ligne est-elle lancée qu'elle est déjà au rebut. « Il faut faire autre chose » : antienne de la mondialisation accélérée des échanges...

Fanny est extrêmement satisfaite d'avoir su mettre en page, grâce à l'ordinateur, un projet pour l'invitation au défilé qui a plu à Léonore Duval. Celle-ci l'a toutefois un peu rectifié, allégeant la typographie ainsi que certains traits du dessin initial.

N'empêche, Fanny se sent l'auteur de ce carton dont elle a choisi le papier, la couleur, et donné seule le bon à tirer après examen de la maquette. Elle sait qu'il sera expédié à des centaines de personnes qui ont l'œil, et si son nom n'est pas dessus, pour elle, c'est tout comme...

Elle s'est d'ailleurs permis d'en faire parvenir quelques exemplaires – avec la suscription « non utilisable » – à des copines à elle, à sa mère et à sa vieille marraine des Ardennes, avec un petit mot : « C'est mon œuvre, Mme Duval s'est déclarée enchantée. » Et boum !

En sus des journalistes et photographes, la liste comporte des « stars » – actrices, acteurs, gloires de la plume, des arts plastiques, du cinéma –, lesquelles font partie du « carré personnel » de la couturière.

Un ou deux noms ayant paru plutôt « ringards » à Fanny – en fait, tombés dans l'oubli –, et le nombre de places disponibles étant limité, elle s'est permis une remarque :

– Pour ce qui est de cette personne-là, est-ce bien nécessaire ?

Léonore l'a regardée par-dessus les jolies lunettes – sa création – qu'elle met pour lire, et lui a jeté d'un ton sans réplique :

– C'est une amie (ou un ami) depuis vingt ans...

Sans appel, et Fanny a compris qu'insister dans le but louable de réduire la liste « perso » eût été une gaffe, pour ne pas dire une offense. Elle ne peut que saluer l'intangible fidélité de Léonore ; n'empêche qu'il y aura des personnes debout. Pourvu que cela ne lui retombe pas sur le dos ! Les VIP's ont leurs noms étiquetés au dossier de la chaise qui leur est réservée, mais les autres se placent par ordre d'arrivée... et tant pis pour les retardataires !

Et elle, où sera-t-elle ? Ce qui importe, c'est comment elle va s'habiller... En Duval, bien sûr, et elle s'est dernièrement procuré, dans les soldes, quelques éléments à la fois simples et typés.

Pour l'occasion, Léonore Duval a fait confectionner des T-shirts avec sa signature en gros caractères sur le devant, que doivent porter les jeunes filles chargées de l'accueil et de la mise en place des invités.

Ravissant : les lettres sont strassées en rouge et blanc sur du coton noir. Fanny en a pris un pour elle, ce que personne ne pouvait lui interdire, vu son rang d'assistante directe, mais elle ne compte pas l'arborer ce jour-là. Elle ne fait pas partie du troupeau. Elle est au-dessus.

– Pour disposer les gens, lui a indiqué Léonore, il faut vous référer au tableau de la saison dernière : à la presse, Séverine le conserve d'une année sur l'autre. À part une ou deux disparitions, pas de changements notables.

– Et pour les nouveaux ? Par exemple, ce monsieur dont vous m'avez fait rajouter le nom, Nicolas Charpentier ?

– Il doit être au premier ou au deuxième rang... Mais ne le mettez pas à côté de Georgine Mallet, ni derrière elle.

Sans explication.

« Bizarre, se dit Fanny. Est-ce un ancien amant ? Mais de laquelle des deux ? Si c'est de la Mallet, seraient-ils brouillés, puisqu'il paraît important de les séparer ? »

Elle n'y aurait plus repensé si, le jour du défilé, elle n'avait été impressionnée par l'allure princière de Nicolas, ses yeux si bleus sous des sourcils si noirs, son costume de lin ardoise. Son sourire...

D'autant que, sitôt dans la salle et conduit vers le « carré des amis », l'homme, au lieu de s'asseoir sur son siège réservé, s'est approché de Georgine Mallet pour bavarder avec elle.

Fanny se dit qu'il serait bon qu'elle sache ce qu'il en est de ces deux-là ; une assistante a le devoir, le besoin d'être au courant du pourquoi et du comment des agissements de sa patronne et de son environnement !

Non par indiscrédition, mais par souci d'efficacité.

Ainsi, pour quelle raison ce M. Charpentier, convié à assister au défilé en bonne place, ne l'est-il pas au dîner qui va suivre dans les salons du grand hôtel de la Concorde ?

Pour ce qui est des autres privilégiés de la soirée, Léonore Duval a demandé à Fanny, en lui tendant une liste écrite de sa main, de les prévenir un à un par téléphone. Charpentier n'en faisait pas partie. Des journalistes américains, des stars du mannequinat ayant participé au défilé, des vedettes de cinéma, des personnes de la famille de Léonore – Fanny ne les connaît pas encore toutes – et l'inévitable Georgine Mallet...

Pourquoi Fanny la qualifie-t-elle à part soi d'« inévitable » ? Depuis qu'elle est en poste, il lui est apparu que l'écrivain est « cousue » à la jupe de Léonore Duval. Il est de bon aloi qu'elle en tienne compte, la négliger pouvant se révéler une lourde erreur.

Elle en a pourtant bien envie : maintenant la si célèbre romancière – elle aimait pourtant la lire – l'agace sans qu'elle sache pourquoi.

Mais, pour l'heure, elle a d'autres choses à penser : quand va-t-elle pouvoir se rendre chez son coiffeur ?

Pour ce qui est du maquillage, Fanny a pu observer le travail de l'habile technicienne venue mettre Léonore en forme – en fait, la « reformater » ! – avant ses séances de pose avec de prestigieux photographes. Désormais, Fanny doit être capable de se traiter elle-même, d'autant plus qu'elle s'est renseignée – discrètement – sur la marque des produits employés : Lancôme, Saint-Laurent, L'Oréal, Terry, d'autres encore...

Cette Colette lui a d'ailleurs paru d'un abord facile et disposée aux confidences sur sa clientèle ; il faudra qu'elle tente de l'inviter à déjeuner quand cesseront le stress et l'effervescence de ces derniers jours.

Une véritable assistante doit savoir profiter de tout ce qui passe à sa portée : informations, rencontres, introductions, bonnes adresses, portes entrouvertes. Bien entendu, dans l'intérêt premier de son employeur.

N'est-elle pas chargée, en des occasions variées, de représenter Léonore lorsque celle-ci se trouve ou se déclare fatiguée, occupée ailleurs, surchargée, indisponible ?

Fanny se doit alors d'assumer le rôle de doublure.

En plus jeune, bien sûr...

Le dimanche qui précède le défilé, Léonore ne peut pas travailler. Elle en éprouve pourtant le désir, tant elle se croit en retard !

Mais les ateliers sont fermés, premières et ouvrières soufflent un peu avant l'ultime effort, les jeunes assistants et les mannequins aussi. La maison étant close, il ne peut se faire aucune livraison des pièces fabriquées à l'extérieur qu'elle souhaiterait revoir. Au besoin, faire refaire, mais impossible, ce jour-là, de contacter les fabricants.

Il ne lui reste donc qu'à se reposer. Penser à autre chose...

Facile à dire ! Obsédée par ce qui ne lui paraît pas être au point dans ses modèles, par ce qu'elle veut retravailler, modifier ou même réinventer à la dernière minute, Léonore Duval en est bien incapable. Elle ne dort pas de la nuit, s'assied devant la télévision, les yeux vides, n'a pas faim, toutefois dévore des sacs de bonbons, des caramels, des biscuits, tout ce qui lui tombe sous la main. Pour se plaindre, le lundi, d'avoir grossi, gonflé, de se sentir mal !

Il y a de quoi : l'avenir de la maison dépend du succès des collections qu'elle présente deux fois par an.

Si elle est entourée d'une équipe, en réalité elle est seule pour réussir cet exploit : pour ce qui est de l'essentiel – la création –, elle ne peut s'appuyer sur personne, aucun de ses assistants, même les plus acharnés ; au demeurant, leur donner le nom d'« assistants » n'est pas approprié : n'importe lequel peut être remplacé séance tenante par un autre, cela ne changera rien (ou presque) au résultat – sauf qu'elle a pris ses habitudes avec l'un ou l'autre et que certains, plus fins ou plus avides d'apprendre le métier, savent saisir ses intentions ou ses désirs sans qu'elle ait à les exprimer (comme un bon amant...).

Mais si Léonore a mal à la tête, au ventre, n'est qu'à demi présente du fait d'une migraine, d'un souci, le travail final risque d'être compromis. Les modèles encore à l'état d'ébauches le resteront, l'ensemble aura un air flou, mal ficelé. Les spécialistes de la couture – un métier d'experts – s'en apercevront dès les premières minutes du défilé, et délivreront leurs comptes-rendus en conséquence.

Quant à la clientèle, même si la presse ne l'influence que peu – les articles, favorables ou non, motivent surtout les acheteurs étrangers –, elle sentira, flairera, subodorera que, cette saison-là, la Duval ne leur offre rien de bien sensationnel.

C'est-à-dire d'une nouveauté irrésistible !

Le modèle, le petit rien dont on ne saurait se passer sans se sentir déchue de son rang de femme.

Tout cela, Léonore n'a pas besoin de se le formuler, elle le sait, le vit, en est torturée, et elle hait les dimanches. Surtout le dernier, juste avant l'épreuve !

« Mais tu sais bien que cela marche toujours ; tu trouves tes meilleures idées à l'ultime seconde ! » lui répète son entourage qui en a assez d'être appelé en renfort, parfois au beau milieu de la nuit, pour la rassurer, la consoler, lui faire passer les heures.

Léonore se repaît de ces belles paroles sans s'en contenter, car elle sait – et elle est seule à en trembler – qu'elle risque sa « peau », sa réputation, éventuellement sa maison à chaque collection.

Jusqu'à présent, elle a gagné : elle a réussi à passer la barre, placée chaque année un peu plus haut du fait de la concurrence accrue, en particulier celle des jeunes, soutenus par la presse qui les joue délibérément contre les anciens. Ne serait-ce que pour le *fun* de secouer un peu le cocotier ! Et tant pis si l'oubli ou la descente en flammes de valeurs éprouvées se révèle finalement mortels pour certains ; les journalistes n'en ont cure des idoles (en tous domaines), tant ils jouissent de mesurer leur petit pouvoir en les déboulonnant !

Quitte, ensuite, à les enterrer dans les larmes ou tâcher de les ressusciter – mais trop tard ! Quoique les disparus fassent encore de l'usage : ils fournissent aux gazetiers l'occasion de nécros élogieuses, destinées à prouver leur supposé talent de plume !

Léonore pourrait tenter de se délivrer de ses angoisses dominicales en les confiant à Nicolas : n'a-t-elle pas rendez-vous avec lui ? Mais plus elle y réfléchit, plus elle perçoit qu'il est indispensable de les lui taire.

C'est non conscient de l'état de nerfs de sa maîtresse – pourquoi l'aurait-il été ? pour lui, le dimanche est un jour faste – qu'il a souhaité la voir. Et mieux vaut qu'il en soit ainsi.

D'ailleurs, si elle est tout à fait sincère, elle doit reconnaître que, ce dimanche-là, elle a moins envie qu'à l'accoutumée de travailler, de « réviser sa copie », de broyer du noir dans la perspective d'un échec qui serait désastreux.

Non, pour une fois, la femme en elle a envie de faire la pause, de profiter de ce jour de relâche, comme le fait son personnel – sauf la première, Lucienne, qui doit s'arracher les cheveux en pensant à une manche mal montée, un col de travers, une ceinture pas en place, un faux pli... Dans l'attente impatiente qu'on soit lundi pour que son atelier puisse y remédier.

À sa surprise, Léonore se découvre tout à fait capable de profiter de ce jour de relâche ! De chaque instant, de chaque heure. En somme, de jouir de cette chance : sa dernière conquête.

Déjà, dès son arrivée, ces bras virils qui l'encerclent sont une félicité ! Nicolas ne la relâche que pour la prendre par la main, et c'est elle qui l'entraîne faire le tour du petit hôtel particulier où, en ce moment, elle vit seule. Léonore se délecte de l'étonnement qu'elle lit dans les yeux du visiteur. Située au fin fond d'une rue en impasse, dans le VIIe arrondissement, la petite maison de deux étages bénéficie d'un jardinet qu'embaument des massifs de rosiers, d'un gazon bien entretenu et d'un bassin orné de quelques statues de pierre, d'où jaillit un jet d'eau.

Tout y semble presque campagnard, et Léonore aime à dire que la nature est bien généreuse : il suffit d'un peu d'eau, d'air, de lumière... et de beaucoup d'argent pour obtenir un petit coin de paradis en plein Paris !

– C'est donc votre chez vous...
– Tout à fait.
– Mais c'est un rêve !
– C'est moi qui suis un rêve, ne le saviez-vous pas ?

Léonore aime surenchérir aux compliments qu'on lui fait, c'est sa façon – coquette – de montrer qu'elle ne se prend pas au sérieux.

– Tu es mon rêve à moi, oui, et tu l'étais bien avant que je ne te connaisse, mais jamais je n'aurais imaginé qu'il puisse devenir réalité.

Soudain, Léonore a le sentiment que si elle s'est donné tant de mal et a tant dépensé pour embellir son domaine, c'était, sans le savoir, pour éblouir un homme comme Nicolas Charpentier. N'est-il pas jeune, beau, de surcroît artiste de métier, et amoureux ! Et ses réactions sont savoureuses d'être aussi enfantines ! Comme celles d'Alice au pays des merveilles ! Il s'est mis à la précéder tant il a hâte d'ouvrir toutes les portes – « Je peux ? tu permets ? » –, de se pencher à tous les balcons, d'allumer les grands lustres de cristal, de caresser au passage les animaux de bronze...

Puis il se laisse tomber d'un coup dans l'énorme fauteuil qu'un tapissier a confectionné à la demande de la couturière, si vaste qu'il peut contenir deux personnes, si haut de dossier et d'accoudoirs qu'on y disparaît !

La plupart du temps, lorsque Léonore introduit de nouvelles personnes dans ce décor fantaisiste autant que luxueux qu'elle s'est créé au fil des années – quand elle l'avait achetée, la petite maison, quoique chère, était presque en ruine –, elle perçoit ses visiteurs comme vrillés par la jalousie. Aucun ne l'exprime, d'autant moins que, dans l'ensemble, ses relations sont loin d'être mal loties, mais les bouches se pincent, la voix grimpe pour laisser tomber des remarques banales du style : « C'est ravissant », ou « Vous êtes vraiment bien, ici ! », ou « Quel calme, on se croirait à la campagne ! »

Et on passe vite à autre chose, comme si, le tour du propriétaire étant fait, on pouvait causer d'affaires sérieuses. Lesquelles, à propos ?

Tandis que Nicolas, lui, ne cesse de regarder, de s'émerveiller, de la complimenter. Et de la contempler, sa belle en ce jardin...

– Quand je pense que tu as installé tout cela d'une façon aussi exquise, qui te ressemble si bien, c'est-à-dire qui ne ressemble à rien ni à personne d'autre – *sans moi* ! Comment as-tu osé ?

– Je t'attendais, je devais te prévoir...

Il s'extirpe d'un bond du profond fauteuil, s'approche d'elle pour la serrer contre lui :

– Ma femme géniale ! lui dit-il, puis il l'entraîne vers la chambre où le lit est bas, très large, presque carré.

D'autres hommes se sont étendus là. Léonore les a oubliés ; il n'y a plus que ce garçon rieur qui a l'air de savoir, d'apprécier sans réserve la femme singulière qu'elle est.

Avant tout, une artiste, une femme qui se meurtrit sans cesse pour tirer d'elle-même le plus beau, le meilleur – et l'offrir aux autres.

DEUX FEMMES EN VUE

Et à qui le reste du monde, tout en en profitant, donne rarement quelque chose en retour – jusqu'à l'arrivée de cet homme, près d'elle.

Par bonheur, elle l'a conquis, celui-ci, mais sans qu'elle sache au juste par quoi ni comment – d'où, chez elle, une angoisse encore légère. Comme une brume d'aube sur le chemin.

Ce n'est pas la première fois que j'accepte de fournir de l'écriture à la demande. Suite à des commandes, plus ou moins cher payées, de magazines, de journaux, parfois pour une préface. Il m'est même arrivé de rédiger quelques textes publicitaires – et là, c'est juteux ! Une fois, c'était pour une marque de briquets de luxe ; les annonceurs m'ont fait compliment de mon travail.

Ce qu'il y a d'amusant, quand on joue le rôle de l'« écrivain public » et qu'on loue sa plume avec la nécessité de satisfaire, c'est qu'on doit s'efforcer de se mettre à la place du client qui a passé commande. Il s'agit de s'introduire dans sa peau, de comprendre – mieux que lui, si possible – ses motivations, son vrai désir, lequel n'est pas forcément celui qu'il a exprimé...

Dans l'ensemble, j'y réussis à peu près bien. Lorsqu'on est romancier, on est toujours un peu caméléon, capable, tel

Asmodée, de soulever le haut d'un crâne pour se glisser à l'intérieur. La tête des autres, *disait Marcel Aymé... Encore une ! Je suis bourrée, tel un canon, de références littéraires que je tire à bout portant ! Ce qu'apprécient certains de mes amis, mais pas tous : ces allusions en ennuient d'autres qui ne veulent rien connaître, hors leur culture « pub ». Mais Léonore, elle, fait souvent appel à moi lorsqu'elle cherche un titre pour sa dernière collection, ou le nom d'un nouveau parfum. Il s'agit alors de trouver un slogan, une image, un mot, d'autant plus chocs qu'ils entreront en résonance avec toutes ces réminiscences linguistiques, poétiques, romanesques que les gens gardent en tête tout en les ayant oubliées. Les stimuler éveille chez eux une onde émotive, comme lorsqu'on fait revivre un souvenir d'enfance... Du coup, on voudrait prolonger le plaisir... et on achète !*

La plupart des gens – en fait, tous ! – sont prêts à payer n'importe quel prix pour ressusciter leurs premières années sur la Terre.

Leur jeunesse. Ses élans.

Je me demande parfois si l'amour de soi et de son propre vécu n'est pas plus fort que l'amour tout court. Il arrive qu'on quitte ses amants, ses maîtresses, mais soi, on ne se lâche jamais !

On s'est fait des serments à soi-même, et ceux-là on les tiendra : « Toi, ma chère vieille peau, nous vieillirons et nous mourrons ensemble ! Promis ! »

Est-ce que je délire ?

Ce qui me met en transe, semble-t-il, c'est le fait d'avoir à écrire pour Nicolas ! J'éprouve comme une volupté à m'introduire à l'intérieur de cet homme ! Toutes sortes d'idées drôles, bien tournées, voire même farfelues, surgissent sous ma plume sans que j'aie à fournir d'effort – à peine à me concentrer. Je pense à lui, je revois son regard, son sourire, et les mots me viennent...

Je n'ai plus qu'à les transcrire, ces « tombés du Ciel », en vue de les lui soumettre !

Il m'a recommandé de lui faxer au fur et à mesure ce que je conçois – mais je préfère le lui lire à haute voix, ou qu'il le lise sous mon regard. J'ai besoin d'observer sa réaction, fût-elle muette. C'est ce qui me guidera pour continuer, sentir si je suis sur la bonne voie, celle qui lui convient le mieux ! Je vais lui téléphoner pour prendre rendez-vous – à son bureau, cette fois.

Toujours rien dit à Léonore. Je lui ferai la surprise plus tard : « Tu vois, j'ai réussi à satisfaire ton Nicolas ! J'espère que tu es fière de moi... »
Le sera-t-elle ?
Je n'ai aucunement l'intention de lui « soulever » son nouvel amant. Je ne l'ai jamais fait, je ne vois vraiment pas pourquoi je m'y mettrais aujourd'hui. Pour paraphraser de Gaulle – revoilà ma manie des références ! – « ce n'est pas à mon âge que je vais commencer une carrière de pute » !

Tout petit, déjà, Nicolas s'était révélé fou d'espace. Il avait tout de suite préféré la grande chambre et le grand lit de ses parents à ceux, plus exigus, qui lui étaient destinés. Il adorait virevolter dans la salle de séjour et, l'été, quand il allait rendre visite à ses grands-parents, dans le Gers, il n'avait qu'une idée : courir à perdre haleine à travers la prairie, les champs...

Sa première rencontre avec la mer, à Biarritz, fut inouïe : il avait à peine deux ans, tenait encore mal sur ses jambes, n'empêche qu'à peine arrivé sur la plage il avait déboulé tout seul vers l'Océan, jusqu'à la limite de l'eau, bras étendus... On eût dit qu'il cherchait à prendre tout l'horizon entre ses bras afin de s'y incorporer, rêvant sans doute de monter dessus pour naviguer jusqu'à l'infini, comme il le ferait plus tard.

Dès les premières esquisses de ses plans d'intérieur, il s'était employé à abattre toutes les cloisons, élargissant les baies, construisant des balcons, des terrasses : travaillant à ce que l'espace, partout, soit autant que possible d'un seul tenant.

Sur ses chantiers comme dans son bureau, il ouvrait facilement les bras en croix pour expliquer quelque chose, comme ce premier jour de sa fameuse rencontre avec l'Atlantique.

Dans ses yeux bleus, les femmes qu'il avait aimées avaient eu souvent le sentiment de lire comme une absence. Il leur semblait qu'il les fixait sans les voir, sans cligner des paupières, dans une tranquillité inquiétante qui leur donnait le vertige...

– À quoi penses-tu ? finissaient-elles par demander.

Nicolas avait une réponse toute prête dont il savait d'expérience qu'elle allait les satisfaire :

– Mais à toi, mon amour !

Si certaines paraissaient peu convaincues, il ajoutait :

– Pour moi, tu incarnes un mystère : celui de la féminité !

Quelle femme, ainsi interpellée, ne se tourne pas vers elle-même, à la fois troublée et flattée : que recèle-t-elle de si prodigieux qu'elle n'est pas capable de percevoir ? Est-il vrai qu'elle est sans bords, sans frontières, aussi infinie et désirable que l'Océan ?

En réalité, jusqu'à Léonore, Nicolas n'avait jamais rencontré une femme sans limites... Un jour ou l'autre, toutes lui proposaient de s'installer aussi bien dans l'espace que dans le temps. En sorte qu'il y ait des horaires, des règles, des aménagements destinés à les maintenir ensemble, en couple indissociable, comme deux bœufs sous le même joug.

Oui, à ses yeux, la plupart des femmes rêvent de former l'attelage avec un homme ou un autre. Aucune, en tout cas, n'avait ouvert les bras en lui déclarant : « Tu es libre, c'est ainsi que je te veux et que je t'aime ! »

Beaucoup, comme Corinne, ne s'intéressaient qu'à elles-mêmes, le négligeant, à l'occasion, jusqu'à se montrer grossières. Tant qu'elles n'avaient pas à nouveau besoin de lui, leurs autres visées ayant échoué...

De fait, alors qu'il croyait l'avoir éliminée, Corinne ne s'était-elle pas pointée chez lui, un beau matin ? La petite ne parvenait plus à le joindre par téléphone – il était perpétuellement sur répondeur et omettait de la rappeler en dépit des demandes réitérées laissées sur sa messagerie. C'était un lundi, et Nicolas venait juste de rentrer de chez Léonore pour se doucher, se changer avant d'aller au bureau. Le coup de sonnette l'avait surpris. Un Chronopost ? Une livraison ? Il était allé ouvrir en peignoir. C'était la starlette blonde, pimpante, souriante, convaincue d'être un « cadeau » pour n'importe quel homme !

– Qu'est-ce que tu fais là ? que veux-tu ?

– Je n'avais pas de nouvelles de toi. Alors je m'inquiétais.

– C'est fini, nous deux, tu le sais...

Sans lui proposer ni lui permettre d'entrer.

– C'est que j'ai laissé des affaires chez toi, j'en ai besoin.

– Tiens, lesquelles ?

Avant de prendre le risque d'amener Léonore chez lui, il avait tout examiné, nettoyé, fouillé, et rien de tel ne lui avait paru traîner.

– Des affaires de maquillage. Mon rouge à lèvres préféré...

Difficile, pour un homme qui se veut élégant, de refuser à une femme dont il a été l'amant de reprendre ce qui fait partie de son attirail de conquérante !

Combative, Corinne l'est, ce matin-là. Après avoir perquisitionné dans la salle de bains, fait mine d'y découvrir quelques babioles qu'elle venait peut-être d'apporter, elle se plante devant lui.

– Je peux prendre la douche avec toi ?

– Non.

– Alors, je vais te préparer du café pour après.

– Si tu as tout ce qui t'appartient, tu serais gentille de me laisser, je suis pressé.

– Il y en a une autre ! Elle est dans la chambre, je peux la voir ?

L'impudence des filles qui n'ont plus rien à perdre puisqu'on ne veut plus d'elles !

– Corinne, je te demande d'oublier mon adresse et mon numéro de téléphone.

– Autrement dit, je suis remplacée !

– Pour être remplacée, il aurait fallu que tu aies une place ; or, auprès de moi, tu n'en as jamais eue.

Alors, la fille rebutée élève la voix pour le cas où quelqu'un pourrait l'entendre.

– Et qu'est-ce qu'on a fait au lit, nous deux ? Du tricot ? Joué à la belote ?

– On a baisé, comme tu baises avec n'importe qui. Tu m'as paru bien occupée, à Cannes...

– Tu me traites de pute, ou quoi ?

– Une femme qui vit librement sa sexualité n'est pas une pute, que je sache... Toutefois, elle doit comprendre lorsque c'est fini qu'elle n'a plus qu'à lever le camp...

– Tu me chasses ?

Nicolas lève les yeux au ciel et c'est fou ce qu'il est beau, ce matin, mal rasé, les cheveux en épis, le sourire ironique. Un certain bonheur émane de lui, sans doute du fait de sa nuit.

– Je te prie seulement de me laisser afin que je puisse me préparer et aller au bureau. Tu as récupéré ce que tu cherchais, donc tout est en ordre ; que veux-tu encore ?

D'un coup, Corinne arrache son chandail en laine torsadée rose. En dessous, elle est nue, les seins à l'air.

– Tu as vu, je suis bronzée de partout, le bas aussi !

– Corinne, comme je ne suis pas photographe, je n'en ai rien à faire de ta nudité, ni de ton bronzage, et, je te le redis, je suis pressé...

– Tant pis pour toi, mon vieux, si tu n'en veux pas, il y a des amateurs, crois-moi !

– Rhabille-toi et va les rejoindre !

La jeune femme n'a pas l'habitude de se voir refuser le don de son jeune corps. Du seuil de l'appartement, poussée par Nicolas, visiblement impatient de la voir partir, elle cherche, vexée, quelle flèche lui décocher.

– Je venais t'inviter à m'accompagner à une grande soirée chez Eddy Barclay, il y aura plein de photographes que je connais et tu te serais retrouvé à mon bras dans *Gala* et *Voici*. Ce serait bon pour ton image et ton business... Eh bien, tu devras t'en passer, mon vieux ! Tant pis pour toi...

« Mon Dieu, s'est dit Nicolas, une fois la porte claquée, pourvu que je ne passe jamais dans les pages *people* au bras de Léonore ! La petite m'a mis en garde sans le savoir : il va falloir que nous fassions attention... Léonore en a-t-elle conscience ? »

Il est amoureux, il l'aime, mais il ne veut pour rien au monde apparaître comme son gigolo. Vu leur différence d'âge et de fortune, si on les voit ensemble, ce sera vite jugé.

Mais où est le mal ?

Peu importe, pour lui c'est *non* !

Ce matin-là, en faisant sa toilette dans sa vaste salle de bains or et noir, Léonore fredonne, ce qui n'est pourtant pas son genre. Une chanson d'amour dont les bribes lui viennent spontanément aux lèvres et à la voix : *Il est entré dans ma vie / une part de bonheur...*

Quand elle s'en aperçoit, elle s'arrête, secoue ses courts cheveux acajou, sourit pour elle-même : à croire qu'elle n'a jamais été heureuse, avant Nicolas !

C'est peut-être vrai. Une enfance difficile entre une sœur aînée, deux frères et des parents qui s'entendaient bien. La plupart des enfants se plaignent d'avoir eu des « vieux » perpétuellement en pétard, s'engueulant devant eux, en venant parfois aux mains et finalement se séparant – pour continuer à se meurtrir à distance à travers leur progéniture. S'arrachant leurs petits, sous couvert de la loi, en les déchiquetant comme des fauves abattus sur une même proie...

Mais qui tient compte du malheur des enfants de parents trop unis ?

Pourtant, il existe, et Léonore se souvient de certains dimanches matin où les siens ne sortaient du lit que vers midi, laissant les enfants livrés à eux-mêmes, c'est-à-dire les uns aux autres.

Léonore n'était pas l'aînée ni la cadette, mais la seconde. C'est une place qui ne signifie rien ! L'aînée a ses prérogatives, ne serait-ce que celles d'inaugurer de nouvelles libertés ; le dernier-né – c'était un garçon – est le chouchou des autres, ou leur souffre-douleur, cela dépend.

Mais la seconde s'oublie. « Vous avez deux filles ? Je n'en ai pourtant vu qu'une ! » Que de fois elle avait entendu cette phrase !

Était-elle à ce point invisible ?

Et est-ce à cause de ce déni de sa personne que Léonore s'est si vite, si totalement vouée à ce qu'on peut définir comme l'« apparence » ? Le vêtement. Ce qu'elle-même nomme l'*habit*. « La bite », lui renvoyaient ses frères quand elle s'était mise à dessiner modèles sur modèles, juste avant d'entrer en atelier.

Ce qu'elle cherchait à travers ses dessins, vite remarqués dans les maisons de couture où elle fit son apprentissage, c'était une autre femme que celle à la mode, d'autres gestes que les rituels ; ce qui conduit fatalement à une autre façon de considérer et vivre le corps féminin.

Le sien, qui comportait pourtant des seins, des hanches, lui paraissait androgyne. En tout cas, elle le traitait comme tel. « Garçon manqué ! » lui criait sa mère lorsqu'elle la retrouvait grimpant aux arbres, les genoux écorchés, sa robe déchirée.

Léonore n'avait fait que suivre ses frères, rejetée qu'elle était de la maison, de la cuisine, des soins du ménage par sa sœur aînée dont c'était le royaume.

Mais les garçons aussi supportaient mal sa présence – peut-être parce qu'elle était trop silencieuse, jusqu'au moment où elle éclatait en jurons, en invectives grossières qui les stupéfiaient. Cette fille les battait là où ils se croyaient les maîtres : dans l'obscénité.

En même temps, sur son cahier quadrillé, elle dessinait des fanfreluches, des robes à volants, des fleurs, des chevelures voltigeant en tous sens et des yeux charbonneux…

Drôle de fille.

En fait, une artiste.

Le premier à le remarquer et à le lui dire, ce fut le chef de l'atelier tailleur. Il comprit qu'elle possédait de l'or au bout des doigts et, comme il ne manquait pas d'astuce, il lui fit la cour, la sauta et l'épousa.

À la satisfaction du reste de la famille : Léonore – l'incasable – était casée.

Ce qui, évidemment, n'était pas vrai. La jeune fille ne pouvait pas aimer vraiment cet homme, de quinze ans son aîné, peu imaginatif, bon artisan mais sans plus, rapidement colère du fait même qu'il ressentait ses limites au fur et à mesure qu'il découvrait que sa femme n'en avait pas...

Elle travaillait vite, si vite qu'il lui restait du temps pour lire, se cultiver, aller au spectacle, voir des tableaux, des sculptures, apprendre, juger, devenir experte dans tous les domaines artistiques. Même en musique : écoutant des classiques et du jazz pendant qu'elle cousait et coupait.

Les robes qu'elle confectionnait pour elle-même étaient un enchantement et furent bientôt remarquées par son patron. Le grand couturier, Fabrice Constant, la retira de l'atelier pour la prendre avec lui, en faire son assistante, lui demander de créer des modèles qu'il acceptait tels quels ou dont il s'inspirait.

Anatole, le mari, en fut si jaloux qu'il en devint malade, se mit à la tarabuster, puis à la frapper. Léonore s'enfuit ; ils divorcèrent. Comme il leur était difficile de continuer à travailler dans la même maison, Léonore quitta Fabrice Constant au grand regret de ce dernier ; elle n'avait pas vingt-cinq ans.

Deux ans plus tard, on lui proposa quelques capitaux et elle monta sa première maison ; en fait une minuscule boutique, avec une pièce à l'étage qui servait à la fois de studio et d'atelier.

Le reste, le succès, arriva à la vitesse de l'éclair.

C'est là qu'elle se rapprocha de sa sœur aînée, puis de l'un de ses frères, qu'elle prit avec elle. Il lui semblait plus sûr de faire confiance à des gens de sa famille qu'à des étrangers, et elle ne pouvait avoir l'œil à tout : aux comptes, aux développements nécessaires, aux agrandissements, à l'engagement d'un personnel toujours plus nombreux. Évelyne et Joseph s'en chargeaient – et y trouvèrent largement leur compte.

Léonore avait besoin de temps pour mener sa vie amoureuse. Laquelle, évidemment, comme chez tous les artistes, nourrissait sa création.

Il y eut plusieurs périodes : celle des passions dévorantes, vite consumées, des expériences sexuelles avec des amants chevronnés, des pariades flatteuses et affichées en compagnie d'acteurs, de réalisateurs célèbres, d'un sculpteur de renom...

Mme Duval, ayant été mariée, ayant eu un fils de son ex-mari, gagnant de plus en plus d'argent, révolutionnant le monde de la mode en lui imposant d'autres critères, plus libres, plus ludiques, pouvait tout se permettre. Sur le plan « hommes ». Et tout s'offrir.

On la vit même au bras d'homosexuels flamboyants. Et de femmes aimant les femmes. Que faisait-elle avec ces marginaux ? Elle renouvelait son inspiration, ce dont tout le monde, quelque temps plus tard, allait bénéficier.

Toutefois, on s'en doute, elle n'était pas heureuse. Il lui manquait ce qu'elle n'avait jamais connu, pour avoir travaillé et s'être mariée si tôt avec un homme bien plus âgé : un amour de jeunesse.

Or voici qu'il lui était offert, fût-ce à retardement, en la personne – miraculeuse – de Nicolas !

Une part de bonheur venait d'entrer dans sa vie. Léonore avait le droit de chanter.

Chaque fois que Georgine Mallet entame ou sort un nouveau livre, c'est la même antienne : « Vous en avez de l'imagination ! »

Le ton est mi-jaloux, mi-admiratif.

Et elle de répondre, sincère, agacée aussi : « Ça n'est pas moi qui ai de l'imagination, c'est la vie ! »

La plupart de ses sujets de romans lui ont été fournis par un épisode ou un autre de son existence. De ces « choses de la vie » que tout le monde connaît et rencontre un jour ou l'autre : bonheurs, malheurs, bons ou mauvais coups dus au hasard, à la chance, à la malchance, petites trahisons amicales ou familiales, ce tout-venant de l'existence dont les gens ne font pas une affaire ni une histoire, tant cela leur paraît banal. Normal.

Or, elle, Georgine, depuis qu'elle est toute petite, s'étonne et s'émerveille de la moindre chose ! Déjà dans ce qu'elle vit ou voit vivre, mais aussi dans ce qu'elle lit ou apprend !

Ainsi, en parcourant la géographie du grand entomologiste Jean-Henri Fabre, elle avait été frappée d'apprendre que, tout petit, il s'accroupissait dans les allées du jardin familial pour examiner et suivre le parcours de ces animalcules qui pullulent dans le gravier, le sable, la terre, les herbes... Ses parents protestaient : qu'est-ce qu'il avait, ce mioche, à être fasciné par ces remuantes brindilles, ces fétus sans importance ! Des parasites, de toute façon, juste capables de vous piquer, de vous empoisonner l'existence ! Un bon coup d'insecticide ou de désherbant, et tout sera parfait dans le meilleur des mondes ! L'enfant s'y refusait énergiquement : jamais il n'aurait écrasé le moindre de ses sujets d'observation, bientôt d'amour ! Pour s'attacher à ces bestioles sans nom (il en donnerait un à certaines) était-il malade dans sa tête ?

Peut-être, mais du fait d'une imagination débordante qui allait faire de lui le plus grand spécialiste de son temps, et un savant heureux d'avoir pu se consacrer à sa passion...

« Moi, se dit Georgine, je suis comme Fabre, sauf que mes insectes ont figure et taille humaines... mais c'est comme pour les siens : ce qui leur arrive, tout le monde le dédaigne, à commencer par les intéressés eux-mêmes, tant cela leur paraît indigne d'attention... »

Pourtant, ses livres se vendent dès leur sortie en librairie et, lors des signatures, aux quelques salons du livre auxquelles elle se rend – il y en a tant qu'elle ne peut les accepter tous –, elle voit ses lectrices venir à elle, émues, reconnaissantes : « Vous êtes ma sœur, tout ce que vous racontez là, je l'ai vécu ; j'ai l'impression que vous décrivez ma vie... »

Ce qui achève de prouver qu'elle n'a pas d'imagination !

Ou alors, qu'elle en a énormément, puisqu'elle voit le drame, le mystère, l'épopée là où les autres ne discernent que la platitude du quotidien.

Lorsque quelqu'un lui dit : « Ma vie n'est pas intéressante », c'est avec conviction qu'elle répond : « Vous vous trompez, toute vie est un roman. En plus, unique ! »

Comme l'était la gigantesque aventure terrestre que représentait, aux yeux du génial Fabre, l'infime mais inimitable existence d'une minuscule fourmi !

Ainsi avait-elle écrit sur les relations entre mère et fille ; les amours impossibles entre un homme et une femme mariés chacun ailleurs – ce qu'elle a reçu comme courrier : « C'est mon histoire ! » ; les retrouvailles d'un homme et d'une femme qui, après s'être passionnément aimés, puis perdus de vue, éprouvent en même temps l'envie de se revoir ; les sœurs qui se haïssent d'avoir été élevées trop proches l'une de l'autre ; ce qui se passe au moment des héritages, des successions, ces déchirements intestins qui dévastent et mettent à nu les familles ; l'abandon des vieux par les jeunes – au détriment des uns et des autres ! – ; la passivité délétère d'une jeunesse trop assistée ; les thérapeutes qui s'intéressent d'un peu trop près – cela lui était arrivé – à leurs patientes ; les femmes qui cherchent à tout prix à paraître jeunes – seule façon, croient-elles, de continuer à être aimées en dépit de l'âge...

Depuis quelque temps, elle songe aussi à écrire sur celles qui prennent des amants beaucoup plus jeunes qu'elles, comme on en voit de plus en plus d'exemples.

Du côté des hommes, le fait est plus que banal, admis : la soixantaine menaçante, ils délaissent ou quittent leur « vieille femme », celle qu'ils ont plus ou moins usée sous le harnais, pour s'en prendre une autre, de vingt à trente ans plus jeune, à laquelle, pour tenter de démontrer la persistance de leur virilité, ils feront encore quelque tardillon.

Tandis que la première épouse, abandonnée, vouée à une solitude certaine, se meurt de chagrin sans que cela émeuve qui que ce soit.

Mais, depuis peu, ce sont les femmes prenant de l'âge qui se choisissent des amants beaucoup, beaucoup plus jeunes. Une transgression qui reste juste assez choquante pour donner du sel à l'aventure...

Et comment celle-ci se termine-t-elle ?

Passé cinquante ans, et contrairement aux hommes, une femme n'est plus en mesure de donner une descendance à son jeune amant. Lequel, après un temps d'initiation, se préoccupe de se créer un foyer – une aspiration normale si sa « vieille maîtresse », comme disait Barbey d'Aurevilly, ne l'a pas totalement castré !

Osera-t-il ? Si oui, ne sera-t-il pas tenté, par la suite, de revenir à celle qui a été son amante-mère, une fois épuisée la satisfaction d'être rentré dans le rang des époux/pères de famille, et commençant à s'y ennuyer ferme ?

Colette écrit *Chéri* où c'est la femme mûrissante qui desserre les bras pour en chasser le tout jeune homme – sans lui laisser voir qu'elle s'arrache le cœur du même coup.

Mais, dans *La Femme abandonnée*, l'un des chefs-d'œuvre de Balzac, lorsque le jeune homme, déçu par son mariage de convenance, veut revenir à Mme de Bauséant, la femme blessée ne veut plus de celui qui l'a trahie, et il se tue.

Se suicidera de même le héros de Barbey d'Aurevilly qui, une fois marié, tente en vain de revenir à sa « vieille amante ».

Les femmes d'âge auraient-elles des charmes, des philtres, des élixirs, des secrets tels que, lorsqu'une jeune âme virile y a goûté, elle ne peut plus vivre sans ?

Consolant, pour la gent féminine !

Source d'espoir, en tout cas.

Et Georgine se dit que cela va être bien amusant, bien instructif, d'étudier et d'observer ce qui va se passer entre Nicolas, trentenaire, et Léonore, vingt de plus.

Il faut qu'elle prenne sa loupe, à l'instar de Jean-Henri Fabre, et se penche jour après jour, presque heure par heure, sur leur « cas ».

Quel magnifique sujet de roman qui touchera toutes les femmes tentées par l'aventure ! Ou qui, s'y étant abandonnées en toute confiance, se retrouvent, en fin de parcours, rejetées, humiliées, appauvries...

Car il faut bien de la force d'âme, après avoir vécu puis vu se déliter un superbe amour, pour n'en conserver que les souvenirs de caresses, de baisers, des moments sublimes – en somme, les bonheurs – qui vous aideront à vivre jusqu'à la fin... Plutôt que de macérer dans le venin, le désir de vengeance et l'amertume que laissent les affres de la rupture !

Car toutes les ruptures sont affreuses, obscènes, injurieuses. C'est inévitable : celui qui cherche à détacher sa chair de celle d'un trop aimé a besoin de le « tuer », ne fût-ce qu'en paroles, pour parvenir à s'en arracher !

Comme chez les frères et sœurs siamois – et parfois un seul des deux survit.

Tout cela est archiconnu, se voit tous les jours, mais qui l'a vraiment décrit avant elle, Georgine Mallet ?

C'est pourquoi elle va le faire. Et, pour commencer, prendre des notes.

Justement, Nicolas Charpentier l'attend, ce matin ; elle doit lui soumettre son projet de texte. Trop occupée, prétend-elle, Léonore ne lui a rien raconté de ce qui s'est passé entre eux, ces derniers jours. Nicolas le fera-t-il ?

À elle, Georgine, d'ouvrir ses oreilles et son cœur ; il a sûrement besoin de se confier, ce garçon, et une romancière n'est-elle pas la personne la plus apte à tout entendre ? Sans s'en offusquer, en approuvant, en s'émerveillant au besoin...

Oui, Georgine, tout en se maquillant, se faisant « belle » pour se rendre au studio de l'architecte d'intérieur, se sent comme un Indien sur le sentier de la guerre. Au bout de la piste, il peut y avoir un livre, un roman d'un genre jusque-là inédit...

Et même, qui sait, un chef-d'œuvre ? En tout cas, un best-seller.

Léonore se souvient parfaitement du jour où, pour la première fois, elle a confectionné un modèle de robe pour sa poupée.

Sa mère, Maria, taillait souvent des vêtements pour elle et ses filles en utilisant ces patrons de papier qu'on trouvait pliés et encartés dans les magazines féminins, ou chez les marchands de tissus. Il fallait étendre l'étoffe sur une large table, généralement celle de la salle à manger, puis, avec un morceau de craie, retracer sur l'étoffe les contours du patron – une opération que Léonore suivait avec intérêt. Elle se souvient encore du bruit de la craie, semblable – quoique atténué – à celui du petit bâton bleu, rouge ou blanc sur le tableau noir de son école. Ensuite, avec de grands ciseaux dont elle garde également le cra-cra dans les oreilles, sa mère coupait, taillait, avant d'assembler et se mettre à coudre les diverses parties du patron. À la machine pour les coutures longues, à la main pour les plus fines et pour fabriquer les boutonnières.

Un travail précis, en quelque sorte dicté par modèle interposé. Il suffisait, en effet, de copier ce que d'autres avaient conçu. Le mot « patron » convenant parfaitement au processus, car, de bout en bout, l'exécutante était dirigée !

Et s'il arrivait à Maria d'avouer : « J'ai un peu transformé le patron », c'était avec un sourire à la fois joyeux et coupable, elle s'était permis une transgression !

La sanction possible étant qu'elle pouvait rater son ouvrage, et, en présentant à ses filles ou à des amies le fruit de son arrangement, Maria questionnait aussitôt : « Est-ce que c'est bien *quand même* ? »

Parfois elle obtenait des assentiments, parfois non : apprendre qu'elle avait osé changer si peu que ce soit le patron pour n'en faire qu'à sa tête scandalisait certaines de ces dames ! Le résultat ne pouvait pas être « bien », puisque Maria avait désobéi à plus savant qu'elle...

Au cours de la coupe, des morceaux de tissu inemployés tombaient à terre ou restaient sur la table. Maria gardait les plus grands en cas de besoin pour une rectification, ou s'il arrivait un malheur – tache, trou, déchirure... –, rendant nécessaire une pièce ou le remplacement de quelque partie du vêtement. Quant aux tombées, plutôt que de les jeter, elle les offrait à Léonore, s'étant aperçue que la petite en raffolait : « Tiens, amuse-toi... »

Tout bébé, Léonore ramassait déjà de ces minuscules morceaux de toutes matières – toile, laine, coton, soie, satin, taffetas... – chutés de la table de coupe. Elle jouait à les froisser dans sa main, à s'en caresser la joue, et, après les avoir lissés de la main, elle les appliquait sur le corps de ses poupées.

Elle n'avait pas cinq ans quand elle entreprit de les fixer sur son baigneur avec des épingles ou en les nouant... Elle avait aussi une poupée de chiffon qui se prêtait beaucoup mieux à l'élaboration de ce genre de patchwork. Quand elle avait le sentiment d'être arrivée à quelque chose, elle apportait la poupée à sa mère, laquelle, absorbée par son propre ouvrage, ne manquait pas de la féliciter : « C'est très bien, c'est très joli ! »

Une amie de sa mère proféra un jour la phrase fatidique : « En voilà une poupée qui a de la chance : sa petite maman lui fait des vêtements rien que pour elle ! Elle doit se sentir très aimée... »

Oui, la poupée était aimée. Léonore en était bien d'accord, et c'est ainsi qu'elle assimila le fait d'aimer à celui de créer des vêtements. Pour elle, vêtir un corps, le sien ou celui des autres, se sublimait en acte d'amour.

Ses premières « vraies » robes, elle les conçut d'abord pour elle, puis pour sa sœur et même sa mère qui acceptèrent – soi-disant pour lui faire plaisir – de porter des modèles qu'elle avait dessinés et coupés à main levée.

C'était « original » : les coutures n'étaient pas là où elles ont l'habitude de se trouver, la jeune fille avait même, sans le savoir, repris l'usage du biais, une façon de travailler le tissu qui permet de cerner le corps, les hanches au plus près.

Autour d'elles on s'exclama, d'admiration d'abord, car c'était joli, seyant, et même sexy, mais, quand on sut que c'était l'œuvre de Léonore, on crut bon de mettre quelques bémols : ce fut jugé « amusant », sans plus.

Toutefois, Léonore, qui aimait de plus en plus manier et travailler le tissu, demanda à sa mère d'entrer en atelier chez une couturière où elle apprit vraiment le métier, celui de main fine. Quoique, aux dires de sa première, là où elle était meilleure, c'était dans la coupe. Au lieu de travailler en n'ayant en tête que le point suivant, elle voyait déjà la robe finie, le vêtement porté, l'« effet » !

Peu de gens, dans n'importe quel métier, ont ce qu'un philosophe a appelé l'« imagination créatrice » : la faculté de voir par avance le résultat de l'ouvrage en train, ou même qui n'est encore dans leur esprit qu'à l'état d'ébauche...

Ceux-là sont des créateurs, même s'ils ne le savent pas. Chez eux, c'est un perpétuel prurit, une impatience : ils voudraient déjà que ce qu'ils « volent » en pensée, ce qu'ils ont imaginé soit devenu réalité, existe dans le monde en dehors d'eux ! Pour qu'ils puissent le donner aux autres, le livrer à leur admiration – car toute création, même rémunérée, relève du don. De l'offrande.

C'est d'ailleurs le drame des créateurs de toujours chercher à se faire aimer au moyen de ce qu'ils fabriquent, à travers ce qu'ils mettent au monde plutôt que pour eux-mêmes... En fait, s'ils deviennent créateurs, « accoucheurs » de formes nouvelles, c'est qu'ils ne se croient pas aimables en soi : n'avoir qu'eux-mêmes à donner ne leur paraît pas suffisant !

Très vite, Léonore ne songea plus qu'à produire des robes, des modèles nouveaux afin de mieux se faire aimer ! Déjà par sa famille, plus tard par les clientes de la maison où on l'employa, ensuite par le monde entier.

Enfin, par l'homme qu'elle désirait séduire – et conserver !

Déjà, lorsqu'elle l'attendait, elle accordait une grande attention à sa tenue. On dira que c'est à quoi s'emploient la plupart des femmes amoureuses : à se faire belles ! Toutefois, Léonore faisait plus : elle se créait des tenues d'intérieur juste pour charmer Nicolas. Elle s'inventa des déshabillés de soie noire sur lesquels elle drapait des lés de tissus colorés, brodés, imprimés à son chiffre.

Elle se fit faire par ses ateliers des pantalons fendus comme en portaient autrefois les odalisques, mais modernisés (si réussis qu'une part d'elle-même ne put s'empêcher de penser qu'elle en enrichirait sa prochaine collection).

Au sortir du lit, elle enfilait chaque fois une tenue différente, dans des coloris variés – en fait, c'était presque un défilé, sur un seul mannequin, pour un seul spectateur, qu'elle improvisait jour après jour, matin après matin.

Car, les premières semaines, Nicolas passa toutes ses nuits auprès d'elle. Quitte à partir à l'aurore si un projet l'attendait et qu'il avait besoin d'y réfléchir seul devant sa table de travail.

S'en apercevait-il ? C'est la question que pouvait se poser Léonore, car le jeune homme ne lui adressait jamais de compliments – du moins sur sa tenue. Il se contentait – et, pour n'importe quelle autre femme, c'eût été l'essentiel – de lui dire à quel point il était troublé par sa peau, se grisait de l'odeur de ses cheveux, jouissait de son corps tout entier, si sensible, si ouvert, si réceptif à ses caresses...

« Je t'aime », lui soufflait-il dans le cou avant, pendant, après. Et même en dormant, lorsque l'un se retournait, réveillant l'autre à moitié. Juste assez pour qu'ils prennent conscience qu'ils étaient dans le lit, dans les bras, dans la vie l'un de l'autre.

Délices, miracle des premiers temps de l'amour où la fusion s'emploie à devenir totale, les deux êtres à ne plus faire qu'un – comme pour se retrouver dans ce qui est pour chacun de nous, à ce qu'on dit, le premier et même le seul et unique paradis : l'intégration du fœtus dans le corps de la femme qui l'a porté.

Mais Léonore avait-elle suffisamment ressenti l'amour ? Déjà dans le corps de sa mère, puis, une fois née, de la part de celle-ci, qui préférait son mari à ses enfants ? Ce qui n'est pas un mal en soi, mais avait poussé la jeune fille, puis la femme à ne jamais se sentir apaisée ni rassasiée en amour, à toujours vouloir plus et mieux. Surtout à croire qu'elle devait « faire quelque chose » pour être aimée, puisque, d'après sa première expérience, le seul fait d'exister en tant que Léonore n'avait pas suffi !

Pour se faire remarquer de ses parents, en particulier de sa mère, il lui avait toujours fallu se dépenser, rapporter de bonnes notes, devenir excellente dans une activité ou une autre : le sport, la danse, bientôt la couture...

Pourquoi en irait-il autrement avec cet homme auprès d'elle ? Il avait beau se dire conquis, Léonore était persuadée que si elle ne faisait rien, il se lasserait, finirait par la quitter... Telle était son angoisse : elle devait l'épater, l'éblouir, le retenir par toutes sortes de prodiges, et celui dans lequel elle excellait – comme sa réussite le prouvait de saisons en années –, c'était la création de robes. La couture !

Oui, il fallait qu'elle l'époustoufle par son talent. Le seul fait d'en concevoir le désir faisait qu'en ce moment, elle ne cessait d'innover, et, devant la profusion de ses créations, de la coupe aux accessoires, tout le personnel de la maison Duval retenait son souffle !

Un tel accomplissement, presque un prodige, ne pouvait manquer d'échapper à Nicolas. N'était-il pas un artiste à sa façon ? Sensible aux formes, aux couleurs, et aussi – sans nul doute – à la rumeur que la grande couturière déclenchait chez autrui ! À cette aura qui l'entourait, l'enveloppait, la rendait de plus en plus radieuse.

Un « tabac » qui n'était pas perceptible dans un lit, ni dans leur intimité d'amant ! Seule avec lui, Léonore était sans doute une femme comme une autre – ce en quoi elle se trompait, mais l'erreur remontait à son enfance. Sans l'appui de ses créations, il lui semblait impossible de triompher de ses rivales, en fait de toutes les femmes au monde. Pas moins !

Pour qu'elle soit la meilleure aux yeux de Nicolas et dans son cœur, elle croyait indispensable qu'il la voie dans ce qu'on pouvait appeler sa magistrature ! Applaudie par les initiés autant que par le grand public, encensée par ses pairs, incomparable.

Oui, Léonore se disait que, dans un lit, son amant devait la comparer à toutes sortes d'autres femmes qu'il avait eues ou qu'il pouvait désirer, alors que, dans sa supériorité de modéliste, maîtresse de son œuvre, de la collection, de la nouveauté dans le domaine le plus pointu – celui de la mode, la mode française, la seule valable –, elle était au pinacle.

Elle se révélait pareille à une idole. Et une idole qui était à lui, rien qu'à lui, s'il en voulait ! De quoi se l'attacher à jamais, telle Cléopâtre son Antoine.

Toutes ces pensées tournent dans la tête de Léonore tandis qu'elle coupe de la toile de coton, l'assemble, l'épingle sur le petit mannequin capitonné, sans tête, sans jambes, avec des amorces de bras, sur lequel elle cherche encore et encore des formes nouvelles.

Telle Schéhérazade inventant nuit après nuit de nouveaux contes pour séduire son royal amant, par le corps mais encore plus par l'esprit.

Car, depuis que le monde est monde, les femmes ne cessent de chercher – et parfois trouvent – le moyen de régner sur un homme, celui dont elles ont décidé de faire leur roi, qu'il le soit ou non.

Face à son ouvrage indéfiniment recommencé, Léonore s'inspire aussi de Pénélope... Quelle patience, que de petits points ! Ulysse, pendant ce temps, navigue au bout du monde – succombera-t-il à d'autres sortilèges ? Ou lui reviendra-t-il, encore plus amoureux ?

– Nicolas, il faut que tu viennes voir ma collection !

Dressée sur un coude, toute nue sous les draps, les jambes enlacées aux siennes, elle lui répète son invitation sur un ton à la fois impérieux et suave, comme elle lui ferait une promesse de caresse inédite, de plaisir incommensurable.

« Bon, se dit Nicolas, si cela peut lui faire plaisir ! Après tout, moi aussi, j'aime bien qu'on vienne admirer ce que je fais. La preuve : j'ai invité Georgine à m'accompagner sur mes chantiers... Ce qui me barbe un peu, c'est l'idée que tout Paris va me voir, que certains de mes clients seront probablement là, pas mal de jounalistes, et que la rumeur va s'enfler, courir : on dira que je suis l'amant de Léonore, et je ne pourrai pas démentir, parce que c'est vrai ! J'aurais préféré qu'on reste cachés... pour vivre heureux ! Mais elle y tient, à sa collection, et à me la montrer. Tous les créateurs sont ainsi : imbus de leur œuvre ! »

Oui, il a pensé « imbu » ! Si Léonore avait su ça, quelle déception, quelle blessure !

Preuve qu'il est bien difficile de se comprendre – fût-on de proches, très proches amants !

C'est en voyant *Les Enfants du paradis* qu'on a peut-être la meilleure idée de ce que représente à l'heure actuelle un défilé de mode : « Venez voir, venez tous voir ce que je vais vous montrer... ! » aboie un bonimenteur devant le chapiteau sous lequel il cherche à faire entrer le plus de monde possible.

Deux fois l'an, comme les gens du cirque et les comédiens si longtemps maudits, les couturiers tentent de faire s'acheminer le plus grand nombre de gens possible vers leurs défilés pour admirer leurs ultimes « chefs-d'œuvre ». Ce qu'ils ont conçu, rêvé, imaginé, fabriqué, réalisé d'une saison à l'autre...

Tout seuls, en quelque sorte. Les petites et grandes mains qui ont contribué avec eux à la réalisation ne figurent pas au générique, comme y sont désormais inscrits les collaborateurs et techniciens d'un film. C'est là leur œuvre qu'ils ont conçue à partir de rien, sortie toute armée, chapeautée, bottée de leur seule cervelle !

Et, pour bien l'affirmer, le couturier seul est présent quand le jour de gloire (ou de honte) est arrivé, d'abord en coulisse, puis sur le podium, dans sa dégaine ordinaire, l'« image » qu'il n'a cessé de mettre au point – de Poiret à Chanel, de Karl Lagerfeld à Jean-Paul Gaultier, Galliano et les autres – pour bien laisser entendre qu'il n'est pas quelqu'un d'ordinaire, qu'il est un être à part, singulier, critiquable peut-être, mais négligeable ou ressemblant, sûrement pas !

En fait, qu'il est « en vue » !

Et Léonore le savait bien, depuis le temps, qu'elle était exposée à tous les regards par ses créations à répétition, mais aussi par son allure, sa mise, sa façon de s'exprimer devant les journalistes, face aux caméras, qu'avant tout elle était *vue*.

Elle sait magnifiquement apprivoiser le regard, posé sur elle et ses modèles, négocier avec le flot du temps qui passe et n'épargne personne. Et elle ne se trompe pas, puisque le succès continue d'être au rendez-vous. Certaines collections semblent certes moins vigoureuses, le trait plus pâle, comme un peu gommé ; la presse en parle à peine – mais c'est ce qui la fait rebondir plus haut au tour suivant...

« C'est comme pour mes livres, lui dit alors Georgine pour la consoler. Il y en a qui sont portés aux nues, d'autres laissés pour compte ou qui semblent l'être, car le public, en définitive, ne fait pas forcément les mêmes choix que les journalistes... Moi, de toute façon, je n'en regrette aucun : j'en avais besoin pour pouvoir continuer...

– Moi aussi, lui dit Léonore, heureuse d'être comprise – et on l'est souvent mieux par quelqu'un qui n'est pas du bâtiment, mais qui œuvre juste à côté.

(D'où l'amitié et l'amour qui existèrent pendant des décennies à Montmartre, à Montparnasse, à Saint-Germain-des-Prés entre peintres et écrivains : ils parlaient un langage proche, sinon le même, et cette légère désynchronisation leur permettait de mieux mesurer ce qu'ils faisaient chacun de leur côté... C'est la « différence » qui éclaire et donne le sens !)

Nicolas n'est ni écrivain ni couturier ; toutefois, son métier est aussi de création, et Léonore se dit que non seulement il va comprendre ce qu'elle fait, ce qu'elle « s'arrache » du cœur, du corps et de l'âme, mais qu'il ne peut que l'admirer !

D'abord parce que c'est sans égal : chaque couturier, chaque écrivain, chaque peintre peut en dire autant, n'empêche qu'il s'enfièvre de sa singularité comme si l'art dont elle témoigne n'appartenait qu'à lui seul !

Ensuite parce qu'elle a le sentiment de ne pas se saisir elle-même dans son geste créatif, et que cet homme qui la désire, la considère avec amour, pourra le faire à sa place. Mieux qu'elle. Et lui dira des choses qui lui feront du bien.

Pas une seconde elle ne peut imaginer qu'il pourrait ne pas aimer ce qui sort d'elle, la critiquer ou même n'être que « tiède » face à sa création.

Elle ne se dit pas non plus que cet homme n'en a peut-être rien à foutre, des robes et des vêtements féminins ! Étant donné que c'est elle qui les a tous conçus – et, quand elle pense à ses modèles, c'est comme si elle en avait cousu chaque point –, Nicolas ne peut donc que s'y intéresser, être subjugué, séduit... Oui, séduit !

Bien mieux et plus totalement encore que par la femme réduite à sa seule personne.

Il sera confondu par la supériorité de son art !

Alors qu'en tête à tête avec son amant, Léonore se sent comme une petite fille, tentant de percevoir ses goûts au lit, à table, pour s'y soumettre, en tout cas les satisfaire... En même temps, au fond d'elle-même, elle désire qu'il sache qu'elle est souveraine : une reine en son domaine.

Elle le veut assis dans les premiers rangs, comme elle l'a précisé à Fanny Rancenne, entre deux personnalités – un réalisateur, un sculpteur – dont elle sait qu'ils sont des fans autant que des amis de longue date, et qu'ils l'applaudiront à tout rompre.

Les jours, les heures précédant le défilé – fixé à cinq heures de l'après-midi, comme les corridas –, la couturière est concentrée sur la mise au point de chaque détail. Un travail non seulement minutieux, mais éparpillé, presque sans fin... Seul un metteur en scène d'envergure peut imaginer le nombre de problèmes qu'il s'agit de résoudre dans la minute, sans compter les difficultés qui n'ont pas encore surgi, qu'il faut prévoir d'avance afin d'y parer avant même qu'elles n'apparaissent.

Un nombre prodigieux d'assistants – aux ouvrières s'ajoutent maintenant les maquilleurs, coiffeurs, habilleuses (une par mannequin, lesquels sont trente-cinq), accessoiristes, éclairagistes, ingénieurs du son, preneurs d'images – viennent sans arrêt, comme au confessionnal, solliciter son avis, son approbation, ses encouragements, sa critique... Rien ne doit se faire sans qu'elle ait donné son accord.

– Le « bon à tirer », lui dit Georgine en riant. « Pour moi, tu sais, c'est quand même plus facile ; je n'ai affaire qu'à deux ou trois personnes : l'éditeur, le chef de fabrication, l'imprimeur – que je ne vois pas – et la correctrice dont les avis comptent un peu, mais c'est toujours moi qui ai le dernier mot ! Normal, je suis l'auteur...

– Veinarde !

– D'un certain côté, oui ; mais je ne peux me reposer sur personne, je n'ai pas une équipe autour de moi, comme toi...

– Si tu crois qu'ils me soutiennent ! C'est plutôt le contraire !

– De plus, il ne m'arrive jamais d'être applaudie, en tout cas pas par deux mille personnes et en pleine lumière, comme toi lors de tes défilés !

Il n'y a pas que la lumière, sur le podium, pour aider à la glorification de l'œuvre cousue de Léonore Duval ; il y a aussi celles qu'on nomme « les filles », les mannequins. Elles sont, pour certaines, si belles, et pour toutes si jeunes, si gracieuses, si minces, si allurées... Triées parmi les plus jolies filles du monde, et payées en conséquence...

Or, c'est curieux, pas une seconde Léonore ne se dit que montrer ce bataillon de merveilles à son amant pourrait se révéler imprudent ! Pour elle, ces filles font partie de ses robes, elles sont elles aussi son œuvre – ne les a-t-elle pas choisies une à une, fait maquiller, coiffer à son gré, et ne les paie-t-elle pas royalement ?

Elle est – sans le savoir – comme une patronne de bordel à qui il ne viendrait pas à l'idée de jalouser son « troupeau ». Bien contente qu'elle est de le vendre corps par corps et d'en tirer profit – comme un paysan de ses vaches ou de ses cochons !

Léonore, elle, ne voit que l'effet que son travail va et doit produire. En premier lieu sur son amant.

Lequel vient d'apercevoir Georgine, à quelques chaises de la sienne, et trouve regrettable de ne pas être à côté de la seule personne qu'il connaisse dans l'assistance.

Bien sûr, la plupart des visages, dans le petit carré où il est assis, lui sont familiers ; ce sont eux qui ne savent pas qui il est !

Alors il se lève, va se planter devant la romancière, laquelle s'exclame :

– Tiens, vous ici ! Vous avez trouvé le temps de vous libérer en plein après-midi ?

– Je n'ai pas eu le choix, sourit Nicolas. Léonore avait l'air d'y tenir... passionnément !

– C'est une passionnée en tout et son travail, pour elle, c'est capital. L'ignorer serait l'offenser ! J'espère que vous vous rendez compte de l'honneur qu'elle vous fait de vous avoir mis parmi ses familiers de longue date, sa vieille garde, et les célébrités !

Et de le tirer par la main pour l'embrasser.

– Je ne pourrais pas me mettre à côté de vous ? Je n'ai rien à dire à mes illustres voisins !

– Ici, tout est hiérarchisé, comme à une première de théâtre, mais on peut tout de même y arriver, dit-elle en considérant les noms inscrits sur les chaises encore vides, voisines de la sienne. Cette femme-là est une psychologue d'un certain âge, charmante ; elle acceptera sans doute de se déplacer de quelques crans... Mettez-vous là, en attendant.

Heureusement que Léonore, suroccupée dans les coulisses, n'a pas vu ce changement : elle en aurait ressenti comme un souffle glacial...
Mais Fanny Rancenne, debout dans les travées, s'en est aperçue.
« Ils ont drôlement l'air familiers, ces deux-là... D'où se connaissent-ils si bien ? »
Elle va se faire attraper si la patronne s'en aperçoit ; toutefois, elle ne se voit pas rappelant à l'ordre cet homme : « Vous n'êtes pas à votre place... »
D'autant qu'arrive un célèbre cinéaste américain, et Fanny se précipite à sa rencontre pour s'en occuper. À propos de place, Rancenne ne donnerait pas la sienne pour un empire !
– Alors, dit Nicolas à Georgine, vous n'avez pas oublié : après-demain, je vous emmène sur mes podiums à moi... Il y aura moins de public !
– Tant mieux, ces rangées de photographes, dont on ne voit pour ainsi dire jamais les clichés, m'agacent... Sans compter toute cette faune d'acheteurs et de journalistes venus du monde entier. Chaque fois, je me demande s'ils voient vraiment ce qu'on leur montre !
– Ils ne voient que la gloire. Parfois elle est en soi éblouissante ; d'autres fois, elle se mesure

simplement au nombre de gens présents à la manifestation, quelle qu'elle soit... C'est ce qui se passe pour les prestations d'un chanteur. Le public est si épaté de se retrouver en grand nombre qu'il applaudit avant même l'arrivée sur scène de l'artiste et sans que celui-ci ait encore ouvert la bouche – quand il ne chante pas, comme il arrive, en play-back... ! Ça ne fait rien : l'enthousiasme engendre l'enthousiasme, et le public s'applaudit lui-même d'être là !

– Pour moi, j'adore le style de Léonore, j'admire son esprit créateur, mais je souffre à chacun de ces défilés. D'abord, l'attente du début est trop longue : entre une demi-heure et trois quarts d'heure par rapport à l'heure prévue.

– Vous n'êtes pas contente d'être à côté de moi ?

– À ne rien faire ?

– Vraiment ? Me parler, pour vous, ce n'est rien ? Alors qu'appelez-vous *faire*, madame l'écrivain ?

Georgine sourit. Cet homme serait-il en train de lui faire la cour ? Lui, Nicolas Charpentier, l'amant de sa meilleure amie ?

Le noir tombe, la musique techno commence, si assourdissante qu'il n'y a plus moyen de parler. Georgine sort ses lunettes de soleil ; les projecteurs, de leur côté, en font trop.

La première petite silhouette, tout en noir, à se profiler à l'entrée du podium, entre les rideaux noirs eux aussi, est bien émouvante. Frêle, juchée sur des talons échasses qui la font vaciller, maquillée comme Cosette, pâle avec de larges cernes sous les yeux... Oui, Léonore a le sens du théâtre !

Mais la couture n'est-elle pas une des formes du théâtre ? La plus moderne, peut-être.

« Arrête de réfléchir, se dit Georgine, prends ton crayon et note sur le programme les robes que tu aurais envie de porter... »

Comme une petite fille dans un magasin de jouets : je veux ça, et ça... Le père Noël peut-être les lui apportera.

Mais pourquoi a-t-elle envie de toutes ces nouvelles toilettes ? Pour séduire qui ?

Elle jette un coup d'œil en biais sur Nicolas ; il sourit en découvrant le bataillon de filles qui vient de se mettre en marche... Quel effet cela peut-il faire, tant de beautés réunies avançant vers ce qui se révèle être le néant – puisqu'elles retournent sur leurs pas à aussi vive allure, inatteignables, inaccessibles ? L'œil vide sous leur air hautain, mimant la précipitation comme si elles étaient dans la rue et cherchaient à décourager quelque suiveur...

Quel effet, oui, cette exhibition procure-t-elle quand on est un homme ?

Il faudra qu'elle le demande à celui qui est à ses côtés quand le tintamarre musical aura cessé et qu'ils pourront à nouveau s'entendre.

DEUX FEMMES EN VUE

Léonore, elle, n'interrogera Nicolas que sur ses robes – pas sur celles qui les présentent : ces filles ne sont que des portemanteaux, à ses yeux comme, croit-elle, à ceux des autres.

C'est du moins ce qu'elle se plaît – ou s'oblige – à penser.

À peine le défilé terminé et les projecteurs éteints, Georgine escalade le podium pour se précipiter en coulisses y féliciter Léonore. C'est l'usage, et tout un groupe de familiers et d'admirateurs lui emboîtent le pas, dont Nicolas.

La créatrice, reine de la fête, parle déjà devant un micro tendu par une journaliste de la télévision – une interview destinée au « J.T. » du soir – tandis qu'une caméra portée à bout de bras enregistre l'image. Quoique occupée à s'exprimer, Léonore, comme à son habitude, a l'œil à tout et son regard balaie les arrivants pour déceler, à d'infimes détails, si son *show* est un peu, beaucoup, parfaitement réussi.

Entraînée qu'elle est à mesurer – sous les compliments – le taux exact d'enthousiasme que ses nouvelles créations ont suscité, variable à chaque collection.

Ne voulant pas attendre, pour la rassurer, que la fin de l'interview permette de l'approcher,

Georgine lève le pouce, ce qui signifie : « Bravo, c'est formidable ! Tu as gagné ! »

Message reçu, et, sans s'attarder sur elle, Léonore continue de balayer de l'œil le groupe compact tenu à distance par la presse, quand elle aperçoit enfin Nicolas, un peu en retrait.

L'homme ne sourit pas, ignorant les usages de l'après-défilé, ébahi de se trouver ballotté par un flot qui a l'air de savoir comment se comporter alors que lui-même craint de déranger. Si Georgine ne lui avait dit : « Suivez-moi », il se serait sans doute éclipsé, ruminant les sensations d'ordres divers qu'il vient d'éprouver.

Est-ce parce que sa contenance n'exprime rien, mais Léonore arrête net l'enregistrement pour s'avancer vers lui en écartant quelques personnes qui tentent de lui saisir le bras ou de l'étreindre.

C'est son amant qui lui importe, et lui seul.

– Alors ? Ça vous a plu ?

Elle est belle, comme ça, le visage fatigué, l'excitation lui rougissant les pommettes sous la couche de fard que lui a apposée le maquilleur en même temps qu'aux jeunes mannequins.

« On dirait une idole », se dit Nicolas qui, sur l'instant, éprouve, face à cette femme si entourée, si applaudie, plus de révérence que d'élan amoureux.

Se raclant la gorge, il parvient à murmurer :

– C'était magnifique !

Peu de chose, mais Léonore décide – tant elle en a besoin – de le prendre au mot :

– Si tu es content, je le suis aussi ! À tout à l'heure, je t'appelle.

Elle ne l'a pas convié au cocktail qui suit les défilés, elle ne veut pas le présenter à ses amis – pas encore... –, elle connaît trop leur propension à imaginer plus qu'on ne leur dit pour en tirer des conclusions féroces, juger, dépecer, en somme détruire.

Il faut être bien fort, à Paris, pour résister à l'étau que resserre autour de vous, quand on est connu, célèbre, glorieux, ceux qui se déclarent vos « amis ».

Léonore, qui se sent rajeunir de jour en jour grâce à sa liaison avec Nicolas, a le sentiment d'en perdre du même coup sa carapace. Il lui faut d'autant plus se protéger, se défendre, dissimuler ce qui se passe d'unique et d'exquis entre elle et ce jeune homme.

Il lui a dit que ce qu'elle a créé cette saison est « magnifique ». Elle seule sait à quel point elle a travaillé en pensant à lui. De plus, ils ont rendez-vous pour la fin de soirée et la nuit.

Elle est heureuse.

C'est rayonnante qu'elle se tourne vers ses « fans » qui piétinent de n'avoir encore pu la féliciter – en fait, se « placer » auprès d'elle, comme cherchent à le faire tous ceux qui ont la chance d'approcher une star en pleine gloire.

Car la collection, tout le monde l'a perçu, était « inspirée », et la presse ne va pas manquer de s'en faire l'écho ; il sera bon et profitable de pouvoir dire : « J'y étais... J'ai dit à Léonore... Elle m'a répondu... »

Georgine, pour sa part, s'éloigne après l'avoir embrassée en lui chuchotant à l'oreille :

– Tu les as eus !

Elle la reverra au cocktail, tout à l'heure.

Qu'est donc devenu Nicolas ?

« Bizarre, se dit Fanny Rancenne. La Duval invite cet inconnu au défilé, se jette sur lui tout de suite après et n'en veut pas à sa réception... Qu'est-ce que ça veut dire ? Enfin, le principal est qu'elle ignore qu'il était assis à côté de la Mallet... Pourvu que l'un ou l'autre n'aillent pas le lui raconter ! Ce serait mauvais pour moi ! »

Quant à la beauté même du spectacle qui vient d'être présenté, Fanny n'en a cure. Elle n'est pas là pour l'art, pour déguster de la beauté, mais pour gérer du pouvoir. À commencer par le sien. Encore à ses débuts, mais qui sait...

Le pouvoir, c'est comme les gaz. Il occupe peu à peu tout l'espace qui s'offre à lui, et son expansion peut aller jusqu'à l'infini. Tant qu'il ne se heurte pas au mur de l'interdit ou à un pouvoir supérieur !

Léonore n'est pas en état de surveiller qui ou quoi que ce soit en ce moment. Elle ne pense qu'à une chose : voir et revoir sa si belle image reflétée dans les yeux de son amoureux. L'est-il vraiment ? Peu importe à la femme épuisée ; pour l'heure, elle a absolument besoin de le croire. De s'en convaincre. De toute façon, tout n'est-il pas que faux-semblant parmi les célébrités et le milieu de la mode ? Pourrait-il y avoir autre chose que du *make-believe* – du faire-accroire – dans ce monde de strass et de paillettes ?

Il faudrait qu'elle soit bien naïve – ou bien folle – pour s'imaginer qu'un homme aille l'aimer comme si elle n'en était pas.

Comme convenu, Nicolas attend Georgine devant la porte de l'immeuble du boulevard Malesherbes. « C'est par ici que Proust a vécu, se dit Georgine en terminant le trajet à pied – elle a pris l'autobus, impossible de garer la Fiat dans ce quartier –, mais je ne sais plus au juste à quel numéro... »

Est-ce un tic d'écrivain (Malraux l'avait, en tout cas), mais elle a besoin, où qu'elle aille, de se raccrocher au passé, même s'il ne s'agit pas du sien mais de celui de personnes, célèbres ou non, ayant vécu avant elle. Leur souvenir imprègne à jamais certains lieux tant que quelqu'un s'en souvient. Est-il nécessaire qu'il y ait un vivant pour évoquer leur mémoire ? « Les dinosaures, les premiers hommes sont présents parmi nous, même si nous ne le savons pas et ne songeons pas en permanence à eux..., se dit-elle. Sans compter tous ceux qui ont plus récemment foulé ce sol ou déambulé sur ce même trottoir... »

Et voilà qu'elle l'aperçoit. Elle doit être encore dans sa rêverie car il lui semble soudain que ce civilisé a quelque chose de son ancêtre des cavernes : le poil si brillant et si noir – en a-t-il aussi sur la poitrine ? –, les canines perçant sous le sourire, l'œil étincelant.

Quelle mouche la pique ? Et Georgine d'avancer vers Nicolas du pas le plus souple possible – celui qu'avait peut-être la « cavernière ». Même si elle préférerait ressembler à la Jane de Tarzan interprétée par une belle Américaine.

Suffit pour le fantasme : les voici face à face.

– Bravo pour l'exactitude !

– Être à l'heure est l'un de mes travers, il arrive qu'on me le reproche...

– Pour ce qui est de moi, je n'aime pas les femmes qui font attendre... pour se prouver qu'elles existent, j'imagine !

– C'est là ? s'enquiert Georgine qui lève la tête pour embrasser du regard la façade cossue du beau bâtiment du début XIXe.

– Au sixième. Il y a une terrasse sur l'arrière. Cette avenue trop circulante paraît froide, mais, dès qu'on est dans l'immeuble, c'est autre chose. La propriétaire a été chic, elle m'a laissé les clés : nous serons tranquilles.

L'appartement est un enchantement : calme et silencieux, savant mélange de clarté et d'une pénombre destinée à préserver l'intimité – laquelle est trop souvent absente des appartements résolument modernes.

– Bien sûr, les meubles et les bibelots sont les siens, s'excuse Nicolas en désignant quelque canapé trop voyant, ou une débauche d'argenterie sur des étagères ; mais l'espace est à moi. Enfin, *de* moi !

– Je ne vois que lui, dit Georgine en se tournant vers l'architecte. La ligne, c'est l'essentiel, comme pour les robes de Léonore : les colifichets que ses clientes y rajoutent n'y changent rien...

Pourquoi a-t-elle éprouvé le besoin de citer Léonore ? Pour élever une barrière, une défense entre elle et lui ?

– La ligne, c'est également votre domaine, madame l'écrivain, réplique Nicolas en souriant doucement.

Presque tendrement...

Georgine ne dit plus rien ; elle se laisse envahir par le caractère de la décoration : cloisons abattues pour libérer le plus d'espace possible, d'autres au contraire montées à mi-hauteur, comme on jouerait d'un éventail... Il va falloir qu'elle parvienne à mettre en mots cette vision qu'a Nicolas d'un lieu à habiter – habiter vient-il d'habit, le mot-clé de Léonore ?

Au bout d'un moment, elle se sent satisfaite, c'est-à-dire renseignée. Continuer à considérer les photos bateau de la dame des lieux sur le piano, le petit paravent chichiteux qui démolit une enfilade, le gazon en plastique installé sur le balcon de pierre, ne pourrait que brouiller l'image.

— Pour moi, ça va, dit-elle. On peut partir.

— Puis-je vous inviter à déjeuner ? Une collation vite fait, place de la Madeleine...

— Je craindrais de perdre le fil... Là, je suis imprégnée de ce que je viens de voir. De vous, en fait ! Je préfère rentrer et le mettre sur papier, on mangera ensemble un autre jour... Tiens, après la visite de votre chantier en construction. Comme il n'y a pratiquement rien à voir, là j'aurai besoin de vos paroles !

— Georgine, c'est vous le maître d'œuvre, je me plie à vos exigences.

— Suis-je exigeante ? Je suis convaincue que vous l'êtes bien plus que moi, dans le travail...

— Possible. Certains me considèrent même comme infernal : je veux aller trop vite, voir concrétiser aussitôt ce que je viens d'imaginer... Venez, je vous raccompagne, ma voiture est dans le parking de l'immeuble.

Roulant côte à côte, ils se taisent, chacun à ses pensées.

« Cette femme possède un monde intérieur et elle le protège, comme une louve ses petits ! » se dit l'architecte qui se sent intrigué, intéressé par une façon d'être soi peu répandue chez les femmes.

« Cet homme est plus artiste qu'il ne le sait. Les décorateurs sont considérés comme des aménageurs, des gens qui poussent les meubles aux endroits qui leur plaisent afin qu'on puisse les remettre autrement dès qu'ils auront le dos tourné... Ou qui choisissent des couleurs auxquelles on n'aurait jamais pensé et qu'on recouvre ensuite d'un pinceau rageur... Alors qu'ils sont... quoi ? Des peintres ou des sculpteurs qui s'ignorent ? »

Elle aimerait, si c'est le cas, aider Nicolas à sortir de sa gangue, à s'assumer pleinement en tant que créateur.

Mais qu'a-t-elle à jouer les mères dès qu'elle rencontre un homme un peu plus jeune qu'elle ? D'autant que ce n'est pas son rôle auprès de celui-ci, mais celui de Léonore.

Celle-ci saura-t-elle le remplir ?

Il se trouve que Léonore est déjà en possession d'un enfant dont on peut dire qu'il requiert, exige même tous ses soins : il ne s'agit pas de son fils, non, mais d'elle-même !

C'est dans la page *people* de *Gala* que sort la photo. En apparence bien innocente et plutôt flatteuse pour la couturière : « Georgine Mallet, l'écrivain, applaudit le superbe défilé de son amie Léonore Duval chez qui elle s'habille. "Que de tentations, cette saison, confiait-elle à notre journaliste, tout me plaît : Léonore s'est surpassée !" »

Un compte-rendu parfait, sauf que sur la photo, assis tout contre Georgine et légèrement penché vers elle, on peut distinguer Nicolas Charpentier. Comme il n'est pas connu des journalistes, il n'est pas nommé, mais tout à fait reconnaissable... La jeune responsable de la presse chez Duval a découpé l'article parmi de nombreux autres tout aussi élogieux et a cru faire grand plaisir à Léonore en déposant le dossier sur son bureau pour qu'elle le parcourt dès qu'elle aura une minute à elle.

Bien qu'elle reçoive sur-le-champ un coup au cœur, Léonore ne réagit pas. Elle a trop de subtilité, peut-être aussi d'antennes pour ne pas percevoir qu'il y a comme une intimité entre ces deux-là : son amant et sa meilleure amie.

Pourquoi sont-ils côte à côte ? N'a-t-elle pas recommandé à Fanny de les installer séparément ? Et pourquoi Georgine, après la collection, ne lui a-t-elle pas parlé de Nicolas, ne fût-ce que pour lui rapporter ses réactions ? Alors qu'elle n'a pas manqué, pendant le cocktail qui a suivi le défilé, de lui redire ce qu'elle a pu entendre des uns et des autres ?

Des éloges, pour l'essentiel, pimentés par une réflexion saugrenue, parfois sotte, qu'ont émise les uns ou les autres, ce qui a pour effet de détendre Léonore en la faisant rire.

Nicolas n'aurait donc rien dit ? Il a pourtant l'air très attentif à ce qu'il voit sur le podium, mais aussi à Georgine... Comme la photo ne montre que leurs têtes et le début de leurs bustes, Léonore aurait tôt fait d'imaginer qu'ils se tiennent par la main...

Bon, la voilà paranoïaque ! C'est qu'elle a trop travaillé. Il arrive qu'un homme et une femme se tiennent la main au cinéma, mais pas à un défilé de mode... Toutefois, il faut qu'elle en ait le cœur net.

Téléphone :

– Veux-tu qu'on dîne chez l'Italien de la rue du Dragon ? Je t'invite.

– Bien sûr, quand ?

– Ce soir.

Georgine est étonnée, mais n'en dit rien. D'habitude, Léonore préfère rester chez elle à se reposer, les jours qui suivent la collection. Enfin, elle a peut-être besoin de prendre l'air, ou quelque chose à lui demander.

Il se peut aussi qu'elle ait envie de lui parler de sa liaison avec Nicolas. D'autant qu'en dehors d'elle, Léonore n'a guère de confidents, surtout sur un sujet dont elle redoute la divulgation. Auraient-ils rompu ? Dans ce cas, lequel des deux a pris l'initiative ?

La romancière est loin de se douter de ce que son amie va lui dire. En fait, lui reprocher. À peine sont-elles assises à la table que la patronne leur a réservée dès qu'elles se sont annoncées, un peu à l'écart de la salle, que Léonore attaque :

– Alors, tu flirtes avec mon amoureux ?
– Moi ?

Étrangement, le ventre de Georgine s'est noué comme lorsqu'elle a peur ou se sent coupable. Pourtant, elle ne l'est pas... Alors, que lui prend-il ?

– Oui, toi... Tu ne m'avais pas dit que vous étiez ensemble à mon défilé !
– Ensemble avec mille autres personnes !
– On peut être seuls dans une foule, quand on veut...
– Enfin, Léonore, il n'y a rien entre Nicolas et moi !

– Tu l'appelles Nicolas ?
– N'oublie pas que tu nous as présentés, c'est devenu une relation. D'autant que je…

Et Georgine de se sentir mal à l'aise, ce que Léonore n'a aucune peine à percevoir.

– Je t'écoute ?
– Je travaille pour lui.
– Je croyais t'avoir demandé de ne pas le faire !
– Il a insisté.
– Ce que te demande Nicolas Charpentier est donc plus important, à tes yeux, que ce que je te demande, moi ?
– Léonore, je t'en prie, réfléchis un peu : où est le mal ? Cela fait partie de mon métier, d'écrire pour…
– … pour un beau jeune homme qui est l'amant de ta meilleure amie ?
– Justement, c'est ce qui nous rapproche : parler de toi !
– Où ça ? Au lit ?
– Tu délires ?
– Et toi, tu me trahis…

Quand la patronne, tout sourire, apporte elle-même les deux assiettes fumantes de pâtes à la carbonara, sa spécialité, l'une des deux femmes a disparu : Léonore.

– Je vous assure, Nicolas, il vaut mieux que nous en restions là. Léonore est fâchée !

– Enfin, Georgine, c'est parfaitement ridicule ! Qu'a-t-elle à nous reprocher ? Rien, vous le savez tout aussi bien que moi... Il s'agit d'un caprice !

– Je connais Léonore : elle est abominablement jalouse... C'est un rien, justement, qui peut la mettre en transe, comme c'est le cas ! Plus tard, peut-être, elle reconnaîtra qu'elle s'est enflammée un peu vite...

– Plus que vite : à tort !

– Léonore a beaucoup de mal à reconnaître ses torts, d'autant plus que la plupart du temps, elle a raison... Sur tout.

– Pas sur ce point : nous n'avons pas couché ensemble, vous et moi, que je sache ?

– Il lui suffit de déceler je ne sais pas, moi... quelque chose comme un attrait, un début d'intimité... Tiens, un regard... Sur la photo de *Gala*, vous me regardez !

— Et alors ? Vous veniez sans doute de me dire quelque chose qui m'avait intéressé ! Je dois aussi tendre l'oreille... Ça ne se voit pas sur la photo ?

— Nicolas, écoutez-moi...

— Je retends l'oreille !

Et Nicolas de tourner la tête de côté en orientant du doigt le pavillon de son oreille vers Georgine, laquelle ne peut que sourire. Toutefois, c'est avec fermeté qu'elle poursuit :

— Vous aimez Léonore ?

— Oui, bien sûr !

— Vous tenez à la garder, j'imagine ?

— Certes.

— Alors, il faut cesser immédiatement de nous voir.

— Mais, Georgine...

— Je sais, nous avons un travail en cours, mais j'ai presque fini mon texte, je vous l'enverrai par la poste, vous en ferez ce que vous voudrez, je ne le signerai pas.

— Il ne s'agit pas du texte !

Ils sont assis à une petite table en coin, au bar du Crillon, en plein après-midi. En dehors de deux garçons qui font discrètement mine d'essuyer des verres derrière le comptoir, personne d'autre n'est là.

— Il s'agit de quoi, alors ?

— Vous aussi, Georgine, j'ai envie de vous garder !

Les yeux verts s'élargissent. Qu'est-ce qu'il lui prend ?

« Qu'est-ce qu'il me prend ? se demande Nicolas. Avoir conquis Léonore Duval représente une réussite au-delà de toutes mes ambitions ; pourquoi faut-il qu'en plus je tourne mes batteries du côté de cette autre femme célèbre ? »

Pourquoi ? Parce qu'il se trouble face à cette femme qu'il sent émue, que ce soit par lui ou par la situation, ce qui reste à démêler. Aussi parce qu'elle veut lui donner son congé alors qu'il ne s'est encore rien passé entre eux deux. Et c'est ce qui est inacceptable pour Nicolas : se faire renvoyer « d'avance », en quelque sorte.

Avant passage à l'acte.

Il lui semble que sa dignité est en jeu : on ne devrait pas si aisément disposer de sa personne.

D'autant moins qu'il se demande qui en dispose, en l'occurrence : Georgine ou Léonore ? Sa maîtresse s'arrogerait-elle le droit de faire elle-même le tri parmi ses relations ? De surcroît, sans l'en informer ni lui demander son avis ! C'est cela, non, être traité comme un gigolo ?

Intolérable !

Par-dessus la table, Nicolas s'empare de la main de Georgine. Sous le coup de la surprise, la romancière ne sait plus où elle en est.

Ce qui fait qu'elle ne la retire pas !

Est-ce pour cette raison que je suis romancière ? Parce qu'on ne comprend rien, mais rien de rien à ce qui se passe dans la tête des autres, et que tout ce qu'on peut, pour donner un sens à la vie, aux événements, c'est leur inventer des causes, des fondements qui viennent non pas d'autrui – ce puits sans fond – mais de soi ?

Jamais je n'aurais cru Léonore, après vingt ans d'amitié fidèle et confiante, capable de se dresser sur sa queue comme un serpent en sifflant vers moi dans une crise de jalousie délirante !

Mais qui aurait pu penser – pas moi, en tout cas – que l'homme qu'elle aime, dont elle est amoureuse plus qu'elle ne le sait elle-même, sans doute, et qui est subjugué, fasciné par elle (amoureux ? je ne peux que supposer), allait me regarder avec intérêt ? Désir, même.

Et que cela me troublerait.

Au point que j'en perds mes facultés... faut-il dire de résistance ? ou d'analyse ?

Ah, que j'aimerais en parler avec Léonore, laquelle sait si bien distinguer d'un coup d'œil – elle a de petits yeux d'oiseau de proie, je ne l'avais jamais remarqué auparavant – ce qui n'est que faux-semblant, artifice, accessoire par rapport à l'essentiel ! Comme elle fait pour ses modèles.

Mais Léonore n'est plus là pour moi ; seulement pour elle-même.

Comme si elle était en danger et que ce soit moi qui l'y accule !

Réveille-toi, Georgine, cet homme n'est pas pour toi, il appartient à Léonore, et s'il te regarde, c'est que tu es l'une des planètes, ou une des étoiles, si tu préfères, de la constellation Léonore !

Si tu ne tournais pas autour d'elle, il ne t'aurait même pas remarquée.

Tiens, si elle avait un chien, Nicolas probablement caresserait aussi le chien. Léonore serait-elle jalouse du chien ?... Oui, et c'est sans doute par prévoyance qu'elle n'en a pas !

J'aimerais que cet homme me caresse. (Comme si tu étais une chienne, salope ?) J'ai vu ses mains : longues, fines, nerveuses, perpétuellement en mouvement. Et nous avons le même sens de l'espace... La preuve,

DEUX FEMMES EN VUE

nous aimons les mêmes peintres : de Staël, Bacon, Rebeyrolle, parfois Masson... Léonore préfère Bonnard et Pollock, ces deux extrêmes – mais c'est qu'elle-même est une extrémiste.

Oui, et alors ?

– Comment se fait-il que Nicolas Charpentier se soit retrouvé placé à côté de Georgine Mallet ? Je croyais vous avoir demandé d'éviter ce rapprochement ? Vous savez, Fanny, c'est très important, la façon dont on compose la salle, le jour du défilé ; c'est comme pour une première... Chacun est à un rang pour une raison bien déterminée. Si ce protocole n'est pas respecté, certaines personnes se vexent. Cela peut être grave...

« Je savais bien qu'elle finirait par me mettre l'affaire sur le dos ! » se dit Fanny avec aigreur.

Mais elle ne va pas se laisser faire :

– La place de M. Charpentier était au deuxième rang à gauche ; c'est lui qui l'a échangée avec quelqu'un, je ne pouvais l'en empêcher...

– Ah bon !

Rien à objecter. Pourtant, Léonore aimerait passer sa fureur sur quelqu'un ; et elle n'a que Fanny sous la main. Car il n'est pas question de faire une scène de jalousie à Nicolas ; ce serait le pousser dans les bras de Georgine, et Léonore est trop avisée pour ne pas le deviner.

– Il y a aussi les journalistes de *L'Officiel* qui n'étaient pas du bon côté du podium.

– J'ai suivi le planning de l'année dernière...

– Il est tout à refaire !

– Quand vous pourrez le revoir avec moi, Léonore...

– Je n'ai pas le temps, en ce moment.

« Ça, je m'en rends compte, ma poule », pense Fanny qui se demande comment elle pourrait esquiver l'ire de sa patronne. Tout flux et reflux de l'humeur directoriale est sous-tendu par une énergie qu'une assistante intelligente doit savoir détourner à son profit – pour grimper encore...

Elle fonce :

– Vous avez... des soucis ?

Léonore la regarde comme elle n'en avait pas pris le temps jusque-là. La femme a plus de trente ans, pas encore quarante, bien qu'elle y aille droit. Elle est soignée, les cheveux tirés en une discrète queue-de-cheval, à peine maquillée, l'air... l'air retenu, c'est le mot, comme un corsage bien boutonné, une jupe bien tirée. Pas le genre de Léonore, mais, justement, cela la change. Elle en a assez des « créateurs » – à commencer par elle-même – qui bousculent tout pour se retrouver échoués sur des rivages inconnus, à l'autre bout d'eux-mêmes...

– Il y a des moments où c'est difficile... Quand on est une femme connue, on se sent...
– Épiée ?
– Oui, surveillée...
– Par la presse ?
– Par tout le monde. Tout ce que je dis m'est renvoyé. Tout ce que je fais aussi.
– Il faut vous protéger, Léonore.
– Mais comment ?
– Je peux vous y aider, si vous voulez...
– Merci, Fanny, c'est gentil. Il y a déjà quelque chose que vous pourriez faire...
– Oui, quoi ?
Elle est sur le bon chemin, elle sent même qu'elle brûle !
– Déjà filtrer mes appels... En ce moment, je ne veux parler à personne.
Fanny se lance :
– Même pas à votre amie, Georgine Mallet ?
– Non.
– Il y a une autre personne qui téléphone souvent : ce M. Charpentier. Quand il dit que votre portable est débranché et qu'il est urgent qu'il vous parle, je fais quoi ?
– Lui, vous me le passez. Il y a autre chose...
– Quoi donc ?
– Il m'arrive de sortir en plein après-midi. Je ne veux pas qu'on le sache : vous inventerez un prétexte de travail, une réunion... J'ai une vie privée, Fanny.

– C'est normal.

– Seulement, comme je suis une personne publique, j'ai du mal à la garder secrète... Il ne faut pas que la presse ni les gens de la maison soient au courant.

– Je m'y emploierai, madame.

Elle l'a appelée « Madame » pour que la patronne sente qu'elle peut avoir confiance, qu'elle est comme une de ces « confidentes » du théâtre classique, à la fois dévouée corps et âme et muette comme la tombe.

Fanny se trouve bien dans le rôle, et elle exulte.

Quant à Léonore, elle se sent un peu... comment dire... pas exactement salie, non, mais vulgarisée, devenue une femme ordinaire, quelqu'un qui se « raconte ». À n'importe qui ? Non, pas à n'importe qui, c'est bien ça le pire : à quelqu'un qu'elle paie. Ce qui est encore plus commun...

Mais elle n'a plus Georgine.

Et elle a besoin de parler d'elle pour mieux se comprendre. Pouvoir juger ce qui lui arrive. Agir, réagir.

Tout à l'heure, elle a rendez-vous avec Nicolas. Personne ne doit le savoir, ça gâcherait tout.

Personne, sauf Fanny Rancenne, qu'elle paye pour qu'elle se taise.

Le matin, ou bien Nicolas est encore avec elle, ou alors, après l'avoir quittée, il lui téléphone :
– Comment es-tu ?
– Attends, il faut que je me cherche, je ne sais pas où je suis dès que tu n'es pas là...
– Je veux dire : comment es-tu habillée ?
– Laisse-moi aller jusqu'à la glace, pour voir ! Eh bien, j'ai du rose aux joues, c'est rare chez moi au réveil, je suis plutôt pâle, un peu de noir sous les yeux – je me suis mal démaquillée, hier soir, je me demande bien pourquoi... Je porte une nuisette imprimée orange et bleue, une merveille, tu devrais venir la voir...
– Venir te l'ôter, tu veux dire !... Tu l'as mise quand ?
– J'ai eu froid, tôt ce matin, avec tout ce vide des draps autour de moi...
– Et tout ce plein en toi, j'espère !
– Tu crois que je pourrais être enceinte ?... Non, rassure-toi, je plaisante... Et toi, tu es comment ?

– Assis derrière une table, douché, habillé, prêt à partir chez un client...

– Une cliente ?

– Un client... Viens avec moi, si tu veux, il sera ravi de te voir, tu me donneras tes conseils. Tu es meilleure que moi pour faire vivre le vide...

– C'est toi, le décorateur ! Décore-moi !

– Quand tu veux !

Debout, le téléphone en main, Nicolas attend qu'elle lui dise : « Je t'embrasse » et qu'il puisse raccrocher. Il est en retard, mais demander à Léonore de le « lâcher » serait la blesser. Oh, elle obtempérerait immédiatement, mais il sait qu'ensuite il lui faudrait la « rattraper », qu'elle se montrerait non pas glaciale, pas même froide, juste éloignée... Et c'est lui que cela gèlerait.

– Tu es ma reine lointaine ! lui dit-il parfois.

– Rapproche-moi...

– Sur quoi dois-je tirer pour t'avoir : sur ta main, tes cheveux, tes jambes ?

– Juste sur mon cœur ! Il tient à peine, ces temps-ci, tu l'auras tout de suite...

Leurs dialogues sont comme un poème.

« C'est elle qui me fait parler ainsi ! », se dit Nicolas en conduisant à toute allure pour tenter de réduire son retard – il a horreur de faire attendre ses clients ; la plupart sont eux aussi très occupés et ne peuvent le recevoir qu'avant de partir de chez eux.

Chaque personne induit-elle la façon dont on s'adresse à elle ? Avec Léonore, il a le sentiment d'être dans une forêt ensorcelée, ou sur une rivière enchantée, et d'échanger avec une fée des propos ravissants – profonds, aussi, comme lorsqu'on jette un sort. Est-il la proie d'un sortilège ? En tout cas, c'est un être hors du commun qui l'entraîne vers des contrées où le merveilleux l'emporte sans cesse sur le réel.

Au début, il a tenté d'avoir avec sa nouvelle maîtresse de ces conversations qu'on peut appeler « sérieuses », en vue d'aménager leur relation, ne serait-ce que par commodité. Ne se voir que tous les deux jours, par exemple. Ou alors, décider franchement de cohabiter... Nicolas ne s'est pas permis de le suggérer ; une telle proposition ne pouvait qu'émaner d'elle. Mais en évoquant les problèmes matériels qu'entraînait, pour lui en particulier, leur nouvelle façon de vivre, il imaginait que ce serait Léonore elle-même qui conclurait qu'il serait plus « facile », pour elle comme pour lui, de vivre ensemble. Rien n'est venu. Elle a l'air heureuse comme ça.

Faut-il dire heureuse, ou satisfaite ?

En fait, Léonore est dans l'expectative. Elle attend de son amant un signe – lequel ? – qui lui donnerait l'assurance de sa complète reddition.

Depuis l'« affaire Georgine », elle vit dans le doute, l'inquiétude, le soupçon. Ce « client » que son amant, à peine sorti du lit, va voir si tôt matin, si c'était *elle* ?

Puisque son amie lui a en quelque sorte désobéi en acceptant de travailler pour Nicolas, qu'est-ce qui l'empêche d'aller plus loin ? Quel scrupule, quelle fidélité qui n'existe plus ?

Elle-même, Léonore, si elle était amoureuse d'un homme, du même homme que Georgine, est-ce que leur amitié la retiendrait ? Au fait, ne le sont-elles pas, amoureuses du même homme ?

Alors, c'est la guerre ?

Cela dépend de lui.

Et qu'en est-il de lui ?

Les êtres sont opaques les uns aux autres. Nicolas proteste de son amour, lui manifeste son désir ; pourtant, Léonore n'est pas en paix. Elle n'arrive pas à y croire.

Quelque chose en elle ne cesse de hurler : « Aimez-moi, aimez-moi ! Ne voyez-vous pas que je meurs ? »

À sept heures du matin, la gare de l'Est, dont l'intérieur a été récemment rénové, présente un aspect qu'on peut dire attendu. « L'expression "hall de gare" lui convient à merveille », se dit Georgine en se frayant un chemin parmi les voyageurs – les uns circulant, les autres immobiles, leurs paquets, valises, sacs à dos à leurs pieds, avec enfants assis dessus croquant leurs barres chocolatées, chiens affolés en laisse, chats en panier – pour aller composter son billet.

La romancière trouve à la fois plaisant – le pittoresque – et déplaisant – la fatigue – de prendre si souvent le train, TGV ou autre, pour se rendre à un salon du livre dans un quelconque coin de France. L'événement dure généralement trois jours, du vendredi au dimanche soir, et la fête bat son plein le samedi.

De plus en plus de municipalités s'y mettent, depuis les plus importantes – comme Nantes, Limoges, Toulon, Bordeaux, Saint-Étienne... – jusqu'aux plus modestes – Montmorillon,

Montbéliard, Saint-Louis, Figeac, Merlieux, Les Sablets... La liste des lieux qui réclament la présence, une fois l'an, d'écrivains de bon vouloir est infinie ; un littérateur – choisi et invité par les organisateurs – pourrait sillonner la France du nord au sud et d'est en ouest à longueur d'année. Transporté, logé, nourri, avec pour seule obligation d'aller s'asseoir plusieurs heures durant derrière une table, au coude à coude avec certains de ses confrères et consœurs.

Il s'agit, stylo-bille en main, d'attendre le chaland derrière une pile de ses publications les plus récentes. Et lorsqu'un lecteur ou une lectrice s'avance, s'arrête devant vous, de répondre le plus aimablement possible s'il pose une question – parfois saugrenue – avant de choisir l'un de vos ouvrages pour vous le faire dédicacer.

Certains auteurs adorent cette « rencontre avec le public ». D'autres s'en agacent et, s'ils apprécient le déplacement tous frais payés – certains l'effectuent avec leur conjoint ou leur conjointe et en profitent pour s'éclipser et visiter la région –, le fait de rester assis comme un commerçant derrière son comptoir leur paraît fastidieux, un peu ridicule, voire même humiliant.

– Il faut s'habituer, a dit Georgine à Nicolas, lequel se renseignait sur ces nouvelles mœurs de la profession, à ce qu'on vous dévisage sans un mot, prenne en main l'un des ouvrages à votre nom posés devant vous, le palpe, le soupèse, le retourne pour lire la « publicité », autrement dit le texte figurant en quatrième page de couverture, en consulte le prix, puis le repose d'un geste plus ou moins dédaigneux avant de s'éloigner ! Toujours sans un mot, mais tout dans le comportement signifiant : « M'intéresse pas ! »

– Ils osent faire ça devant vous, **un écrivain** de votre qualité ?

– Pourquoi pas ? Ils ne tiennent pas à acheter chat en poche, et un livre, ça n'est pas comme un fruit, on ne peut pas leur dire : « Touchez pas, vous allez abîmer la marchandise... » D'autant que ça n'est pas vrai : les livres sont faits pour être ouverts, refermés, feuilletés, goûtés, tâtés avant d'être laissés ou emportés...

– Et vous n'êtes pas vexée quand ils n'achètent pas, comme s'ils trouvaient mauvais ce que vous leur proposez ?

– J'ai la chance d'avoir une clientèle fidèle... Dans l'ensemble, on vient vers moi en s'exclamant : « Que je suis contente de vous voir... Je lis tous vos livres ! Je viens chercher le dernier sorti ! »

– Et sans aller jusqu'à vous envoyer des tartes à la crème à la figure, on ne vous reproche jamais d'avoir écrit ci ou ça ?

– Cela arrive. Je réponds alors le plus gentiment possible.

– Quand on se permet de critiquer mon travail, qu'il soit réalisé ou encore sur plan, cela me rend

mauvais... Pour ce que les gens y connaissent !
Au nom de quoi se le permettent-ils, avec vous ?

– Parce que je suis là, à leur portée !

– En train de courageusement vous exposer ! De vous « vendre » quasiment dans la rue, comme...

– ... une putain ? Cela se dit en l'occurrence, et alors ?

– Quand une prostituée vous a lancé : « Tu viens, chéri », et qu'on n'obtempère pas, il arrive qu'elle vous envoie sur les roses... et vertement !

– Moi aussi, Nicolas, et j'ai une réplique qui peut paraître toute faite, mais qu'en fait j'ai soigneusement mûrie : « Mes livres, une fois publiés, ne sont plus à moi, mais à vous : faites-en ce que vous voulez ! Lisez, ne lisez pas, aimez, n'aimez pas, c'est votre affaire, ça n'est plus la mienne !... » Je peux vous dire que ça les calme.

Nicolas éclate de rire au téléphone.

Il voulait inviter Georgine à déjeuner pour discuter avec elle de son projet de texte qu'il vient de recevoir, qu'il apprécie – juste un ou deux points à modifier –, et elle vient de lui déclarer que c'est impossible : elle part pour Reims, à un salon du livre.

– Je devrais répliquer la même chose que vous à mes clients : « Une fois installés dans l'intérieur que j'ai décoré, vous êtes chez vous ! Faites-en ce que vous voulez ! Les portes n'ouvrent pas dans le sens qui vous convient, les fenêtres sont trop grandes, trop petites, trop hautes, trop basses, vous trouvez les couleurs (que nous avons choisies ensemble) à chier ? Désormais, c'est votre problème, pas le mien ! Vous avez acheté mon travail, vous l'avez payé, je m'en désintéresse... » Or, je n'y parviens pas. Je vais sur place, j'écoute les doléances, et je recommence... le plus souvent à mes frais. Même si ça me paraît archi-idiot. Vous reprenez l'intrigue de vos livres, vous, si le lecteur n'est pas satisfait ? Vous changez la fin, le caractère des personnages à la demande ?

– Nicolas, chaque métier obéit à ses règles. Léonore aussi se fiche de la façon dont ses robes sont portées, parfois défigurées, déshonorées par tout ce que les femmes y ajoutent en les mêlant à n'importe quelles autres sortes de vêtements... Après tout, c'est leur robe, leur costume, elles l'ont payé, elles peuvent en modifier la garniture, les boutons, l'usage... À elles de jouer ! Mes lectrices aussi projettent une part d'elles-mêmes sur mes personnages. Elles les adoptent, s'enfilent dedans, ou au contraire les repoussent : « Comment votre héroïne, que j'aimais bien jusque-là, a-t-elle pu faire ça ? » On me le dit parfois, ce qui me fait rire...

– Cela ne vous fâche pas ?

– C'est la passion, bonne ou mauvaise, que je déclenche chez autrui qui est importante. Pas la critique.

– Reims, vous avez dit... ?

– Oui, je prends le train gare de l'Est.

– J'ai un client à voir dans la région. Cela fait six mois qu'il m'attend, je lui ai fait son appartement de Paris. Il adore, me dit-il, et, du coup, voudrait que je jette un regard sur sa vieille maison de famille dans les alentours de Reims. C'est un marchand de champagne...

– On dit éleveur, ou producteur...

– J'ai bien envie d'y aller, il sera ravi. Vous y êtes quand ?

– Eh bien, de samedi midi à dimanche dix-neuf heures. Nicolas, est-ce bien raisonnable ?

– D'aller voir ses clients ? C'est mon métier... Que me reprochez-vous ?

– De...

Effectivement, Georgine ne sait que répondre : doit-elle dire « de venir me voir » ? Mais Nicolas ne vient pas la voir, il va trouver son client. Dans la région où elle sera ? Et alors ? La France est à tout le monde... Il ne propose pas de l'accompagner : elle s'y rend en train, lui en voiture, et il n'a même pas demandé dans quel hôtel elle descendrait.

N'empêche, la veille de son départ, elle soigne particulièrement sa valise et veille à ce qu'elle met dedans.

Du Duval, bien sûr : Léonore est partout où elle va.

La couturière le saura-t-elle, que son amant s'offre une escapade en Champagne au moment précis où Georgine va s'y trouver ? Nicolas va-t-il le lui dire ?

Léonore est tout à fait capable d'additionner deux et deux, et même davantage... Elle ne s'intéresse pas aux salons du livre, mais aux déplacements de Nicolas, sûrement. Mais comment saurait-elle que Georgine sera elle aussi en Champagne ? Elle ne lui téléphone plus, ces temps-ci, et ce genre de manifestation locale n'est pas mentionné dans les journaux.

Ciel, elle fantasme ! Alors que Nicolas et elle ne se verront peut-être pas...

En tout cas, Georgine ne fera rien pour le rencontrer. Comment s'y prendrait-elle, d'ailleurs : elle ne connaît ni le nom de son client, ni le lieu où il est attendu.

Et si jamais elle le rencontre ?

Ce sera l'effet du hasard, si l'on peut dire, et il sera alors temps d'aviser, n'est-ce pas ?

« Samedi, je dois me rendre en dehors de Paris chez un client ; je serai de retour dimanche. Tu peux m'appeler sur mon portable, mais c'est surtout moi qui t'appellerai : la communication ne passe pas toujours... »

Le téléphone sans fil, quel fil à la patte au service de la jalousie !

Léonore, qui n'aime pas poser de questions, préférant attendre qu'on lui fournisse spontanément le renseignement qu'elle désire, ne voyant rien venir a quand même fini par lui demander :

– Tu seras où ?

– À Mireuil. Tu ne connais pas : c'est tout petit, dans l'Est...

Vague, mais presque suffisant.

– Et tu coucheras où ?

– Sans doute chez mon client, là-bas il y a de la place : c'est un mini-château...

« C'est drôle, se dit Nicolas ; trop d'insistance agace, pas assez fait qu'on se sent négligé, ni aimé ni désiré... Reste que j'ai horreur d'avoir à rendre compte – surtout à l'avance – de mes faits et gestes... J'aime à me laisser diriger par le hasard. Éventuellement par mon désir. Celui-ci est innocent : j'ai envie de voir comment se passe un salon du livre à travers les yeux d'une participante que je connais ; sinon, je vais continuer à me figurer que c'est comme une vaste brocante... Mais si je tente d'expliquer mon intention à Léonore, d'abord j'en aurai moins envie, ensuite je risque la scène... Georgine, au moins, ne me demande rien, pas même si je passerai la voir à son stand... Elle me laisse libre. Et j'aime qu'on me laisse improviser... »

Langage d'homme enserré dans le filet de ses engagements professionnels. Il aimerait pouvoir y échapper, ne fût-ce que quelques heures, pour aller vers l'aventure ou ce qu'il imagine être tel... Impossible, surtout lorsqu'il y a une femme qui a décidé de compter sur vous. Rien n'a été dit de définitif entre Léonore et lui, mais c'est comme implicite : elle lui fait cadeau de son temps, de son intimité, en échange de... De quoi ? Mais de sa liberté !

C'est là que Nicolas se rebiffe. Personne n'a le droit de toucher à sa liberté, sinon il se fâche et rompt... En oublie qu'il est amoureux.

Car il l'est. À cent kilomètres de Paris, tout en continuant à conduire d'une main, de l'autre il appelle Léonore sur son portable.

– Que font mes yeux gris, que regardent-ils ?

– Les arbres par la fenêtre et, au-delà des arbres, mon studio où l'on m'attend...

– On est samedi, tu travailles le samedi ?

– Je recommence à voir des tissus, quelques toiles pour les prochaines collections...

– Mais c'est de l'esclavage ?

– Tu ne savais pas que c'est comme ça, la création ? Tu n'en fais pas autant ?

– Si, mais j'ai toujours l'impression que c'est moi qui décide ; en tout cas, je me débrouille pour le croire dans la mesure où je n'ai pas une équipe derrière moi... Juste un assistant et une secrétaire qui prennent leur samedi.

– Et là, tu es parti de ton plein gré, ou parce qu'on t'a sommé de venir ?

– En réalité...

Va-t-il lui dire qu'il avait envie de prendre l'air ? De voir autre chose, de nouvelles têtes, de sortir de leur liaison – pour mieux l'apprécier quand il y retournerait...

– Je me dis toutes les minutes que je serai avec toi dimanche.

– Tu aurais pu rester, si tu l'avais voulu ! Ou me demander de t'accompagner : je l'aurais fait, tu sais...

– Oh ! Excuse-moi, je viens de recevoir un appel de phares, sûrement pour m'avertir qu'il y a des gendarmes à l'horizon : il vaut mieux que je raccroche ; je suis en infraction, à téléphoner en roulant... Je te rappellerai...

Parfois la loi vous fournit un bon alibi pour vous tirer d'un mauvais pas. Comme un homme marié qui invoque soudain la nécessité de retourner à son foyer où les enfants l'attendent. Il n'a pas dit « sa femme », mais c'est sous-entendu.

Qu'est-ce qui attend Nicolas au bout de son trajet, sinon lui-même ? Après tout, il est majeur, célibataire et indépendant...

À peine a-t-il pénétré dans les faubourgs de Reims qu'il découvre l'affiche collée sur des panneaux, ainsi que des banderoles : « *Reims, Xe Salon de la Littérature, place de Verdun, vendredi, samedi, dimanche.* »

Un rappel.

Un appel...

« Quel drôle d'animal que la foule ! se dit Georgine qui tente de se frayer un chemin jusqu'à son stand. Les gens viennent là pour me rencontrer et, en attendant, ils me rouent de coups de coude, me marchent sur les pieds, m'empêchent de pénétrer... Résultat : ils vont arriver avant moi jusqu'à ma table et diront d'un air de reproche : "Tiens, on est venu pour elle et elle n'est pas encore là !" Alors que je me trouvais devant eux, à l'entrée du chapiteau, et qu'à cause de leur précipitation plutôt grossière, je me suis retrouvée en arrière... »

Mais, une fois qu'elle a pu se glisser à l'intérieur du carré formé par les longues tables derrière lesquelles les libraires locaux accueillent les auteurs, séparée de son public par la barrière de ses livres empilés, elle est tranquille.

– On vous attend, on vous a déjà demandée ! lui susurre un des vendeurs avec, dans la voix, ce reproche tacite : « Vous vous prenez pour une star, à faire attendre les acheteurs ? »

Une pauvre star, alors, ignorée, dédaignée et même bousculée tant qu'elle n'est pas « en place », comme tous ceux qui travaillent derrière un guichet ou un comptoir – caissiers, percepteurs, comptables, employés de banque, etc. –, qui ne sont reconnus et considérés qu'ès qualités.

Pour se convaincre elle-même de sa soudaine importance, en quelque sorte pour endosser son rôle, Georgine quitte sa veste, la suspend soigneusement au dossier de sa chaise, sort son stylo-bille, s'assied, sourit à l'entourage... Une demi-douzaine de personnes – des femmes – attendent, déjà, un livre à la main, qu'elle veuille bien y apposer sa signature.

Rite ordinaire, toujours surprenant : elle ne prévoit jamais ce qu'on va lui dire, la façon chaque fois singulière qu'ont ses lecteurs et lectrices de l'aborder. C'est intime, ils la connaissent, l'ont lue, lui parlent familièrement – en même temps, dès le livre signé, glissé dans un sac au sigle de la librairie, ils partent précipitamment, parfois sans la remercier ni la saluer, vers d'autres écrivains, d'autres découvertes.

Ce n'est pas elle qui les intéresse, mais la partie d'eux-mêmes qu'elle incarne.

« C'est comme en amour », se dit Georgine en continuant à demander les noms, supputant alors leur origine, leur orthographe – si elle a un doute, elle se renseigne : le patronyme, c'est sacré, et quand quelqu'un lui dit : « Ça n'a pas d'importance, écrivez-le comme vous voulez ! », elle dévisage la personne en question et s'inquiète pour elle. Généralement, c'est une femme mariée qui ne tient guère à ce nom qu'on peut dire « d'emprunt ». Au reste, beaucoup disent : « Mon prénom suffira. »

Oui, en amour aussi, ce qu'on va chercher chez l'autre, c'est une part de soi qu'on ignore, qu'on espère enchanteresse, qui l'est sans nul doute au tout début de la rencontre. Mais, une fois l'émotion de la nouveauté passée, beaucoup de prétendus « amoureux » passent à quelque autre... Sans trop le savoir à l'avance, ils ont acquis auprès de vous ce qu'ils cherchaient, alors pourquoi perdre son temps à fréquenter un fournisseur qui vous a satisfait – ou déçu, c'est selon ? De même avec un auteur : dès lors qu'on a sous le bras ce qu'on était venu quérir de lui, on se taille !

« Il y a tout de même des gens qui s'aiment toute la vie, parce qu'ils ont pris goût au mélange de cet autrui-là avec eux-mêmes... »

Elle devrait noter cette réflexion, elle la glissera dans l'un ou l'autre de ses romans. Un roman, c'est comme un fourre-tout, on peut y loger tout ce qu'on glane en chemin...

Plusieurs personnes lui tendent en même temps son dernier livre tout juste sorti, *Une vie de rêve*, qu'elle ouvre à la page de garde en s'enquérant :

– C'est pour qui ?
– Pour moi...
– Alors, je mets quel nom ?

Dialogue qui devient machinal, d'être si souvent répété.

– Nicolas, répond une voix d'homme.

Un homme, voilà qui est sympa, pour elle qui a surtout des lectrices. Elle lève les yeux.

– Nicolas Charpentier.

Quand il livre son nom au complet, elle est déjà en train de le dévisager. En un sens, heureusement qu'il s'est nommé, car ce n'est pas la première fois que Georgine s'aperçoit que, d'en être séparée par la table où s'empilent ses livres, il lui arrive de ne pas reconnaître même ses plus familiers. Elle se souvient du jour où une femme d'âge, élégante et chapeautée, les yeux ronds, dut lui répéter, inquiète :

– Mais je suis ta tante, tu ne me remets pas ?

Aussi est-elle reconnaissante à ceux qui ont la délicatesse de tenir compte de l'état de trouble où la mettent trop de sollicitations et qui s'identifient !

Celui-là, elle s'est seulement aperçue, comme sous l'effet d'un choc qui la sort de sa léthargie, qu'il a décidément de beaux yeux. D'un bleu à s'y noyer.

Et qu'ils la regardent, ces yeux-là. Pas de doute là-dessus.

Réveillée sans qu'elle sache pourquoi dès l'aube, douchée, habillée, Fanny Rancenne reste attablée dans sa cuisine, devant un bol de café noir qu'elle boit à lentes et petites lampées. Sans rien manger. Elle surveille sa ligne : travailler chez Duval exige, d'après elle, d'avoir et de conserver la silhouette maison – ultra-mince, ultra-plate.

Fanny supporte de plus en plus mal le dimanche. Son mari est en voyage dans les Émirats, son fils de douze ans, en pension, ne revient qu'un week-end sur deux. Elle se retrouve seule. Son entourage, amis, parents, serait tout à fait disposé à la recevoir, à aller au spectacle avec elle, mais c'est elle qui n'y tient pas.

Non qu'elle aime particulièrement se retrouver seule, mais elle n'éprouve plus de plaisir à fréquenter les gens d'avant, elle n'a plus de curiosité pour leur existence dont elle connaît trop les us et coutumes. Ce sont eux, en revanche, qui en ont pour sa nouvelle vie et qui la harcèlent de questions.

Le dimanche, la maison Duval est fermée, Léonore est chez elle, ou alors en week-end, parfois en voyage à l'étranger – ce n'est pas Fanny qu'elle emmène, au contraire, elle la prie de rester sur place pour communiquer avec elle deux fois par jour. Sauf le dimanche.

Jour sans, jour fermé, non ouvrable.

Ce jour-là, Fanny ne peut même pas aller chez le coiffeur ou faire des courses pour l'appartement afin de s'en débarrasser. Elle se sent plus qu'oisive : dépossédée.

Que fait Léonore ? Ne serait-elle pas avec Nicolas Charpentier ? Fanny n'a pas reçu de confidences, mais elle a bien vu avec quel empressement la couturière répond au téléphone dès que c'est lui qui appelle. Une ou deux fois, il l'a raccompagnée jusqu'à la maison de couture et il est même monté jusque dans son studio sur les pas de Léonore. Laquelle ne l'a pas fait asseoir. Elle se bornait à sourire tandis que le jeune homme regardait de tous ses yeux aussi bien l'installation que les documents, tableaux, affiches, photos placardés aux murs, ou jetait un coup d'œil par la fenêtre.

Tout avait l'air de l'intéresser, de l'émerveiller, même. Il n'a rien dit. Du moins aux oreilles de Fanny à qui Léonore ne l'a pas présenté. Elle ne l'a d'ailleurs présenté à personne : il était comme un oiseau de passage...

Les autres membres de l'équipe, s'ils s'en sont aperçus – ce qui n'est pas forcé –, ont dû penser qu'il s'agissait d'un fournisseur ou de quelque membre de sa famille. Léonore a un oncle, une tante, des cousins aux États-Unis où réside son fils : ce pouvait aussi bien être l'un d'eux. Il en a bien la dégaine : libre, décontractée, et comme il ne disait pas un mot, allez savoir...

C'est elle, Fanny, qui a fini par lui sourire, et Nicolas lui a répondu. Quand il sourit, ses yeux bleus qui étincellent, ses dents très blanches lui donnent l'apparence d'un de ces mannequins qu'on voit à la télévision : beaux hommes taciturnes, un peu sombres ou boudeurs, jusqu'à ce qu'un sourire les illumine – tiens, Zidane, par exemple, dans cette publicité pour une eau minérale... Une douceur qui cache une folle détermination.

Qu'est-ce qu'elle a à fantasmer ? Bon, ce Charpentier est dans la vie de Léonore ; est-ce que cela veut dire qu'il est aussi dans celle de son assistante ?

Eh bien oui, un peu.

Le téléphone sonne. Son mari ? Pas son genre, de l'appeler lorsqu'il est en déplacement à l'étranger. Pour parler de quoi, d'ailleurs ? Elle connaît sa date de retour, ils n'ont rien d'urgent à se dire. Elle ne va pas décrocher ; cela risque d'être sa cousine, ou son ancienne amie Ariane, la fonctionnaire qu'elle n'a plus envie de voir...

La messagerie se met en marche :

– Fanny, vous êtes là ? Pouvez-vous me rappeler dès que possible, je suis à la maison...

C'est Léonore.

Fanny se précipite, décroche :

– Je suis là, Léonore.

– Fanny, qu'est-ce que vous faites demain ?

– Rien de particulier...

– Si vous êtes libre, bien que ce soit dimanche, voulez-vous venir travailler chez moi ? Il y a des choses que j'aimerais voir avec vous avant lundi, pour avancer... Heures supplémentaires, bien sûr.

– Je n'ai rien de prévu... Quand voulez-vous que j'arrive chez vous ?

– Si ça vous convient, vers midi. Le Libanais à côté de chez moi sera ouvert ; apportez du taboulé, de la purée de fèves, des kebabs : on grignotera un peu...

– Entendu !

Fanny est aux anges. Elle va pénétrer dans le sanctuaire de Léonore. En apprendre plus long sur sa façon de vivre...

À propos, comment se fait-il que la couturière soit seule une fin de semaine ? Voilà qui mérite inquisition. Enquêter fait-il partie de son job ? D'une certaine façon oui : être assistante, c'est venir en aide et, pour aider, il faut savoir...

Ce qui l'étonne, se dit-elle en imaginant sa journée du lendemain, c'est qu'une femme aussi célèbre, une « star », se retrouve si seule, le dimanche, qu'elle ait besoin de faire appel à elle – pour travailler, a-t-elle prétendu.

En fait, pour lui tenir compagnie ! Mais n'a-t-elle personne d'autre à appeler ? Quelqu'un de sa famille, ou alors son amie proche, Georgine Mallet.

Encore une singularité du statut des stars : le jour où les autres sont le plus entourés, elles se retrouvent sans personne... Marilyn aussi était abandonnée, certains jours. Certaines nuits. Et on connaît l'aboutissement tragique de cet incompréhensible délaissement – il est entré dans la légende... De même Chanel, morte un dimanche, était sans personne ce jour-là, dans sa chambre du Ritz... À propos, n'avait-elle pas appelé son assistante, comme vient de le faire Léonore ?

En tout cas, pour ce qui est de celle-ci, Fanny ne la laissera pas sans secours. Elle va se rendre de bon cœur auprès d'elle, pas seulement en songeant à la prime...

Si l'on avait dit à Tristan et Yseult que les siècles à venir étaient déjà en train de les contempler pour souffrir avec eux, ils ne l'auraient pas cru – ou plutôt n'y auraient prêté aucune attention, ce qui se passait entre eux suffisant à les absorber. Car les amoureux, fussent-ils célèbres, ont toujours le sentiment d'être seuls au monde. Ils n'imaginent pas qu'il puisse y avoir des caméras braquées sur eux en permanence. À commencer par les yeux d'autrui.

Pourtant, lorsque Georgine pose sa plume et quitte le chapiteau du Salon du livre de Reims aux côtés de Nicolas – ils ne se tiennent même pas par le bras –, ce sont des chuchotements... De la part, déjà, du personnel de la librairie : « Tiens, la Mallet s'en va plus tôt que prévu, elle pourrait vendre encore, il y a des clients... Il est vrai qu'elle ne part pas seule ! On est venu la chercher... – Il est bien, le type, soupire une jeune en minijupe. C'est son amant ? – Bien trop jeune..., jette avec autorité la libraire en chef. – Il le sera ! dit son aide principale, une femme sèche, montée en graine, laquelle a de la jalousie à revendre. Vous avez vu comme elle le regarde ! Elle va te le gober... »

Dans le public, les rares qui la reconnaissent – elle n'est plus derrière ses livres ni sous sa photo suspendue, ce qui rend le repérage plus difficile, en tout cas requiert plus d'attention – s'interrogent également : « Tiens, je la croyais plus jeune. Qui c'est qu'est avec elle ? – Ça doit être son fils, le type ! – Avec qui qu'elle l'aurait eu ? – Son premier mari, bien sûr... – Elle en a eu plusieurs ? – Ça, je me souviens pas ; ces gens-là, ça se marie comme ça respire... »

Quelqu'un prend même une photo, c'est un adolescent qui voulait essayer son nouvel appareil ; il est au bas des marches lorsque Nicolas et Georgine s'arrêtent pour se concerter : où vont-ils pouvoir déjeuner ?

– Vous connaissez un endroit ?

– Pas vraiment, mais j'ai une liste des restaurants d'ici dans mon dossier de presse, ceux pour lesquels j'ai des tickets...

Georgine s'apprête à fouiller dans son sac. Nicolas retient sa main :

– Vous n'avez pas besoin de ticket, je vous invite !

– C'est que le choix des établissements est forcément convenable ; les écrivains sont plutôt exigeants sur la bouffe...

– Ce qui fait qu'on risque d'y rencontrer les autres ?

– Pas si on choisit le plus éloigné d'ici ; les gens n'aiment pas marcher... Vous savez bien, c'est comme à la plage : même si elle est bondée, on fait deux cents mètres et on se retrouve seuls...

– Faisons trois cents mètres et nageons jusqu'à l'île...

Ils rient ; ils se comprennent.

Sans qu'ils en aient conscience, Léonore les rapproche en faisant d'eux des clandestins. Et puis – là, c'est Georgine qui le sait –, Léonore, à leur différence, n'aime pas marcher. Voilà quelque chose que Nicolas et elle ont en commun, qui les unit. Comme des camarades ?

Le téléphone de Nicolas sonne dans sa poche.

– Ce doit être mon client, je n'ai aucune envie de lui répondre ; je l'ai vu ce matin et le revois en fin d'après-midi. Il peut attendre ! »

Tous deux pensent en même temps : et si c'était Léonore ? « Ma messagerie s'en chargera », se dit Nicolas. Il écoutera son message plus tard, quand il sera seul, pensent-ils encore ensemble.

Nicolas laisse la sonnerie s'épuiser, puis ferme son portable. Celui de Georgine est éteint depuis le matin.

C'est fait, ils sont vraiment seuls.

« Et si aimer, c'était accrocher tout l'amour qu'on porte en soi au premier qui passe, presque au hasard, comme à un portemanteau ? On devrait alors appeler son amoureux du moment un "porte-amour"... On y installe son envie d'aimer, puis, quand ça commence à tourner à l'aigre, on l'en décroche pour aller le suspendre à un autre... Est-ce ce que je suis en train de faire avec Nicolas ? Pourtant, j'ai le sentiment que je ne peux aimer personne d'autre ! Il n'est pas "remplaçable", comme peut l'être un bouton, un col, une garniture... »

Léonore s'est assise devant son mannequin et ses mains courent sur les éléments en toile qu'elle y a « accrochés » – d'où l'origine de sa rêverie. Une paire de ciseaux en poche, des épingles dans une soucoupe posée à ses côtés, elle cherche une forme.

« Ce qu'il y a, c'est qu'on ne décroche jamais tout à fait de quelqu'un qu'on a passionnément aimé, même si on croit y être parvenu et ne plus penser à lui. C'est pourquoi, avec le temps, l'amour devient difficile, douloureux... À force d'avoir abandonné des bouts de soi accrochés comme à des ronces à l'un ou à l'autre, on finit par avoir le cœur en lambeaux. Tiens, comme ces vêtements que portent les jeunes, découpés au cutter, percés aux genoux, aux coudes, effrangés du bas... Mon cœur est effrangé ! Normal, pour une couturière... »

Tout en continuant de travailler, Léonore évoque son premier amant. Cela avait commencé à ne plus aller avec Jean, son mari ; tout était tellement en place sur le plan social, familial... Tout se passait si correctement du point de vue affectif et physique. Plus rien d'excitant ni de romanesque...

Ne parlons pas de la passion : Jean n'avait jamais su ce que c'était ; il en ignorait la notion, mais aussi le mot !

C'est lorsqu'elle est tombée follement amoureuse de Christian, ce fou, qu'elle a découvert qu'elle avait un cœur, qu'il ne lui obéissait pas, que c'était de ses battements désordonnés qu'elle tirait ses plus intenses émotions. Sensations. Douleurs... Tout ce qui la poussait à l'évasion, donc à la création...

Ce type-là... Rien que de repenser à lui, son cœur se serre alors que, dans le même temps, elle sourit. Elle était si jeune. Elle se sentait si vieille. « Mais tu ne te rends pas compte, je suis mariée, j'ai un enfant, je ne peux pas partir avec toi, comme ça, d'un coup, sans rien emporter, juste parce que tu me le demandes... »

Est-ce parce qu'il savait qu'elle ne le ferait pas ? Christian la suppliait de partir avec lui à peu près une fois par semaine, quand ils avaient fait l'amour, à l'hôtel ou chez lui. Mais après, pas avant ! S'il le lui avait demandé avant, alors qu'elle était dans un tel désir, elle l'aurait sans doute suivi... Il lui plaisait tellement ! Physiquement, sensuellement. Sa façon désinvolte, aussi, de traiter la vie comme il houspillait la femme qui était dans sa vie !

Ç'avait été merveilleux. Romanesque. Atroce. Ces nuits sans sommeil auprès de Jean qui faisait semblant de rien, mais ne dormait pas non plus. Jean qui ne voulait pas savoir, qui devait penser que ça lui passerait...

Elle ne se rappelle plus comment cela a fini. En fait, elle pleurait tellement que le petit Albert, avec qui elle faisait des modèles de chaussures, s'est cru autorisé à sécher ses larmes :

– Cela va abîmer les peaux, de pleurer dessus, Léonore. Il y a du sel dans les larmes, ça ronge...

Ce n'était pas vrai, elle le savait et, du coup, ça la faisait rire. Un jour qu'elle trébuchait en essayant une paire de socques dorées, Albert l'a retenue dans ses bras, serrée contre lui, comme s'il ne désirait que la consoler, et, émue, elle s'est laissé porter sur le divan tout proche. Jean, lui, ne la berçait plus alors qu'elle en avait tant besoin ; excédé, il était devenu brutal... Elle en regrettait son apathie précédente.

Elle a cédé à son « petit cordonnier », comme elle l'appelait, sans y prêter une grande attention. Toutefois, lorsque Christian, trois semaines plus tard, lui a redit : « On part tout de suite, regarde, j'ai emmené mon fourre-tout... », cette fois, au lieu de rire, elle lui a répondu : « Quelle bonne idée ! Prends les devants, va à Venise, je te rejoins demain. »

Elle avait achevé de se rhabiller – en fait, de s'emmailloter dans plusieurs éléments superposés : une mode qu'elle lançait à l'époque – et elle a ajouté : « Peut-être. »

C'était dit si froidement, avec une insolence qu'elle n'avait jamais eue jusque-là envers lui, qu'il en est resté coi. Il a pris son sac – le « jeu » était terminé, et il n'aimait que jouer – et il est sorti le premier de la chambre d'hôtel, comme elle l'en priait, pour ne jamais la rappeler.

Toutefois, quand le téléphone sonnait et qu'il n'y avait personne au bout du fil, elle se doutait que c'était lui.

Le cordonnier aussi, c'était terminé. Elle a changé de fournisseur de chaussures, ni lui ni elle n'en ont fait une histoire. (C'est fou ce que les hommes la quittent facilement ! C'en est vexant ! Au point qu'elle en est arrivée à se dire : « Moi, je suis séduite et pas abandonnée, pire : laissée pour compte... ») Plus tard, il y a eu le divorce, et Jean non plus n'a pas cherché à s'accrocher...

Puis ç'a été la période des « histoires », de celles qu'elle racontait à Georgine, devenue son intime depuis son divorce et sa soudaine solitude. Elle en riait, y croyant huit jours – Georgine, elle, n'y croyait pas du tout.

Tout ce temps-là, le succès s'amplifiait, la maison croissait, le nom devenait énorme. « Tu pourras bientôt t'afficher sur la tour Eiffel ! », la taquinait fièrement son père.

Puis son père est mort, sa mère peu après, et Léonore s'est retrouvée seule, toute seule avec sa réussite.

Il y a son fils, mais Ludovic vit sa vie à l'étranger avec ses copains, ses copines ; il s'est fabriqué un nom avec son second prénom pour ne pas porter celui de Duval. Il préfère : il peut ainsi dissimuler que sa mère est cette femme dont la photo – sophistiquée, retouchée – apparaît dans tous les magazines, dont la griffe est si célèbre que toutes les femmes en bavent... Ludovic l'aime, mais se prémunit contre son pouvoir.

Quant aux histoires d'amour de sa mère, il ne veut rien en connaître. Le matin où il est entré en trombe dans sa chambre – il devait avoir quinze ans – et qu'il l'a trouvée au lit avec elle ne sait plus qui, quel choc mutuel !... Le jour suivant, il lui a demandé s'il pouvait s'installer un studio dans l'appentis jouxtant l'office, avec sortie indépendante sur la rue.

Quand ils devaient se voir, ils se donnaient rendez-vous comme s'ils ne vivaient pas sous le même toit.

En ce moment, Ludovic est aux États-Unis, il lui téléphone deux fois par semaine, le matin vers les huit heures : il sait qu'elle est alors réveillée, et, jusqu'à ces derniers temps, le plus souvent seule. Mais pas le dimanche : ce jour-là, lui, il dort.

Une fois, il lui a dit : « Je t'appelle pour te dire que je suis toujours vivant ! » Elle lui a répondu du tac au tac : « Je le sais, parce que tu es mon fils. Si tu ne l'étais plus, je le sentirais dans mon ventre... » Il n'a rien ajouté. Elle a pensé qu'il avait apprécié ; ensuite elle a réfléchi qu'elle aurait peut-être dû dire : « dans mon cœur ». Le ventre de leur mère fait toujours peur aux garçons.

Il faut qu'elle arrête de culpabiliser, pour Ludovic. Il va bien, il est équilibré, normal, il a un père avec lequel il s'entend, une belle-mère aussi, une demi-sœur depuis peu. Et une copine. Pas toujours la même, mais il y en a toujours une. Tout est « en ordre », du côté de son fils.

... Va-t-elle finir par la trouver, sa nouvelle coupe ?

Elle voudrait que la manche soit placée très haut sous le bras, et très large au poignet – mais le corps, alors ? Fuseau, tube, large ?

En fait, ce n'est pas sa toile qui ne va pas, c'est elle... Est-elle si « accrochée » que ça à Nicolas ? En danger ? En grand danger ? Saura-t-elle « décrocher » au dernier moment, comme on saute en parachute quand l'avion pique droit vers le sol et l'écrasement ?

Hier, Nicolas lui a répété au téléphone qu'il l'aimait, avant de prendre la route pour Reims. Qu'est-ce qu'il allait faire à Reims ? Un client ? Hum, le dimanche... La barbe, elle ne va pas devenir jalouse, soupçonneuse, elle qui déteste tant ce travers chez les autres femmes...

Mais c'est qu'elle l'est ! C'est plus fort qu'elle ! Elle travaille tellement, aussi, elle a besoin d'être sûre de la fidélité de ceux sur lesquels elle s'appuie. Ou alors, qu'ils foutent le camp !

C'est pour cela qu'elle apprécie les gens qu'elle emploie : tant qu'elle les paie – cher –, elle sait qu'elle peut compter sur eux. Enfin, en surface, quant à leur ponctualité, leur promptitude à satisfaire ses demandes. Nicolas, lui, n'est pas fiable dans le temps... La preuve, il l'abandonne un dimanche... Car elle est abandonnée, ça ne fait pas de doute !

... Cette fois, ça y est, elle l'a trouvée, sa nouvelle ligne : le corps archimince avec la manche très large et la jupe mi-mollet. Ce sera ravissant – pour la gestuelle, aussi. Elle va demander à Lucienne de lui monter ça, demain matin, dans une toile de laine très fine. Imprimée, rayée, unie ? Encore un effort d'imagination madame Duval, si vous voulez être la meilleure, la plus grande, la plus aimée...

On sonne à la porte. Ce doit être Fanny. Elle va lui demander son avis – pour faire le contraire, comme d'habitude chaque fois qu'on lui prodigue un avis ou un conseil... Les autres sont si conformistes. Pas elle. Jamais elle !

Nicolas devrait le savoir et l'aimer à cause de ça : parce qu'elle est géniale.

Fanny apparaît dans l'encadrement de la porte, les bras chargés de paquets de chez le Libanais – elle apporte trop à manger, c'est sûr –, et elle arbore le sourire d'une petite fille émerveillée.

En voilà une, au moins, qui est contente de voir Léonore un dimanche. Et qui s'y entend pour l'afficher...

« Si on ne boit pas du champagne à Reims, où en boira-t-on ? »

Nicolas était venu la chercher à son hôtel à l'heure où elle rentrait du Salon du livre, juste avant la fermeture du chapiteau. Elle lui avait dit qu'elle était invitée, comme il est d'usage dans ce genre de manifestation, à la grande réception donnée par la municipalité, que l'expérience lui avait appris à redouter. Ces banquets qui réunissent par tablées tous les participants – jusqu'à deux cents personnes ! – peuvent être très réussis, comme tourner à la galère ! On attend et attend dans le brouhaha des plats qui arrivent froids ou mal décongelés, alors qu'on ressent la fatigue grandissante d'avoir pris un train tôt le matin, d'avoir signé pendant des heures parmi une foule compacte, sans avoir fait la sieste ni même pris une simple douche…

Du repos, elle se réservait de s'en offrir dans sa chambre d'hôtel après avoir mis en marche la télévision, située juste au pied du lit… Georgine avait eu l'air si gourmand, en décrivant la scène de ce futur plaisir à Nicolas, que celui-ci s'était senti l'envie de partager ce moment d'élection avec elle.

C'est au restaurant, après leur déjeuner, qu'avait eu lieu cette évocation de la soirée, et Nicolas n'envisageait certes pas de faire une « passe » à Georgine. Il était convaincu de s'être rendu à Reims pour son travail, mais aussi pour s'accorder une pause dans sa relation avec Léonore.

Il lui avait paru que celle-ci devenait de plus en plus présente et exigeante ; elle lui demandait de changer sa vie sans qu'il fût question de modifier quoi que ce fût à la sienne à elle. À ses façons de faire et de travailler... Considérait-elle qu'étant le plus jeune, c'était à lui de se plier à ses besoins comme à ses habitudes ? Ou, sans qu'elle l'eût proféré, étant donné qu'elle était une « star », une célébrité, jugeait-elle son mode de vie plus important que le sien, les modalités de sa création – à laquelle il devait s'estimer privilégié de pouvoir assister – désormais fixes et invariables ?

Nicolas craignait le moment où elle réclamerait qu'il soit tout le temps présent à domicile, sans qu'elle lui ait ménagé un endroit où s'installer, travailler, ni même une armoire où ranger quelques affaires...

Sauf ce qu'elle lui avait offert : des chandails de sa boutique, des pantalons, un pyjama de soie, qu'il retrouvait sur un fauteuil de la chambre ou suspendus à de magnifiques portemanteaux en bois de chêne qu'elle avait disposés un peu partout : « Ici le vêtement est roi, c'est pourquoi je ne le cache pas, je l'expose ; en plus, les tiens et les miens mélangés sont beaux, tu ne trouves pas ? »

S'il avait débarqué chez elle avec son attirail d'architecte, ses cartons, ses chevalets, elle aurait dit quoi ?

Non, il allait falloir qu'il trouve moyen de préserver sa vie privée – c'est-à-dire son travail –, et cette échappée à Reims était censée lui donner le temps d'examiner comment il pourrait mettre des frontières, imposer quelques limites à sa maîtresse sans la froisser.

Car il ne voulait pas la perdre : cette femme était une chance, un morceau de prince, si ce n'est de roi. Quelque chose en lui le savait et y tenait.

C'est pourquoi il ne pensait pas du tout à Georgine comme à une aventure possible. Seulement à une confidente, une compagne agréable, un havre momentané...

Ils avaient bien ri, à déjeuner, de tout et de rien, et chaque fois qu'ils avaient parlé de Léonore, ç'avait été pour exprimer leur admiration mêlée de tendresse. Sans qu'aucun n'aille proposer : « Et si on lui téléphonait ? » Sans non plus faire allusion au fait qu'ils devaient se mettre d'accord sur un point délicat : diraient-ils ou non à Léonore qu'ils s'étaient rencontrés en cette fin de semaine à Reims ? Par le plus grand des hasards, n'était-il pas vrai ?

Toutefois – leur mutuel silence en témoignait –, tous deux savaient que l'autre savait que Léonore n'admettrait pas ce hasard-là.

Mais pas du tout !

C'est devant le bureau du concierge que Nicolas Charpentier l'attendait, une bouteille de champagne sous le bras.

– Où voulez-vous qu'on le boive ? Ici ? dit-il en désignant du menton le bar, lequel se remplissait du grand et petit monde de la littérature et de l'édition, qui s'apprêtait à gagner les cars qui les emmèneraient tous – moins Georgine – dîner dans un château des environs.

– Ne peut-on trouver un endroit plus discret ?

Georgine hésite une seconde. Elle croit deviner ce qu'il a en tête, en tout bien tout honneur – quand même, est-ce bien convenable ?

Oh, après tout, que risque-t-elle ? Il est plus jeune qu'elle : une sorte de jeune frère, et ils s'entendent si bien.

– On peut le boire dans ma chambre, j'occupe une sorte de suite…

– Une suite ? Veinarde ! Après tout, c'est normal, vous êtes une star. Est-ce qu'on a vue sur la place ?

– Mieux encore : sur les toits, avec une terrasse...

– J'aimerais voir Reims de haut... Allons-y vite : le champagne est en train de se réchauffer et mon bras de se glacer !

– Il y a un frigo dans ma chambre, il y sera bien en attendant qu'on le boive.

Quelques instants plus tard, le champagne est au frais, Nicolas sur le balcon, et Georgine sous la douche.

Une escapade d'étudiants, rien de plus !

« Pourquoi pas ? »

« Pourquoi pas ? »

Ces deux mots, les mêmes, reviennent sans cesse dans la tête de Georgine et de Nicolas au fur et à mesure que la soirée se déroule, que le niveau du champagne baisse dans la seconde bouteille, découverte dans le frigidaire et pas mauvaise du tout, tandis que l'espace qui les sépare sur le lit diminue...

En effet, après avoir bavardé, l'un sur le canapé, l'autre dans le fauteuil, avoir échangé leurs points de vue sur l'art d'aujourd'hui, les voies déroutantes qu'empruntent la peinture, la sculpture, l'architecture, la musique, la littérature – et qui peut savoir où l'on va, même si l'on sait d'où l'on vient ? –, Nicolas a parlé d'une émission qui devait être diffusée sur Arte, traitant justement de ces sujets-là.

Le programme du journal local, *L'Est républicain*, consulté, il appert qu'elle est programmée en ce moment.

– Eh bien, voyons ce que ces experts ont à dire...

Il devait y avoir Michel Serres, Emmanuel Le Roy Ladurie (enregistré), Philippe Sollers, Angelo Rinaldi, le nouvel académicien, l'inévitable Gérard Miller et quelques autres têtes couronnées par les médias.

Rien de plus plaisant que de réagir en commun sur des sujets qui touchent au plus vif de ce qu'on aime et de ce qu'on est. Rien qui vous rapproche autant.

Vu la disposition du téléviseur dans la pièce, Georgine s'allonge sur le lit – après sa douche, elle a revêtu une élégante tenue de jogging en velours-éponge griffée Léonore Duval – et, voyant que Nicolas se tord le cou pour contempler l'écran, lui offre de s'asseoir sur le lit, près d'elle.

Elle lui installe un des deux oreillers, et chacun de se positionner à bonne distance l'un de l'autre.

Toutefois, du fait qu'une déclaration ou une autre fait bondir, qu'il devient urgent de resservir le champagne, de reposer son verre sur la table de nuit, puis, la fraîcheur venant, de tirer la couette sur soi et l'autre, les voici bientôt dans la même chaleur, affective et physique, et la semi-obscurité. À se dire : « Pourquoi pas ? »

Ils pourraient ajouter : « Au point où nous en sommes... »

Car il est évident que n'importe qui – ne parlons même pas de Léonore –, entrant à ce moment dans la chambre qui n'est éclairée que par l'écran de télévision, et voyant ces deux corps allongés côte à côte dans le même lit, avec, sur la table, une bouteille de champagne vidée et une autre qui en prend le chemin, ne se poserait pas de questions sur l'intimité possible des protagonistes, mais conclurait d'emblée : flagrant délit !

Alors, le mal étant pratiquement fait, un peu plus, un peu moins...

Sans en avoir parlé ensemble, maintenant ils sont tous deux bien décidés à ne rien dire de leur rencontre rémoise à Léonore. Le hasard, s'il peut justifier une coïncidence dans les destinations, ne saurait expliquer ni donc excuser une fréquentation aussi constante : d'abord à déjeuner, puis à dîner... Là, il ne s'agit plus de coïncidence, mais d'une volonté déterminée.

D'un choix.

D'un attrait.

Lequel se manifeste d'abord par une jambe qui ne se retire pas quand une autre la touche, puis par une main qui saisit une main, comme au cinéma, quand on assiste ensemble à un bon film.

Puis d'une tête que son poids incline sur une épaule proche :

– Je commence à avoir sommeil, pas vous ?

– Vous voulez que je m'en aille ?

– Il reste encore un peu de champagne, et puis l'émission n'est pas finie, et tout de suite après il y a le journal... voyons les nouvelles, si le monde est encore là !

– Vous êtes une hôtesse adorable.

On se dévisage dans ce qui est un semi-noir. Ces yeux qui brillent comme des étoiles... pareilles à celle qui a guidé les Rois Mages vers la Nativité... Et tout premier rapprochement entre deux êtres n'est-il pas comme une naissance ?

Des visages s'avancent l'un vers l'autre comme pour abolir ce brin gênant de conscience qui luit encore dans les yeux, afin de ne plus rien voir. D'autant qu'il n'y a plus rien à se dire.

Ni à en dire.

D'où vient, chez les femmes, cet irrépressible besoin de parler à une autre femme qui les précipite dans les aveux et les confidences, en faisant fi de la retenue, de la bienséance, de toute prudence ?

La confidente, beau et terrible personnage inventé par le théâtre antique, présent dans les pièces classiques, et qui, de nos jours, continue de jouer son rôle à plein, dans la vie comme dans les médias ! Que d'émissions où une femme qu'on dirait brusquement droguée ou sous hypnose se met à dire « tout » à une personne qu'elle ne connaissait ni d'Ève ni d'Adam avant l'interview !

Il n'a pas fallu longtemps à Léonore pour qu'elle commence à raconter à Fanny – qui ne demandait que ça – qu'elle se sentait assez « mal ». Terme bref et bon à tout.

Fanny se doutait un peu du pourquoi de la chose, mais un autre puissant instinct lui suggérait de ne pas montrer d'empressement ni de curiosité ; juste quelque sollicitude, tout en attendant que ce qui était mûr tombe de soi-même dans son giron.

– C'est le défilé qui vous inquiète ? Le peu que j'ai pu voir de la collection me paraît splendide.

– Oh, la collection... Je ne m'en fais pas pour la collection !

– Vous êtes fatiguée, c'est normal.

– Lasse, oui, et c'est le moment que choisissent les autres, quand je commence à être à bout, pour...

Elle allait dire « pour me trahir », mais le verbe est trop fort, trop inquiétant aussi, comme celui de « déserter » ; cela ferait d'elle un pauvre être délaissé, alors qu'au-delà de ses états d'âme, elle sent qu'elle est et reste une souveraine.

Léonore ne sait trop ce qu'elle attend de Fanny, sinon un expédient pour que passent au plus vite les heures si vides jusqu'au retour de Nicolas.

En parlant d'elle-même.

À quelqu'un qui, à ses yeux, ne constitue pas une menace, puisqu'elle est son employée et qu'elle la paye. Fanny est à elle, et qu'elle donne son avis, si elle en a un, ne changera rien : aux oreilles de Léonore, ce ne peut être qu'un vain caquetage. Ou plutôt, un retour de ses propres paroles.

Dans l'Antiquité, il y avait ainsi un petit dieu bien utile quand surgissait le besoin de se confier, qui s'appelait Écho. Fanny est là pour jouer le rôle d'Écho à condition qu'elle en ait la légèreté, en quelque sorte l'irréalité !

Pendant tout ce temps, celui des approches, Léonore a sorti la théière en argent, les tasses de Limoges, de nombreuses boîtes à thé – ceylan, darjeeling, Chine fumé, souchong – tandis que Fanny, qui est allée à la cuisine, après avoir ouvert quelques placards impeccablement rangés, a saisi une casserole, l'a remplie d'eau – « Du robinet, ou minérale ? – Évian, je préfère… » – pour la mettre à chauffer sur la plaque électrique.

« C'est bien, se dit Léonore, la fille prend juste les initiatives qu'il faut, sans trop. »

Si, de par sa grande habitude de travailler avec des femmes, Léonore est en mesure de bien les mettre en place – du moins pour ce qu'elle souhaite en faire –, en revanche, face aux hommes, elle se sent comme égarée. Elle ne sait jamais comment les évaluer – la sexualité, cet abîme, brouillant tout.

Au demeurant, sur ce plan-là, celui de l'érotisme, elle a aussi appris à ses dépens que, s'il lui arrive de dire d'une fille ou d'une autre « Celle-là est bonne ! » ou « Celle-là est jolie… superbe… sublime… », c'est uniquement en fonction de ce qu'elle va lui demander pour faire tourner la boutique. Quant à l'effet que n'importe laquelle, y compris celle qui lui paraît à la limite de la débilité, provoque chez les hommes, elle erre…

Ainsi cette petite boulotte, trop brune, un peu poilue, mamelue, qu'elle avait rejetée comme inutilisable pour passer les modèles et même pour la vente – elle se confondait en œillades –, elle l'a vue revenir, envoyée par un magazine *people*, et elle a fait un malheur parmi les hommes de sa connaissance, les plus intellos, les plus distingués... et même les homos !

Ce qui fait que Léonore n'essaie pas de juger Fanny à l'aune de ses rapports au sexe masculin, elle sait qu'elle ne peut que se fourvoyer. Elle se contente de la trouver fade, ce qui est un atout pour une assistante, d'autant qu'elle n'a pas l'air obsédée par ses propres histoires. En somme, « convenable ».

It's convenient, disent les Anglais de ce qui fait l'affaire. Fanny fait l'affaire, celle de Léonore. En tout cas pour aujourd'hui.

Cela démarre dès la première gorgée de thé, pris de part et d'autre de la table de la cuisine dont la fenêtre en hauteur ouvre sur les frondaisons des jardins avoisinants. « Qu'on est bien, mieux que chez soi, songe Fanny. Vivre ici doit être un bonheur en soi... »

– Je ne supporte pas d'être abandonnée. Cela me rend insupportable, attaque Léonore.

– Mais vous ne l'êtes pas, madame ! D'abord, je suis là.

– Je sais, et je vous en remercie, Fanny. Mais ce sont mes intimes qui m'ont laissée... J'exagère sûrement, mais, à trois jours de la prochaine collection, un dimanche, j'aurais besoin qu'on soit là.

– Vous pensez à...

– ... à mon amant !

Le grand mot est lâché.

– Ah ! se contente de murmurer Fanny en reposant très lentement sa tasse brûlante sur la soucoupe.

Ça chauffe ! Elle n'a plus qu'à laisser faire.

– C'est enfantin de ma part, continue Léonore qui s'est reculée sur sa chaise en étendant ses deux bras nus sur la table, les poignets appuyés, les mains relevées, lesquelles, comme deux marionnettes, tournent, gigotent comme à la recherche d'un matériau à manier, d'une forme à esquisser.

Allez savoir ce qui se passe dans le corps, quand on ne l'a plus à l'œil ! Il trottine plus ou moins vite, en animal débâté, vers ses véritables intérêts, ses appétits, ses habitudes, ses manies...

Léonore, pour son compte, esquisse tout le temps des robes sans même s'en apercevoir !

– Vous parlez de..., commence Fanny.

Elle aussi se livre à sa passion : en savoir plus long sur la vie d'autrui. Surtout celle de ces personnages qu'elle considère comme des « grands ». Par rapport à elle.

Le chagrin qui couvait en Léonore n'attendait que la possibilité d'éclater, de faire éruption après une dernière – et vaine – précaution :

– Vous gardez cela pour vous, bien entendu...

– Madame – pour l'heure, Fanny ne l'appelle plus Léonore ainsi qu'y sont conviés tous les employés de la maison Duval –, être assistante, c'est être aussi secrétaire. Et, dans le mot secrétaire, il y a secret...

Paroles, paroles..., comme le chantait Dalida. En quelques instants, Fanny apprend tout ce qu'il y a à savoir sur la liaison de Léonore, femme de plus de cinquante ans, richissime, avec Nicolas Charpentier qui n'en a pas quarante mais dont la « star » a voulu quand même faire son amant. Et qui... Eh bien, qui n'est pas là ! Voilà, il n'est pas là.

Pour qui se prend-il ? Pas pour un gigolo : si c'était le cas, il assurerait son emploi auprès de la maîtresse de maison.

– Il ne vous a pas expliqué ce qu'il allait faire, ni téléphoné ?

– Il m'a seulement dit qu'il avait quelqu'un à voir à Reims, un client, semble-t-il, et il ne m'appelle pas depuis hier ! Ça marche, les portables, à Reims ?

Reims ? N'y a-t-il pas un salon du livre à Reims, ce week-end ? Fanny se rappelle avoir lu une information là-dessus dans la presse.

– Il a peut-être oublié son portable, ou alors l'appareil s'est déchargé !

– Les cabines téléphoniques n'existent plus ?

Fanny rit ! Bien sûr que si, et monsieur l'amant s'est mis en congé pour partir en cavale, c'est simple à comprendre, mais elle est là pour fabriquer et mettre de la charpie sur une plaie ouverte. Cela lui rapportera sûrement plus que de donner un coup de lancette.

– Vous savez, les hommes...

– Les hommes ? reprend Léonore, entrevoyant la possibilité d'un réconfort – d'un « cordial », comme disait sa grand-mère –, alors qu'en début de conversation elle jugeait cette femme un peu plate, réservée dans ses gestes, son habillement, sa coiffure, inapte à s'y connaître en liaisons, en aventures et même en amour.

Fanny se râcle la gorge, c'est maintenant qu'il s'agit de montrer qu'elle est la plus maligne de toutes.

– Plus ils tiennent à quelqu'un, plus ils ont besoin de se prouver, par à-coups, qu'ils sont libres... Celui-ci est certainement subjugué par vous, mais il a dû éprouver le besoin d'une pause, de se dire qu'il le restait, « libre »... Alors qu'il s'est attaché à vous, ligoté, même, et vous allez le voir revenir au galop, plus passionné que jamais...

– Vous croyez ?

– À votre place, à son retour, je ferais comme si de rien n'était. Il se sentira d'autant plus bêta d'avoir eu besoin de cette escapade pour se rendre important et désirable. Une attitude enfantine, mais les hommes en ont souvent de semblables... Vous devriez faire comme si vous aviez passé la meilleure journée du monde. Et ne parlez pas de ma visite : faites-lui seulement entendre que « quelqu'un » est venu prendre une tasse de thé avec vous. Ou même ne dites rien, mais laissez la théière et les deux tasses sur la table...

Léonore médite : Fanny a raison, elle doit se préparer pour le retour de Nicolas de la même façon qu'elle met au point les « passages » de son défilé – il y aura du noir, puis du bleu, puis du rouge, des chapeaux, puis des têtes nues, des corsages ouverts, des jupes fendues, et ce maquillage à l'orientale avec défense de sourire, tandis que...

Le téléphone sonne pour la première fois de la journée.

Ce n'est pas de l'hypocrisie, mais il m'arrive souvent de ne plus savoir si j'ai vécu un épisode pour de bon ou s'il fait partie de ce que j'ai imaginé et introduit dans mon œuvre. Flaubert se prenait bien pour Mme Bovary, jusqu'à sentir dans sa bouche le goût de l'arsenic... Alors, s'est-il vraiment passé quelque chose entre Nicolas Charpentier et moi, ou l'ai-je rêvé ?

Je nous revois allongés côte à côte sur le lit de ma chambre d'hôtel, visionnant cette émission de télévision sur les nouveaux penseurs, buvant cet excellent champagne – celui de l'hôtel, encore meilleur que la bouteille qu'il avait apportée –, et puis, brusquement, le noir.

N'est resté d'allumé que l'écran de télévision en bout de chambre, sans le son.

Quand je me suis réveillée, tôt ce matin, la télévision marchait encore, et j'étais seule. Comme Nicolas n'était pas descendu dans mon hôtel – où résidait-il, à propos ? –, il est probable que je ne le reverrai pas avant... Avant quoi ? Paris ? S'il m'appelle... car moi, je ne l'appellerai pas.

À croire que Léonore a des capacités de divination, car elle m'a soupçonnée de fricoter avec son amant bien avant que cela ne devienne vrai.

Mais est-ce vrai ?

Je n'en suis toujours pas convaincue. J'avais un peu bu et il est possible que je me sois endormie et qu'il soit parti sans me réveiller. Mais comment se fait-il que je me sois retrouvée nue entre mes draps ?

Il faisait chaud, sans doute me suis-je déshabillée sans m'en rendre compte ; d'ailleurs, mes vêtements gisaient en désordre sur le lit et autour...

C'est une scène si banale que je crains de ne pouvoir l'utiliser dans aucun de mes romans – on l'a vue et revue au cinéma, déjà dans d'anciens films hollywoodiens : la femme qui boit trop et ne se souvient plus de rien, le lendemain, très gênée et même indignée de se réveiller dans le même lit qu'un homme...

Mais là, je me suis réveillée seule.

C'est avec un sourire qui en dit long – mais nul ne cherche à l'interpréter – que, ce dimanche, vers les dix-neuf heures, Nicolas Charpentier sonne à la porte de Léonore Duval. Il lui avait dit, lors de son coup de téléphone de l'après-midi : « Je suis sur la route ; je pense pouvoir arriver avant vingt heures. »

En fait, plus tôt, et, après être passé chez lui, avoir pris une douche, changé de vêtements, mis en ordre non ses idées – là, c'était le tourbillon ! – mais ses affects, il lui a téléphoné de nouveau :

– La rentrée de Paris a été facile, je suis déjà là, puis-je venir ?

– Je t'attends, s'est-on contenté de lui répondre.

Fanny Rancenne est partie dès qu'elle a pu voir, à la figure de Léonore qui venait de raccrocher, qu'elle n'était plus nécessaire. Le « pirate » – pirate des cœurs ! – était rentré et s'apprêtait à relancer ses abordages...

Allait-on lui en vouloir, à elle, des confidences qu'elle avait recueillies ? Tout dépendrait de sa célérité à lever le camp et de son impassibilité, les jours suivants. Il lui faudrait de la tenue et beaucoup de retenue... Cette semaine, elle s'habillerait uniquement en noir, réprimerait tout sourire, le moindre éclat de voix. À croire qu'elle a étudié le rôle d'Ismène, la confidente de *Phèdre*...

Léonore ne la raccompagne pas jusqu'à la porte, rien qu'à la moitié du couloir : il lui faut se « préparer », Nicolas risque d'être là dans moins d'une demi-heure ; le dimanche, la circulation est fluide et facile. Garer une voiture en bas de chez elle, aussi.

Elle va se mettre tout en blanc, dans ce satin de coton qu'elle adore, un peu brillant, infroissable et en même temps virginal comme peut l'être le lin. Sans avoir à y réfléchir : en elle, tout ce qui concerne le vêtement se met tout seul en place et son instinct lui dicte qu'il est bon de jouer la jeune fille, presque l'enfant, après cette journée vide, sans souillure, qu'elle a vécue à penser... À quoi ? À lui ? Non, à elle-même et à ses robes.

À son travail ! Vite : elle dispose sur son mannequin un tissu rayé, le cisaille, l'épingle, laisse traîner quelques croquis datant de plusieurs jours sur sa table de travail, avec des crayons, des marqueurs épars...

Il lui semble que rien ne peut lui être plus favorable, aux yeux de Nicolas, que de paraître avoir mené une vie monacale en ce dimanche d'avant la collection. Sans avoir eu le loisir – là, elle va se servir des conseils de Fanny – de regretter l'absence de son amant.

Elle est certes bien avec lui, mais encore plus heureuse – sans même qu'elle le dise ou le sache, à lui de conclure ! – seule avec elle-même.

Et voilà que le grand sourire de Nicolas la surprend. Il a l'air parfaitement reposé pour quelqu'un qui a travaillé, fait de la route, et plus que content de la voir : ravi !

Lui a-t-elle à ce point manqué ? Alors, pourquoi est-il parti ? Troublée, Léonore manque de se couper et de lui en faire reproche : « Pourquoi m'as-tu laissée ? »

Elle se reprend à temps, pivote sur elle-même, repart dans son grand living qui a parfois des aspects d'atelier quand y traînent, comme ce soir, ses outils de travail.

Tous deux sont un peu surpris par l'attitude de l'autre, comme deux acteurs qui ont brusquement le sentiment de ne pas jouer dans la même pièce… Qu'ils se sont trompés, ou de rôle ou de partenaire…

Un peu de silence s'ensuit. Léonore est bien décidée à ne pas lui demander de détails sur sa « virée » à Reims – et lui, à ne pas lui en donner. Là-dessus, ils sont donc d'accord et enchaînent :

– La lumière a été si parfaite, aujourd'hui, je n'arrivais plus à décider des couleurs que je voulais marier sur ma toile…

– Ta toile ?

– Tu sais, un défilé, c'est comme une toile sur laquelle je peins... Ne dit-on pas aussi « toile » pour désigner l'écran de cinéma ?

Elle le tient. Nicolas est un visuel et ce que cette grande artiste – tout couturier est un artiste auquel l'époque doit autant qu'aux peintres, aux sculpteurs – lui révèle de son art le fascine.

Il s'approche des croquis, les prend en main, et, lorsqu'elle le rejoint pour quêter ses commentaires, il la prend par la taille. Elle le sent ébloui, enchaîné...

Elle a donc raison : c'est par son œuvre qu'elle séduit, retient les hommes.

Ce qui est merveilleux, puisqu'elle domine son travail, mais aussi terriblement frustrant : et la femme en elle, alors, qui s'intéresse à elle ? Que représente-t-elle ? Rien ? N'importe quelle allumeuse vaut plus, n'importe quelle « gogo girl » ferait mieux l'affaire ?

Il en est de l'amour comme de tout ce qui nous dépasse : ce qu'on en dit, ce qu'on en pense, en croit, en espère, en veut, se révèle être du vent !

« Eh bien oui, je l'aime ! » s'écrie l'assassin de sa maîtresse avant de se trucider lui-même. Quant à l'homme qui déclare au prêtre et à l'officier de mairie qu'il veut bien prendre cette femme pour sienne, la chérir, l'entretenir, la respecter fidèlement jusqu'à la fin de leurs jours, il y a toute une partie de lui qui crie comme un cochon qu'on égorge : « Mais non, ça n'est pas vrai ! Tu ne veux pas, tu ne pourras pas, dis "non" et fous le camp ! » (Il dira « oui » et ne foutra le camp que plus tard ; n'empêche, c'est le jour même de ses noces qu'il s'est promis de le faire !)

Et Léonore a beau se dire qu'elle ne devrait pas aimer ce garçon, que ce n'est plus de son âge – trop dangereux ! –, qu'elle a déjà donné plus que son dû à l'amour et aux hommes, son expérience a beau lui souffler que celui-ci n'est pas fiable, elle fond dans ses bras comme si sa chair en fusion était devenue liquide...

Qu'est-ce que ça peut bien faire, ce qui risque d'arriver plus tard... ? Plus tard, cela sonne comme jamais... Pour l'instant, ils ne forment plus qu'un seul être, en cette fin d'après-midi de printemps, alors que le ciel totalement découvert tourne ici au rose pâle, là au violet sombre...

Jamais elle n'est allée aussi loin dans l'abandon, et cela vient, sans qu'elle le reconnaisse, du fait qu'elle a pris de l'âge. Quelque chose en elle sait qu'il n'y a plus grand-chose à conserver, que tout va s'effilocher, disparaître, qu'elle doit ouvrir toutes les portes de son être avant le finale, comme fait un grand orchestre symphonique qui donne de tous ses instruments avant le point d'orgue.

Rien, dans la volupté, n'est comparable à l'abandon d'une femme mûre. Balzac, qui en avait goûté, l'a dit mieux que tout autre. Alors qu'on s'imagine que ce sont les jeunes oies blanches qui, ne sachant pas se défendre, ni contre quoi, se livrent tout entières dès la première caresse... Elles ne donnent rien du tout, en fait, ces quasi-pucelles, qu'une chair froide et indifférente de ne pas avoir appris à se connaître. Alors que Léonore ressent le moindre sursaut, le moindre soubresaut de leurs deux corps jusqu'à l'extrême bout de ses fibres et de ses nerfs.

Le travail d'artiste prépare à l'amour comme aucun autre. Quand on veut créer et qu'on y parvient, tous les sens se mettent en alerte face au monde et à ses milliards de sollicitations. Même si on n'en « attrape » – mot cher à Léonore, chasseresse des formes et des images – que bien peu, une sensibilisation se forge et s'aiguise...

Le vieux Goethe, le très vieux Victor Hugo, dans leur savant grand âge, pouvaient apprécier la courbe du sein qu'ils ne faisaient qu'effleurer, quand ils ne furent plus en état de faire davantage, avec un délice que n'avait peut-être pas connu leur première verdeur.

Nicolas n'est pas aussi transporté que Léonore, laquelle, après l'amour, caresse son visage du bout des doigts en fermant les yeux. Ce qui lui suffit pour en tirer de magistrales émotions. Comme un amateur de tableaux dont la capacité d'émerveillement ne se sature pas, mais, au contraire, grandit au fur et à mesure qu'il voit, considère, compare des chefs-d'œuvre.

En amour aussi, il existe de grands amateurs dont le goût et l'exigence se sont formés sur le terrain, mais aussi, comme chez Léonore, par la contemplation d'autre chose.

Si Nicolas Charpentier ne se dit pas tout ça, c'est qu'il n'y a jamais pensé, qu'il en est incapable – en tout cas, à cet âge de sa vie – même s'il est sensible à l'état d'extrême excitation dans lequel se trouve sa maîtresse. Après s'en être flatté – lui, l'amant, n'en est-il pas l'instrument ? –, il s'en laisse doucement envahir, pour se confondre avec elle dans une extase que l'un comme l'autre pressentent éphémère et d'autant plus précieuse, tel un soleil couchant, événement chaque fois unique dans l'histoire du monde, comme l'est chaque jour de notre vie.

– Je t'aime, lui dit-il.

Il n'a jamais été aussi sincère.

Il se ferait tuer pour le prouver.

Personne, il est vrai, ne le lui demande.

Le texte définitif est arrivé par la poste et Nicolas a dû convenir qu'il était exactement ce qu'il lui fallait : il n'aurait pu rêver mieux ! Georgine a trouvé les mots pour expliquer au plus juste sa propre conception de l'architecte d'intérieur – en outre, elle a rajouté une ou deux touches de son cru qui font que lui-même se saisit mieux, précipité vers ce qui était en germe dans sa création mais qu'il n'avait pas encore tenté d'exécuter.

> *... Le philosophe Gaston Bachelard disait que pour être tout à fait heureux chez soi, il fallait une cave, un grenier, un escalier... Comment faire lorsqu'on vit « à plat » dans un appartement ? Cela dépend de la structure, et c'est ce que j'entends aménager dans tous les lieux de vie que vous me chargerez d'installer... Il y a moyen de donner le sentiment qu'on a, dans son espace, fût-il horizontal, des lieux donnant vers le ciel, d'autres plongeant vers la terre, et des ouvertures sur la*

nature... Ce que je vous démontrerai d'abord sur plans, ensuite en le réalisant pour vous et pour vous seul... Un intérieur, quel qu'il soit, comme le mot l'indique, est une partie de soi qui ne peut qu'être unique...

« Mais c'est exactement ce que je rêve d'accomplir, se dit Nicolas. Des lieux où l'on a tout – même dans cinquante ou quatre-vingts mètres carrés ! Ces défis-là sont à ma portée... Et si l'on m'offre plus de cinq cents mètres carrés, je saurai pareillement y introduire des labyrinthes, du mystère... Le tout donnant le sentiment qu'on dispose chez soi de l'univers entier... »

Excité, transporté par ce qu'il vient de lire et qu'il tient en main, Nicolas va et vient dans son bureau, murmurant tout haut : « Il faut que je l'appelle, que je la remercie. C'est génial : un cadeau de roi, ou plutôt de reine... »

Arrêt brusque. C'est qu'il s'est mis dans un drôle de cas, avec cette femme, depuis Reims. Une situation vraiment... fausse ! Comment la contacter en ne lui parlant que de son travail sans la blesser !

En expliquant à celle qui doit s'attendre à tout autre chose : « Notre commun travail est terminé ! À propos, pour ce qui est du reste, il ne peut y avoir de suite entre nous. Ce soir-là, à Reims, j'avais seulement besoin de prendre un peu de recul vis-à-vis de Léonore, et vous m'avez servi à ça ! » Autrement dit : « Je vous ai utilisée... ! »

Oh, ça n'était certes pas prémédité, mais est-ce une circonstance atténuante, comme en cas de crime ?

Il pourrait la payer deux fois ce qu'il lui a promis, en invoquant sa satisfaction devant l'exceptionnelle qualité de son travail ? Lequel va l'aider à faire un bond en avant dans sa profession, comme avec ses futurs clients, et aussi par rapport à lui-même...

Toutefois, régler un problème de coucherie par de l'argent, c'est prendre l'autre pour une pute, non ?

« Un jour ou l'autre, on est toujours la pute de quelqu'un, songe de son côté Georgine. Ne dit-on pas qu'une femme légitime est une pute payée à vie ? Ce qu'on appelle le "devoir conjugal" n'étant pas qu'un droit de cuissage exprimant parfaitement le fait qu'une femme, quelle qu'elle soit, est par nature à prendre – et, en définitive, fût-elle la reine de France, Marilyn ou Sharon Stone, prise... Contrairement aux hommes, lesquels, même s'ils tendent leur cul bien ouvert à tel ou tel payeur, "s'offrent", et qu'on ne viole que difficilement... Sauf en prison, à ce qu'il paraît, et encore doit-on s'y mettre à plusieurs... Mais arrête donc, Georgine, tu dérailles !... Serais-tu par hasard amoureuse ? »

Le fait d'être « prise », ne fût-ce qu'une fois, qu'une nuit, laisse des traces indélébiles chez les femmes – quand bien même ce n'est pas un enfant ! Et le fait qu'une femme puisse tomber enceinte ne fût-ce qu'après une seule pénétration, voulue ou non, montre bien à quel point ouvrir son corps à l'homme est un acte d'importance pour la femelle.

D'ailleurs, en dépit de l'abus de champagne, Georgine n'a rien oublié du contact, de la peau, de l'odeur, des caresses à la fois délicates et autoritaires – « Ouvre-toi... » –, des cris poussés par elle et par lui, de tout ce qui fait de la rencontre de deux corps consentants – voire davantage encore si l'un d'eux ne l'est pas – quelque chose d'inoubliable.

La mémoire inconsciente va indéfiniment s'en repaître. Il y aura pour ces deux êtres, dussent-ils ne jamais se revoir, un avant et un après.

« Oublie-moi... », « Oublie-le... » – tout ce qu'on vous serine pour vous apaiser après une rupture, un abandon, un viol, n'a aucun sens.

L'autre est là, en vous, pour toujours. Et ce qui taraude Georgine, ce n'est pas seulement le fait de s'en apercevoir, c'est l'envie... de recommencer !

Cet homme qu'elle désire va-t-il apprécier son travail ? Est-ce suffisant, comme moyen de se rappeler à lui ? Elle n'en a pas d'autre pour l'instant ; elle ne se voit pas lui téléphonant pour lui demander de l'amour... sous prétexte qu'ils ont fait l'amour ! D'abord, il est l'amant de sa meilleure amie, laquelle le lui a présenté. Ensuite, il est tellement plus jeune qu'elle... Elle a en tête l'image de ces femmes « d'âge », ou « d'âge certain », ou comme on voudra, courant après les trop jeunes gens...

Une attitude qui lui fait plus que honte : horreur. Dans son très jeune temps, Françoise Sagan a écrit qu'elle était disposée à payer plus tard de jeunes hommes pour lui faire l'amour... tant c'était bon ! En lisant ces lignes, Georgine, sa contemporaine, s'était sentie indignée, puis de moins en moins, puis plus du tout... Reste qu'elle s'en sent incapable.

Est-ce vrai ?

Envoyer à Nicolas ces quelques feuillets dans lesquels elle a mis le plus profond, le plus chaud d'elle-même, alors que l'architecte se serait sûrement contenté d'un texte plus superficiel, n'est-ce pas une façon de le « payer » pour sa prestation à Reims ?

En ajoutant entre les lignes : « Reviens, reviens, reviens, mon corps t'attend ? »

Après que vous vous êtes prêtée au rôle quelque peu ingrat de confidente – ce n'est pas vous qui tenez le devant de la scène ! –, rien n'est plus pénible que de vous retrouver face à la personne qui s'est laissée aller devant vous et qui, désormais, vous fixe d'un œil de verre !

« Elle oublie donc ce qu'elle m'a raconté en détails sur sa liaison malheureuse avec ce Nicolas ! Lequel certainement la trompe ! Est-ce de s'être déculottée devant moi qui la gêne ? Que dis-je, qui lui fait honte ? Je suis idiote : j'aurais dû le prévoir ! Elles sont toutes comme ça, ces bonnes femmes célèbres : impossibles avec les autres, méprisantes, sans considération pour ceux qu'elles décrètent au-dessous d'elles sous prétexte qu'elles sont demeurées obscures, et dont elles se servent comme de Kleenex pour les jeter après usage... »

Fanny Rancenne ne décolère pas. Il faut dire que, le lundi matin, après avoir passé une divine nuit d'amour avec Nicolas – il faudrait le génie de

Barbey d'Aurevilly pour dépeindre les étreintes de ces deux-là, comme y parvient l'écrivain pour les jeunes amants du *Rideau cramoisi* –, quand elle est arrivée, très tard, à la maison de couture, Léonore ne touchait pas le sol.

C'est beau, cette lévitation, celle que donne parfois, brièvement, l'amour heureux, mais il faut les yeux de l'âme pour le percevoir comme l'une des très rares réussites que peut offrir la vie humaine. Laquelle comporte bien plus d'atrocités, de tragédies, sans compter les échecs et frustrations...

Mais Fanny Rancenne n'est pas du côté de l'âme, elle est tout à son objectif : réussir.

Et non pas « se réussir ».

Ce qui fait qu'après avoir eu le sentiment grisant, la veille, d'avoir infiniment progressé dans l'intimité de Léonore, mérité sa gratitude – une « promotion » à la fois dans son esprit et au sein de la maison Duval –, s'apercevoir dès le lendemain matin qu'elle est revenue à la case départ, comme s'il ne s'était rien passé, non seulement la déçoit, mais la fait se morfondre au plus haut degré.

Là où il n'y a, chez Léonore, que de l'extrême bonheur, lié – car cette femme a l'expérience de la vie et de ses traîtrises – à une crainte exacerbée de s'en voir dépossédée, Fanny, elle, ne voit que mépris et même calcul.

« Elle doit craindre que je me serve contre elle de ses confidences ! Comme si c'était mon genre... Tout ce que je lui demandais – mais est-elle capable d'en donner ? –, c'est un peu de reconnaissance pour lui avoir sacrifié mon dimanche. Ne parlons même pas de considération : pour cette femme-là, il n'existe qu'elle au monde ! »

Et si c'était le cas de Fanny elle-même ? Mais il n'y a personne pour lui en faire prendre conscience, comme du fait qu'elle est en train de passer à côté de quelque chose de très beau : une femme de qualité, hors du commun, s'étant acquis par son travail, son talent et même son génie une situation de premier plan, en train de risquer tout ce qu'elle a en échange de quelques minutes de bonheur vrai... Comme en sont capables les véritables amoureuses, toutes les âmes fortes. Et les artistes. Car on ne devient pas artiste – en fait, un grand artiste – si on ne remet pas en jeu continuellement ce que l'on a conquis, ce que l'on possède, ce que l'on est, jusqu'à en perdre la raison. Ou la vie.

Aujourd'hui, Léonore déraisonne ; elle pourrait demain être suicidaire. Or son entourage s'en moque ! « Qu'est-ce qu'elle a, la patronne, ce matin, on ne peut rien en tirer... » Comme si on n'en avait pas assez tiré comme ça...

Seule Georgine Mallet pourrait la comprendre, être émue par cette détresse dans la joie, cet abandon à ce qu'il y a de plus fragile et de plus enfantin en soi, en apprécier la valeur, l'exquisité, le transitoire – une rose sur le point de se défaire dans une apothéose de parfums et de coloris... mais Georgine, l'écrivain, l'âme sœur, n'est pas là.

Et même est redoutée. Tenue à distance.

« Serait-elle jalouse ? poursuit Fanny qui remâche sa déception en allant et venant d'un bureau à l'autre, harcelant, tournoyant, tripotant des dossiers pour se rendre intéressante – alors qu'elle ne l'est nullement, du moins ce matin-là. Après tout, la vieille est peut-être jalouse de moi : elle doit me craindre ! Mais oui, c'est sûrement ça, comment se fait-il que je n'y aie pas pensé ? Je suis plus jeune, plus mince, plus fraîche ; elle doit se dire que si son Nicolas pose les yeux sur moi, elle est foutue ! »

L'impudente est tout près de dire « la vieille bique », comme l'avait énoncé Corinne, car il y a facilement, chez les femmes plus jeunes, une haine cachée, prête à exploser au moindre prétexte, devant les femmes plus âgées, plus épanouies, qui leur semblent détenir des secrets dont – c'est le pire ! – elles-mêmes n'ont pas idée.

Recettes de séduction, d'érotisme, un mystérieux savoir-faire... Sinon, pourquoi les hommes se fatigueraient-ils à jeter ne serait-ce qu'un regard sur ces corps parfois avachis, en voie de flétrissement, sur ces mamelles..., n'en parlons même pas – alors qu'elles-mêmes sont là, chairs rebondies, teint frais, bon pied, bon œil ?

Parce que la vie ne ressemble pas, quoiqu'on en croie, à un étal de boucher ni même à ces rayons des grands magasins où il est recommandé, avant d'acheter un morceau de viande sous vide, de considérer sa date de péremption ?

Il y a comme une prédestination dans le bonheur et le malheur amoureux de chacun, qui lui appartient en propre, qui n'est ni communicable, ni contagieux, ni imitable... Cela vient de tellement plus haut que soi, semble si indépendant de la volonté ou du désir de chacun, qu'on comprend qu'à un moment ou à un autre nous parlions tous de Dieu.

Dieu de colère, Dieu de vengeance ou Dieu tout amour – lequel, pour l'instant, se penche attentivement sur Léonore et ses affaires de cœur.

Les autres femmes, qu'elles la jalousent ou non d'être l'Élue, auront leur tour. Sera-t-il bon ou mauvais ? Une seule chose est sûre : le mérite n'aura pas grand-chose à y voir... Elles ne peuvent que craindre. Et espérer.

Paris, grande et petite ville, est ainsi fait qu'on y rencontre sans l'avoir prévu ni souhaité, parfois à deux reprises dans la même journée, des personnes de connaissance avec lesquelles on n'avait pas rendez-vous. Pour ne plus les revoir pendant des années... À croire qu'il est des courants, qu'on les nomme astraux ou magnétiques, qui poussent les bancs de poissons que nous sommes tantôt les uns vers les autres, tantôt dans des directions opposées.

C'est avec un sentiment mitigé de plaisir et de désagrément, que Nicolas Charpentier, qui vient ce matin-là de s'engouffrer dans un wagon du métro – la circulation en surface est infernale – pour aller chercher Léonore et partir en week-end dans sa Mercédès – on est samedi – tombe sur la petite starlette, Corinne Lemarant.

– Salut, ma poule ! lui lance-t-elle en utilisant le vocabulaire à la mode qui veut, comme dans les années vingt, qu'on donne aux hommes des sobriquets féminins et qu'on appelle les femmes

« mon chou », « mon rat », « mon petit vieux », n'importe quoi du moment que c'est au masculin ! Peut-être pour tenter de rapprocher ou d'égaliser les sexes...

Nicolas est surpris :

– Qu'est-ce que tu fais là ?

Car rencontrer dans le métro une jolie fille fringuée de loques de luxe, comme l'est Corinne, fait partie de ces imprévus médités par la toute-puissance dont nous parlions, auxquels nul n'est préparé.

– Et toi ? T'es tombé SDF ?

Nicolas sourit ; il ne va pas lui dire qu'il est plutôt en pleine ascension du fait de ses liens avec deux femmes en vue. L'une qui le propulse au sommet du bonheur tout en lui faisant partager son luxe ; l'autre qui l'aide à devenir ce qu'il était potentiellement : un « artiste d'intérieur », si l'on peut désigner ainsi sa profession. D'abord il paraîtrait se vanter ; ensuite, ce serait se montrer indiscret vis-à-vis des deux personnes en question ; enfin, cela le rendrait peut-être un peu trop désirable aux larges yeux pervenche de la jeune femme qui le regarde avec avidité comme pour le gober. Il ne se rappelait pas que ses cils étaient aussi longs, aussi noirs ; il est vrai qu'ils ne sont nullement recourbés, mais droits comme des balais, ce qui a son charme : on ne les voit vraiment que lorsqu'elle les baisse, et là, c'est carrément une frange sur la joue.

– Et toi ? Tu cours le cacheton en métro ?

À peine dit, Nicolas s'aperçoit combien sa question est malséante vis-à-vis de ceux qui les entourent et qui, visage fermé, l'air harassé pour la plupart, empruntent le métro faute de mieux pour se rendre là où ils préféreraient ne pas aller : au travail, au bureau de chômage, à l'hôpital, au commissariat, dans les administrations, devant les tribunaux, etc. Dans une grande ville, la liste des lieux d'aliénation ou de persécution des habitants est infinie. Ce qui fait que ceux qui savent pertinemment qu'ils ont le bonheur d'aller là où ils ont décidé de se rendre en prenant le métro non par obligation, mais par commodité, regardent les autres d'un air imperceptiblement supérieur. En se balançant d'un pied sur l'autre, parfois sans même se tenir, refusant de s'asseoir afin de montrer qu'ils sont libres de leurs mouvements, pas fatigués, et bientôt dehors !

C'est le cas de Corinne et de Nicolas qui, sans bien s'en rendre compte, se rapprochent l'un de l'autre comme pour former un cercle étroit qui les isole de cette détresse qui les cerne d'un peu trop près à leur goût. Conscients qu'ils sont d'appartenir à la tranche des privilégiés, quelles qu'en soient les raisons, car, même si c'est le fruit de l'effort, vivre (presque) à sa guise est une chance réservée à un très petit nombre.

La chance ne se partage pas, elle se retient seulement si on sait y faire, et c'est déjà beau...

— C'est que je suis prise ! souffle Corinne en rapprochant sa bouche de l'oreille de Nicolas, ce qui lui permet de respirer la fraîche haleine d'un parfum au muguet.

La nature humaine (cela doit tenir à l'animal en nous) se comporte bizarrement face au parfum : on se plaît indéfiniment à respirer le même – en quelque sorte, l'« odeur de Maman » –, mais on se délecte encore plus à humer une senteur nouvelle, imprévue, qui semble prédire l'aventure – réflexe qui, dans les deux cas, fait la fortune des parfumeurs.

Corinne, quand il a couché avec elle, n'utilisait pas ce parfum-là. Il y aurait donc quelque chose de neuf chez elle ?

— Prise ? Tu ne veux pas dire que tu es enceinte ?

À ce seul mot, un frisson lui a parcouru l'échine : avec les femmes, allez savoir ce qu'elles vont vous sortir en ce domaine-là ! Cela fait partie de leur nature diabolique que de vous projeter dans une totale incertitude, ce fracassement de l'habitude qu'est le surgissement d'un enfant ! sorti de leur ventre, en réalité du néant !

— Mais non, bêta ! Je suis engagée par Beineix... Pour un vrai rôle !

— Eh bien, mon vieux...

Surprise et, quelque part, déception face à ce « nouveau » qui n'en est pas vraiment : rien de bien exceptionnel dans le fait qu'une candidate actrice finisse par se trouver un rôle à sa (petite) mesure. Comme s'il lui déclarait : « Je viens de signer avec un client pour refaire son appartement ! » Ce qui vient d'ailleurs de se produire, mais il n'a aucune envie de s'en vanter ; à ses yeux, il n'y a pas de quoi.

La petite, elle, exulte, car « jouer », pour un comédien, c'est comme, pour un écrivain, publier un nouveau livre : on en connaît le protocole, mais on ne sait jamais sur quoi le fait de se mettre ainsi en avant risque de déboucher. Sur la gloire, peut-être ?

Les artistes, grands ou petits (ce sont les autres qui les classent en catégories, pas eux-mêmes), attendent toujours la gloire. C'est leur perpétuel rendez-vous – « *Et moi, j'attends Madeleine...* » –, leur moulin don quichottesque, leur Graal – et certains la voient arriver !

Tout aussi à l'improviste, parfois, que Nicolas tombant sur Corinne dans le même wagon de la même rame de métro !

– Je te souhaite le meilleur, lui lance-t-il avant de descendre avant elle, à Saint-Germain-des-Prés.

– J'habite toujours au même endroit, même téléphone ! a-t-elle le temps de lui crier par-dessus les têtes d'inconnus statufiés du fait que ce n'est pas encore leur station.

Du quai, Nicolas agite la main dans sa direction avec le sourire poli de qui n'a rien ou a mal entendu.

Pourquoi lui a-t-elle dit ça ?

Quand on ne s'en ressent pas trop d'affronter une personne à laquelle on risque de faire du mal, en tout cas qu'on va décevoir, qui vous répondra par des cris d'indignation ou d'accusation auxquels on ne saura que répondre, reste une solution : écrire.

C'est celle que choisit Nicolas Charpentier, encombré qu'il est par le souci – alors qu'il n'en désire aucun au sein de son bonheur actuel – de s'apercevoir que les jours passent et qu'il n'a pas encore remercié Georgine.

Pour elle, après avoir posté son texte superbement mis en forme par son ordinateur, avec les paragraphes les plus importants en caractères colorés – elle aussi sait manier la couleur, il n'y a pas que Léonore ! –, voyant qu'il n'en est pas fait état par son destinataire, qu'il ne lui en revient rien, elle laisse un, puis deux messages sur son répondeur.

Appelant exprès tard le soir pour être sûre de ne pas tomber sur lui, ce qui pourrait apparaître comme une relance d'amoureuse dédaignée. Un ridicule que la romancière, si sensible aux flux et reflux du cœur, n'entend se donner en aucun cas : à l'amant d'un soir de l'appeler le premier...

Mais Charpentier ne se manifeste pas, bien qu'elle lui ait posé la question à deux reprises :

« J'espère que mon envoi vous est bien parvenu ; la poste, de nos jours, est encore moins sûre qu'au temps des diligences... »

L'ironie n'ayant pas suffi à le faire réagir, pour son second appel Georgine a usé de sa légitime inquiétude d'auteur, alors qu'en réalité elle n'en éprouve aucune. L'écrivain chevronné connaît parfaitement la valeur de son travail, et, si elle éprouve de l'angoisse, c'est sur un tout autre plan, celui de la femme prise et délaissée dans le même mouvement : « Je ne vaux donc pas plus que ça ? »

C'est ce qui a transparu, quoi qu'elle en ait, dans son second message, ainsi formulé : « Je ne vous ai donc pas satisfait, que je n'ai pas de nouvelles de vous ? »

À peine a-t-elle proféré cette courte phrase qu'elle l'a regrettée – et rien n'est plus dangereux que les messageries, car tout ce qui y est laissé se révèle ineffaçable – et elle s'en est mordu les doigts... L'homme allait croire qu'elle le relançait !

Eh bien oui, cocotte, c'est bien le cas... !

Nicolas forcément a entendu ce que dissimulaient mal les mots – il y a un fat chez tout homme, même le meilleur – ; il a cherché une façon de riposter exempte de danger, a cru l'avoir trouvée : il a pris la plume ! Son beau stylo en argent guilloché, cadeau d'un client satisfait :

« Georgine, quelle merveille que votre texte ! J'en suis si heureux que je le montre à tout le monde avant même qu'il soit imprimé, et je ne peux m'empêcher de laisser entendre que l'auteur de ce petit chef-d'œuvre est un écrivain remarquable, si célèbre qu'elle ne veut pas que son nom y figure... On en oublierait le propos – qui est de me promouvoir – pour admirer ses tournures... C'est donc par égards pour moi qu'elle m'interdit de la nommer afin de garder secrètes nos relations. Ne me l'avez-vous pas demandé, Georgine ? Et vous avez raison : il est sûr et certain que c'est mieux ainsi, donc je me plie à vos ordres. [Hypocrite, va !] *Ci-joint ce que nous avions convenu pour le travail tel que je le concevais... Comme vous avez infiniment dépassé ma demande* (Goujat, va !), *je me suis permis d'y... »*

Il a cherché le mot, en a essayé plusieurs : d'y parer... d'y remédier... d'exprimer ma gratitude... d'augmenter ce chiffre afin de ne pas demeurer en reste avec vous...

Comme il n'y est pas parvenu, il a recommencé sa phrase :

« *Ce chèque est bien au-dessous de vos mérites...* »

Et merde, c'est encore pis !

Ça lui apprendra à mélanger l'amour – en fait, le sexe – et les affaires... L'exercice devenant inextricable, Nicolas a renoncé au post-scriptum. Si Georgine doit s'étonner du montant du chèque – d'un tiers plus élevé que leur accord –, il sera toujours temps de lui dire qu'il ne se rappelait plus le montant convenu et qu'il a appliqué les barèmes en cours de la publicité de haut niveau...

Quand Georgine ouvre le pli, elle laisse sans le considérer le chèque de côté pour se concentrer sur les quelques lignes de la main du scripteur : encre noire, trait léger, pointes aiguës, surtout vers le haut, un peu courtes vers le bas, ce qui signifie peur des bas-fonds, certaine difficulté à pénétrer ceux de l'inconscient, pourtant si riches, si précieux. Oui, Nicolas est quelqu'un d'aérien, de presque sans racines. La grosse marge sur la gauche montre par ailleurs qu'il fuit son enfance, son passé, et aussi, d'une certaine façon, qu'il ne cherche pas – comme certains égocentriques – à occuper tout le territoire à sa portée... Il se réduit en quelque sorte, se rétracte, manque en partie ses chances...

Est-ce vrai ? Georgine pratique un peu la graphologie, comme d'ailleurs la morphologie : ce garçon n'a-t-il pas l'étage inférieur de son visage, celui de la mâchoire, trop mince, comme atrophié, déséquilibré par rapport à celui de l'affectivité et de la cérébralité ?

Lorsqu'on est déçu par quelqu'un, par ses actes, ses propos – elle l'a été d'emblée par le contenu du mot –, rien ne vaut comme l'épingler à l'instar d'un papillon, le disséquer tel le cadavre qu'il n'est pas encore dans votre vie, mais qu'il serait souhaitable qu'il devienne...

Toutefois, le meilleur, le plus consolateur, le plus formidable soufflet qu'on puisse appliquer sur la joue du réel, c'est encore d'écrire !

D'en écrire, de sa mésaventure !

Et, si possible, de publier son écrit. Vengeance imparable, pirouette insolente, appel au jugement d'autrui, dont celui de la postérité... Tout est dans les livres, et même dans le Livre, comme ne l'ignoraient pas les rédacteurs des Évangiles qui firent feu de tout bois et de tout le monde pour se placer bien au-dessus de leurs ennemis, et ce pour des millénaires...

Nicolas Charpentier n'est certes pas l'ennemi de Georgine, sa maîtresse d'une nuit ; il l'a blessée. C'est tout.

Mais pas n'importe où : dans son orgueil féminin. Elle peut croire à présent qu'il dédaigne la femme en elle. Elle aurait cent fois préféré qu'il crache sur ses livres, et même, éventuellement, sur le texte qu'elle a rédigé – avec amour – pour lui.

Car Georgine Mallet sait qu'elle domine l'écriture, *son* écriture, alors que sa féminité n'existe que si elle est reconnue, appréciée par un homme.

Or elle a montré à celui-là, autant que faire se pouvait en une seule nuit, sa nudité, son savoir-faire sexuel, l'éventail de sa sensualité, en somme ce qu'il en est de ce corps dont elle n'est plus tout à fait sûre, depuis qu'il a pris de l'âge – et, après quelques heures, le mâle a jugé que basta, il en avait fait le tour ?

Impardonnable !

Il y a, chez Nick Raffeuille, la suffisance de qui croit pénétrer le secret des femmes du fait qu'elles viennent et reviennent pleurer dans son giron, c'est-à-dire sur son divan... Même si c'est de l'abandon ou de l'indifférence de leur amant qu'elles sanglotent, le psychanalyste ne peut se retenir de penser – en accord avec la méthodologie freudienne – qu'en fait, elles sont en plein "transfert" et que c'est à lui, à sa "neutralité bienveillante", à son impassibilité, qui peut paraître dédaigneuse alors qu'elle n'est que technique, que leur désespoir s'adresse...

Voilà qui est envoyé ! se dit Georgine après avoir cliqué sur *Enregistrer*. Bien sûr, Nicolas Charpentier n'est pas analyste, mais lui aussi, comme n'importe quel mâle, doit être persuadé que, dès qu'il a eu contact – quel qu'il soit – avec une femme, celle-ci ne peut que se retrouver folle de lui !

Il n'en faut pas plus pour mettre en action le petit mécanisme que le divin marquis a eu l'impudence de révéler à tous, mais qui, bien avant qu'il en fasse état, se trouvait en germe, comme aujourd'hui, chez tout homme vis-à-vis des femmes...

Ah, vite ! La romancière sent que la scène suivante s'organise, il lui faut continuer avant que l'image ne s'estompe... Et ses doigts de courir à nouveau sur le clavier, sans même qu'elle les regarde, toute occupée qu'elle est à voir les phrases se succéder en noir et blanc sur l'écran comme les rafales d'une mitraillette.

« Après la levée de la séance, le thérapeute a l'habitude de s'appuyer nonchalamment contre l'encadrement de la porte de sortie, qu'il vient d'ouvrir, tandis que Magli, consciente qu'il suit de l'œil tous ses gestes, ouvre son sac, cherche fébrilement ses billets, les trouve, les étale en les recomptant sur la table, enfile son manteau, ne prend pas le temps de le reboutonner ni de nouer une écharpe, si elle en a une, tant elle se sent... Comment se sent-elle, à propos, se demande la patiente dès qu'elle se retrouve sur le palier à attendre l'ascenseur ? Maladroite, mal fagotée, ou au contraire parfaitement désirable ?

Va-t'en savoir, avec ce diable d'homme ! Le coup d'œil qu'ils échangent au moment où elle le frôle pour s'en aller – et qui n'a rien à voir avec celui de son entrée dans le bureau – est certainement indéchiffrable d'un côté comme de l'autre. Est-ce que

Raffeuille la juge ? Dans ce cas, la condamne-t-il ? Est-il heureux d'être enfin débarrassé d'elle et de ses ratiocinations sur l'amour qu'elle aurait eu, qu'elle n'a pas, qui ne lui vient plus... Ou est-il en train de chercher à la fasciner ? Dans l'espoir qu'elle tombe un jour à ses genoux – « Aimez-moi, docteur, aimez-moi ! » – afin qu'il puisse se payer le plaisir magistral, la jouissance sans bornes – peut-être à l'horizon de tout engagement dans la profession d'analyste mâle ? – qui consiste à dire à cette femme éplorée, quémandeuse, qui représente à ce moment toutes les femmes du monde, Maman y compris : « Femme, je ne t'aime pas, je ne veux pas de toi ! Qu'avons-nous de commun ? Rien ! Paie et fous le camp... »

Non, mais ! voilà qui est envoyé !

Eh bien, si c'est vraiment ce qui s'agite au fond du bocal de Nick Raffeuille, il peut être sûr que Magli l'a percé à jour, et qu'au jeu de qui perd gagne, c'est elle, la femelle, même allongée, même gémissante, accouchant à ses oreilles de toute la misère du monde, qui est la plus forte !

Nicolas lira-t-il ce roman lorsqu'il sera publié ? Est-ce qu'il se reconnaîtra sous les traits de ce salopard d'analyste hypersadique ? Claquant la porte sur Magli, la pauvrette, pour la rouvrir sur la cliente d'après, la blondasse qu'elle a aperçue une fois, sans qu'il se montre capable de faire la différence entre elle et toutes les autres !

Un homme qui ne sait pas reconnaître une femme remarquable, exceptionnelle, quand elle passe à sa portée, ne la mérite pas !

C'est le mot. Nick Raffeuille – non, lapsus, elle veut dire Nicolas Charpentier – ne la mérite pas, elle, Georgine. Le fait même qu'il s'envoie en l'air avec Léonore plutôt qu'avec elle révèle sans conteste sa grossière indignité !

Et voilà Georgine qui dégorge soudain tout ce qu'elle devait penser, dans le fin fond de sa féminitude, sur son amie de cœur, et qu'elle refoulait sagement jusque-là. D'abord, Léonore est vieille : n'a-t-elle pas six mois de plus qu'elle ? Ensuite, elle est plus petite et pèse au moins quatre kilos de plus. Et son cou, vous avez vu son cou ? Un dindon n'en voudrait pas... Certes, elle a de belles mains, longues et parlantes, mais les doigts jaunis du fait qu'elle fume... Des pieds déformés au gros orteil, les jambes qui enflent facilement... Quant à sa voix, dont elle est si fière et qu'elle utilise comme les sirènes font leur chant, il y a des jours où elle est à peine audible, sifflante, cassée – le tabac ! –, révélant son âge plus que tout le reste...

Elle, Georgine, est-ce d'être si souvent dans le silence, et de surcroît non fumeuse, qui a conservé sa voix de jeune fille, dont on lui fait souvent compliment ?

Encore une chose : de dos, Léonore commence à se voûter, tandis qu'elle, Georgine, même dans les glaces à trois faces qui, de toute façon, ne sont pas très fiables, il lui semble que non...

Alors, qu'a-t-elle à tant souffrir du fait que cet homme – qui les a mises en situation d'être comparées – a fait le choix le plus piètre ? C'est plutôt rigolo, ce concours de foire, et elle ferait mieux de s'en amuser en se disant que, décidément, son amant d'un soir a mauvais goût, ne sait pas juger de la vraie qualité des êtres, s'est laissé éblouir par le tas d'or que représente Léonore – tiens l'or rime avec Léonore, ce qui a dû jouer – et qu'il aura tôt fait de déchanter.

Ou plutôt qu'ils sont bien assortis, tous les deux !

Elle, Georgine, est plus raffinée, plus émouvante, plus vraie, plus juste, plus...

Mais plus seule, ça oui, plus seule !

De quoi se mettre en pleurs, en effet.

C'est d'un doigt négligent que Fanny Rancenne feuillette certains des hebdomadaires empilés sur le bureau de la jeune fille chargée d'y découper les articles et photos concernant Léonore et la maison Duval.

Chaque semaine, c'est un régal : les mannequins sont belles, les actrices « top », les personnes dont on évoque la brillantissime carrière, toujours photographiées sous leur meilleur angle. Les rédacteurs de ces journaux savent que leur succès est dû au fait qu'ils promènent sur la vie une loupe sélective et embellissante : il n'y a que des gens heureux sur leur planète, ou alors qui surmontent allègrement, courageusement, magnifiquement leurs drames et chagrins. Au point d'en faire des triomphes supplémentaires...

Lire ces nouvelles de la belle vie sur beau papier, ou seulement les parcourir, c'est comme se faire faire une piqûre d'une drogue euphorisante. Après, on plane... quelque moment.

– Merde ! dit soudain Fanny, restée debout.

– Qu'est-ce qu'il y a ? demande Sylvaine, l'attachée de presse, qui craint perpétuellement une erreur – à faire aussitôt rectifier – comme il y en a souvent dans les légendes, sous l'image de sa patronne ou de ses modèles.

– Rien, dit Fanny qui a refermé le magazine pour en mémoriser le titre. C'est des gens que je connais...

– Il leur est arrivé quelque chose ?

– Ça m'a surprise. Je ne savais pas qu'ils s'étaient rendus là...

Tu parles d'un choc : Georgine Mallet et Nicolas Charpentier ensemble au Salon du livre de Reims !

Comme pour la fameuse photo du défilé parue dans *Gala*, laquelle avait provoqué la rupture Mallet/Duval, même quand ce genre de journalistes ne cherchent pas à se montrer indiscrets, ils sont, bien plus souvent qu'ils ne croient, à l'origine de drames intimes.

En l'occurrence, ne les intéresse que Georgine Mallet : la « célèbre romancière », comme on la désigne, est montrée en gros plan, assise à sa table de dédicace, une pile de ses derniers ouvrages devant elle, mais, dans son dos, une main sur son épaule et se penchant dans son cou comme pour déchiffrer ce qu'elle est en train d'écrire, il y a un homme.

Pas de doute : ce beau brun aux yeux bleus, c'est Nicolas Charpentier.

Léonore l'a-t-elle vu ? Sûrement pas. Occupée comme elle l'est, en ce moment, par la menée à bien de la vente de sa dernière collection, comme par son aventure amoureuse, elle ne regarde plus la presse. Il faut que Sylvaine lui fasse une sélection des articles les plus importants, les lui glisse dans une chemise qu'elle ouvre elle-même sous le nez de la patronne, pour que celle-ci daigne y jeter un regard.

Alors le compte rendu – toujours *a minima* – des livres et des salons du livre n'a aucune chance de lui venir sous les yeux.

La veinarde, son aveuglement à tout ce qui n'est pas elle la préserve ! Il en va comme ça, parfois, pour les puissants...

La malheureuse, aussi, qui se croit aimée alors qu'elle est trompée ! Ça, c'est plutôt le lot commun !

Car elle l'est, forcément, trahie : cette main sur cette épaule n'est pas innocente, Fanny en mettrait la sienne au feu.

Les minutes passent et l'assistante de direction prend de plus en plus conscience qu'elle détient là une information capitale, de quoi faire sauter le navire : un secret qui, en même temps, n'en est pas un, puisqu'il se trouve déjà dans les journaux !

Elle se voit lançant négligemment à Léonore :
« Tiens, je ne savais pas – vous le saviez, vous, que M. Charpentier et Mme Mallet s'étaient retrouvés à Reims, ce dernier week-end ? »

Devait-elle dire « retrouvés » ? ou « rendus ensemble » ? ou « rencontrés » ?

Ils se sont *baisés*, oui, c'est là le terme adéquat, d'ailleurs Léonore le comprendrait tout de suite, et ce serait un délice : la femme aujourd'hui si méprisante envers sa confidente du dimanche lui tomberait en larmes dans les bras. Et là, Fanny aurait le beau rôle, le grand rôle, celui pour lequel elle se sent faite, bien au-delà de toute autre fonction : prendre en mains les affaires Duval !

Car Léonore, anéantie, réfugiée au fond de son appartement, de son lit, sous tranquillisants, lui demanderait forcément de la remplacer – en tout cas pour un moment.

Fanny aurait alors à donner des ordres aux autres assistantes qui la considèrent parfois d'un œil furibond parce qu'elles s'imaginent qu'elle exerce un plus grand ascendant qu'elles-mêmes sur la patronne... Pour ce qui est des ouvrières, ce ne serait pas difficile, elles ont l'habitude d'être commandées, les petites vendeuses aussi ; il n'y a que les chefs, comme Lucienne, la première d'atelier, ou la directrice de la boutique, qui feraient un peu – beaucoup, même – d'opposition. Mais cela se mate, un personnel. Quand on a l'oreille du P-DG.

Quant à M. Nicolas Charpentier, qui n'a pas eu un regard pour elle, il n'aurait plus qu'à aller se faire habiller ailleurs – ou plutôt, pour être grossière, qu'à aller en enfiler une autre, et qu'est-ce que Fanny aurait envie d'être celle-là !

– Ah, Fanny, vous voilà, je vous cherchais !

C'est Léonore dans laquelle Fanny vient de se cogner au détour du couloir conduisant à son studio. Le ton est assez sec. Apparemment, la patronne s'est impatientée en ne la trouvant pas sous son coude à son arrivée... Si elle savait à quoi son assistante était occupée, elle baisserait de ton !

– Je peux faire quelque chose pour vous, Léonore ?

Le ciel n'est pas plus pur que sa voix cristalline.

– Je pars ce soir pour trois jours ; auparavant, il faut que nous voyions certaines choses ensemble. Je compte sur vous pour en surveiller l'exécution... Mais je préfère que vous ne me téléphoniez pas ; c'est moi qui vous appellerai.

Du fond de son lit ?

Pas besoin de demander avec qui elle y sera. De toute façon, Léonore sait qu'elle sait. Mais elle ne sait pas *tout* ce qu'elle sait !

En savoir plus que l'autre sur ce qui concerne l'autre au plus vif, là est le vrai pouvoir !

DEUX FEMMES EN VUE

Fanny, pour l'instant, se contente de s'en délecter – il sera toujours temps de s'en servir quand elle le jugera bon.
Quand tel sera, en fait, enfin, son bon plaisir.

Quand on s'adore – de fraîche date – et qu'on a projeté un petit voyage en amoureux, reste un problème : quand va-t-on faire l'amour ? Au moment où l'on se retrouve avant d'embarquer dans la voiture ? Au premier motel rencontré sur l'autoroute ? À l'arrivée à l'établissement choisi comme lieu de séjour ? Avant d'avoir déjeuné ? Ou juste après, pendant ce qu'on nomme la sieste – qui l'est pour les solitaires, pas pour les amants !

Nicolas et Léonore préfèrent ne pas choisir : l'amour, ils vont le faire tout le temps ! À Paris, puis en chemin après avoir quitté l'autoroute et s'être enfoncés dans un chemin creux en forêt de Fontainebleau, enfin à l'arrivée chez Meneau, le génial restaurateur du Morvan chez qui même la célébrissime Léonore Duval a eu du mal à décrocher une chambre à la dernière minute...

Nicolas, qui ne connaissait pas le lieu, perdu dans son parc à l'ancienne, surplombé par le clocher si pointu de l'église des Saints-Pères, au bas de la colline de Vézelay, n'était pas pour se mettre à table. Il avait envie de se retrouver tout de suite avec elle, rideaux tirés, pour, après une nouvelle étreinte, dormir un peu. (Il avait travaillé tard dans la nuit du vendredi afin de pouvoir se libérer deux jours.) Mettons se reposer dans les bras l'un de l'autre jusqu'au soir. Et là, ils auraient dîné.

Mais Léonore insiste :

– Tu ne peux pas savoir, la cuisine de Marc est sans équivalent en France ! Tu sais ce qu'on va faire : on va demander rien que des desserts, trois ou quatre…

– Mais je n'aime pas le sucre, en tout cas pas autant que toi !

– Ce n'est pas du sucré, ces entremets-là, c'est de l'enfance. Tu vas retrouver l'île flottante de ta grand-mère, sa tarte aux abricots, ses compotes, sa crème au caramel…

Nicolas ne peut que se laisser faire – pour s'en féliciter : à chaque bouchée, il croit fondre ! De bonheur, de volupté, de gratitude envers Léonore qui lui fait découvrir que le luxe n'est pas seulement s'offrir le plus compliqué – ou la plus grosse voiture, le plus plat et large des postes télévisés, des voyages à bord du plus rapide et bel avion du monde, ni se louer la Tour d'Argent, le Grand Véfour ou le restaurant des Ambassadeurs avec sa vue sur l'Obélisque pour soi tout seul –, c'est aussi pouvoir savourer le plus simple.

Sur la table ronde d'une belle dimension pour deux, recouverte d'une nappe blanche sans fioriture aucune, la maison Meneau a disposé un minuscule bouquet de fleurettes : des roses pompon. (Parfois, ce sont des capucines, ou des fleurs des champs : bleuets, marguerites, coquelicots...) C'est tout, mais c'est divin, comme un oiseau de paradis vibrant de toute sa grâce, plutôt qu'un gros bouquet semblable à un perroquet multicolore du Brésil et qu'il serait nécessaire d'écarter pour manger ou se parler.

Nicolas se découvre ému au-delà de ce qu'il imaginait par cette finesse-là. Par cette « grande manière de sentir », ainsi que la qualifiait Barbey d'Aurevilly, qui serait le propre des artistes. Mais qui n'appartient pas qu'à eux : toutes les personnes de qualité – et il en est partout, dans tous les milieux, toutes les ethnies, à tous âges – ont cette façon d'aller droit et exclusivement vers ce que le monde offre de meilleur et de plus choisi.

Léonore est heureuse.

Elle n'irait pas jusqu'à penser que, si elle a entraîné Nicolas dans cet établissement raffiné, à l'écart du lourd passage des troupeaux touristiques, c'est pour lui faire passer une épreuve, le tester en quelque sorte ! Afin de vérifier s'il est digne d'elle, de sa confiance, de son abandon de plus en plus exempt de réserve, ou plutôt qui le devient à mesure qu'elle s'aperçoit que son amant sort à son avantage de l'examen.

C'est lui qui relève et fait remarquer d'exquis détails, du couvert, du linge de table, mais aussi de leur chambre : toile de Jouy, armoires parfumées à la lavande, chaussons offerts, comme aussi les légers peignoirs, l'un rose, l'autre bleu, à nids-d'abeilles.

Les voici, dans leur tenue d'après la douche, au coude à coude sur la rambarde de fer forgé identique à celle où se sont appuyées pendant des siècles tant de paysannes et de villageoises en train d'observer le monde qui passe – le connu et l'inconnu –, en fait, la vie en transit...

– Je suis bien, dit Nicolas en encerclant de son bras les épaules de la femme appuyée contre lui.

– On est bien, reprend Léonore en écho.

Chacun d'eux pense à part soi – mais cela s'entend comme s'ils l'avaient proféré à voix haute : « Pour combien de temps ? »

Léonore a rendez-vous le lundi à midi avec des acheteurs japonais – dont elle n'a pu se défaire, car personne, dans la maison Duval, ne peut les recevoir à sa place. Ni son directeur, ni la responsable de la presse, pas même son assistante personnelle.

Elle est indispensable.

Pour ne pas troubler leur bonheur d'être dans une « bulle », celle où ils nagent en apesanteur depuis leur arrivée à L'Espérance chez Marc Meneau, elle n'a pas encore parlé à Nicolas de la nécessité où ils seront de se lever tôt, le lundi matin.

Cela soulagerait pourtant Nicolas Charpentier de le savoir, car lui aussi est attendu, tôt ce lundi-là, par un maître d'œuvre, un menuisier et quelques autres corps de métiers, sur un chantier en panne du fait d'un manque de coordination. Le client râle, il y a de quoi, et Nicolas aurait dû exceptionnellement convoquer son monde le samedi, au lieu de partir en voyage de noces...

Car c'en est un, en quelque sorte.

De ces parenthèses dans la vie où chaque partenaire – quand tout se passe bien – croit avoir atteint le sommet de son rêve le plus bleu !

Chacun sachant – car cela fait partie des règles du jeu – que cette fuite hors du réel ne se renouvellera jamais.

Le plus souvent, le reste du monde ne permet ce genre d'escapade nuptiale qu'une seule fois. Au retour, il est là pour vous ramener aux réalités.

Dont l'une, la pire, peut-être, s'appelle jalousie. Et ses tristes méfaits.

– Ah, Fanny, pourriez-vous me rendre un service urgent ?

– Mais bien sûr, Léonore.

– Aller à l'atelier de M. Charpentier, vous savez, rue du Four, vous avez l'adresse, afin de lui soumettre ces croquis que je viens de faire. J'aimerais son opinion ; éventuellement, s'il veut y changer un trait ou deux, il peut... Mais il me les faut en retour immédiatement. C'est pourquoi je vous envoie : vous les lui montrez et vous me les rapportez ! Tout de suite après, je mets Lucienne à confectionner les toiles à partir d'eux. Euh... pardonnez-moi de vous dire ça, mais je suis toujours inquiète quand je viens de faire quelque chose d'original et que cela sort d'ici : prenez-en bien soin, surtout ne perdez rien...

– Soyez tranquille, Léonore, j'irai à pied ; donc, aucune chance de les oublier dans le métro ou dans un taxi !

Tant de fois c'est arrivé dans l'histoire de l'art : des papiers précieux – manuscrits, dessins, contrats... – oubliés dans un moyen de transport, quoique confiés en garde à une personne de confiance – à croire qu'on aurait dû les menotter, vigile et documents ! –, ou alors subtilisés sous le nez même du porteur, parfois même de l'auteur.

Fanny trouve la remarque superflue, presque insultante : ces créateurs sont bien susceptibles, enfantins ! Sans compter que la patronne devrait savoir que si elle a quelqu'un de sûr auprès d'elle, c'est Fanny ! Mais ces gens-là sont si obnubilés par eux-mêmes que leur regard passe par-dessus la tête des fidèles qui les servent. Bien décevant...

Enfin, elle est là pour remplir les tâches qu'on lui assigne, et celle-ci comporte un plaisir caché : voir la tête que fait, ces jours-ci, le beau Nicolas Charpentier. L'amant en place qui vient de réussir son coup ! Elle, Fanny, devrait en prendre de la graine. Lui demander ses recettes : comment parvenir aussi vite au saint des saints, et comment ensuite s'y incruster ?

Mais ça, Nicolas en est-il vraiment capable ? C'est ce dont Fanny aimerait se rendre compte... Éventuellement pour en tirer là aussi profit.

Léonore est contente : depuis qu'elle est rentrée de week-end, il y a deux jours, une multitude d'idées pour la prochaine collection ont surgi devant ses yeux, qu'elle n'a plus qu'à esquisser sur un vulgaire cahier d'écolier à carreaux dont ses amis lui disent qu'il vaudra, plus tard, autant que les manuscrits raturés et pleins d'ajouts – ses « paperolles » – de Marcel Proust...

Pour ce qui est de ses silhouettes en quelques traits, elles tiennent de la sténographie – mais elle se comprend et ses ateliers ont l'habitude. Il y en a une quinzaine qu'elle a redessinées en détaillé à l'intention de Nicolas, le tout accompagné de quelques lignes de son ample écriture de souveraine : « Tu m'inspires, et j'adore ça ! À tout à l'heure, amour... »

C'est le plus beau cadeau qu'elle puisse faire à son amant : lui laisser entendre qu'il est pour quelque chose dans son actuelle création. En tout cas, que leur rencontre lui donne des idées... D'ordinaire, Léonore ne se reconnaît jamais une influence, n'admet aucun emprunt, ni même la moindre réminiscence. Contrairement à certains couturiers qui se vantent de l'empreinte laissée sur leur dernière collection par des images tirées des *Mille et Une Nuits*, du premier Empire ou de l'art d'Afrique noire, Léonore trouve toute filiation ou influence, fût-elle lointaine, indigne d'elle. Ce qu'elle fait, crée, réalise, lui appartient exclusivement. Et ne saurait avoir d'autre ascendance que ce qu'elle a déjà fait. Elle et son œuvre sont à elles-mêmes leur propre origine.

C'est pourquoi avoir entrouvert la porte de ce temple sacré pour y laisser filtrer un rai de lumière venu de Nicolas est un bien grand honneur pour ce dernier. Sera-t-il capable de l'apprécier ?

Sans compter qu'elle a enjoint à Fanny d'inciter l'architecte, s'il le désire, à y ajouter des traits de sa plume – elle n'a pas dit des « corrections ». Elle n'y est pas opposée... bien que, dans son for intérieur, elle sache déjà qu'elle ne s'en servira pas : nul ne doit changer la moindre virgule à ce texte intangible, monothéiste, que représente son « œuvre cousu », comme on dit « œuvre peint » ou « œuvre écrit ». Quoique le sien soit éphémère – du moins à ce qu'un vain peuple pense ! Car Léonore, quant à elle, est assurée qu'elle travaille dans l'intemporel.

Il n'y a pas que son art ; sa personne même est intemporelle, se dit-elle en se considérant dans la glace, dans l'attente impatiente du retour des documents. Le temps et ses vagues se brisent sur la femme en elle ; là aussi, elle est la plus forte.

Nicolas ne lui a-t-il pas répété au lit : « Tu es tellement plus jeune que moi ! Et tu le seras toujours... Ton âme est hors tout ! Tu as l'âme de cristal et d'acier d'une enfant qui serait née avec la Terre même... »

À y repenser, il ne s'exprime pas mal, ce garçon, du moins quand elle est avec lui. À croire qu'elle l'inspire ! En réalité, il n'y a pas à le croire, c'est un fait : auprès d'elle, Nicolas s'envigore, s'épanouit, va bientôt resplendir. Ce sera de sa lumière à elle.

DEUX FEMMES EN VUE

Qui écrivait récemment dans un magazine : « Léonore Duval recrée tout ce qu'elle touche » ? Il faudra qu'elle demande à Sylvaine de retrouver cet article pour qu'elle le montre, mine de rien, à Nicolas.

C'est ce qu'il y a de terrible, quand on couche avec un homme : il faut sans cesse veiller à ce qu'il ne se mette pas à vous prendre pour une femme comme les autres, c'est-à-dire pour un sexe – alors qu'elle, Léonore, est tellement au-dessus de la chair ! La preuve, la chair, celle de toutes les autres femmes, elle s'en empare pour la vêtir, la transformer et même la déconstruire afin de la remodeler à sa guise. D'en faire « du Duval » !

« Ma griffe attrape tout et elle est exclusive », se dit-elle en étendant devant elle ses longues mains aux veines saillantes, dont les ongles rouges se recourbent, en effet, comme des griffes.

À son annulaire gauche, un seul et incomparable diamant. Éternel.

Il me pose la question : est-ce Magli qui doit attendre l'homme (Quentin) qu'elle a rencontré sur le palier de Nick Raffeuille, l'analyste – ou bien est-ce lui ?

Alors que j'ai tant de facilité à me glisser dans la psychologie de mes personnages de femmes, fussent-elles très différentes de moi par le tempérament, mais aussi par leur situation sociale ou leur âge – je sais tout ce que peut ressentir une petite de quatorze ans, une fille de vingt ans, trente ans… –, quand il s'agit d'hommes, je patauge.

On peut penser que c'est normal puisque je suis une femme. N'empêche qu'Honoré de Balzac avait une perception si extraordinaire des femmes que, lorsqu'il s'exprime en leur nom, les fait penser, souffrir, aimer, agir, on oublie que l'auteur de ces lignes inspirées est de sexe masculin. Rondouillard, de surcroît, moustachu et le reste…

Cette ubiquité, cette aptitude à pénétrer, au mépris de la différence, qui est votre opposé, est-ce ce qu'on nomme le génie ?

Alors, je n'en aurais pas assez ?

Lorsqu'un critique parle de moi et de ma soixantaine d'ouvrages, s'il est d'humeur complimenteuse il vante ma fécondité, ma clarté d'écriture, le fait que je suis proche de mon lectorat, quasiment fusionnelle avec lui, la preuve en étant que mes tirages sont de plus en plus élevés – mais jamais il n'évoquera mon génie.

Pourtant c'en est un, non, le génie du populaire ? George Sand l'avait, de même Simenon, Frédéric Dard, Hervé Bazin aussi – tempéraments pourtant bien différents les uns des autres et différemment portés aux nues par la critique, laquelle aime volontiers cracher sur ce que le grand public dévore, ça fait plus chic !

Le problème aujourd'hui n'est pas là : ce dont j'ai besoin, c'est d'arriver à savoir ce qui est le plus plausible – un lecteur de roman a davantage besoin de plausible que de vérité ; le vrai est parfois si fantastique que le vulgum pecus – eux et moi – n'est pas disposé à l'avaler. Ce qui fait que, même si je me réfère à une aventure qui a véritablement eu lieu, dont j'ai pertinemment eu connaissance, lorsqu'elle est trop extravagante, énorme – du point de vue du sens commun –, je la lime, l'affadis.

Pour me faire « admettre » dans les salons de lecture des bibliothèques, en quelque sorte par politesse : je veux bien étonner celles et ceux qui me lisent, en aucun cas les dérouter. Et encore moins les désespérer.

Quoiqu'un grand écrivain ait dit que rien de ce qui est écrit ne peut être tout à fait désespéré ni amoral... Grâce à la langue, cette grande consolatrice, ce merveilleux instrument civilisateur, et même le seul. (C'est pourquoi il ne faut pas chercher à la simplifier, la phonétiser : c'est grâce à ses méandres, ses apparentes contradictions, ses dépôts séculaires que le français se révèle être pour ceux qui en usent une telle panacée.) Mon écriture, quant à elle, à certains moments avance toute seule et je ne fais que me laisser traîner derrière...

Mais suffit pour les « considérations » : quand j'en mets trop dans mes romans, mon éditeur s'empresse de me les rayer ; il ne tolère que les faits, l'action, tout ce qui fait galoper l'intrigue... Et, après elle, croit-il, le lecteur...

Or, voilà que je suis stoppée par cette bêtise : que pense réellement Quentin après s'être cogné à plusieurs reprises dans la belle Magli et l'avoir perdue de vue ?

A-t-il envie de lui causer – de leur analyste commun – ? ou de la sauter ?

Idée ! (Oui, j'ai quand même un certain génie, n'en déplaise à ceux qui me débinent !) Je vais questionner là-dessus Nicolas. C'est un homme sensible aux femmes, qu'il sait conquérir en un tour de main – ô combien ! –, il saura me dire...

Je peux bien lui demander ça sans déchoir, ce n'est pas compromettant, c'est même plutôt flatteur : je le prends par la main et l'introduis au cœur de la création littéraire, là où le ragoût mijote...

Même Léonore ne pourrait m'en vouloir d'entreprendre son amant sur ce point – surtout après qu'il m'a fait écrire pour son « ragoût » à lui.

Un rendu pour un prêté, rien de plus !

Lorsque, un carton à dessin sous le bras, Fanny Rancenne se retrouve dans l'atelier de Nicolas Charpentier, c'est pour apprendre que l'architecte doit rentrer d'une minute à l'autre. Pour l'instant, il est « en rendez-vous à l'extérieur » : la phrase magique censée tout expliquer, tout excuser et désarmer – pour ne pas dire envoyer balader – le quémandeur...

– Mais vous pouvez l'attendre dans son bureau, suggère une jeune dessinatrice, laquelle, manifestement, ne tient pas à endurer la présence d'une étrangère dans son champ tandis qu'elle travaille sur sa large planche.

Fanny est introduite dans le bureau sobre et lumineux du dessinateur, à peine séparé par une cloison de verre du reste de l'atelier. Nicolas aime l'ouverture, la liberté de mouvement, et Fanny, qui en a entendu parler par Léonore, se demande comment cet état d'esprit peut être compatible avec son comportement actuel : une double liaison – en fait, une double vie.

D'autant plus dérangeant à envisager que l'homme a un physique d'une apparente franchise, le regard net et droit... Mais allez savoir avec les hommes, encore plus comédiens que les femmes !

Tout en ruminant ces pensées soupçonneuses, Fanny va et vient dans la petite pièce pour considérer les documents, plans, photos, punaisés aux murs, lorsque le fax se met en mouvement.

Qui peut résister à la tentation de voir de près ce que le petit appareil bruyant et jacasseur va dégorger ? Certainement pas une personne dont le métier est le secrétariat – ce qui consiste, si l'on est sincère, à mettre son nez dans les affaires d'autrui !

Et Fanny de s'approcher de l'appareil pour surveiller l'arrivée de la première feuille.

Sa curiosité n'est pas déçue : l'en-tête est celle de Georgine Mallet !

Fanny est aussitôt en état d'alerte : qu'est-ce que cette femme peut bien avoir à dire à l'amant de Léonore ? S'agit-il seulement de travail ? Ça l'étonnerait... Il serait drôlement intéressant, et même urgent, de le savoir ! Pourvu que Nicolas n'arrive pas avant que le texte entier ne soit sorti... « Dépêche-toi, dépêche-toi ! » murmure-t-elle à la machine qui suit son train, mot à mot, ligne à ligne, page à page, pour enfin stopper.

Après un bref coup d'œil par-dessus son épaule qui lui permet de vérifier que personne ne la voit faire – la dessinatrice restant consciencieusement penchée sur sa planche à dessin –, Fanny, quoique un peu tremblante, s'empare des deux feuillets et demi que vient de cracher le fax et les fourre dans son sac à main, un cabas assez vaste pour rester insondable...

Bien lui en prend, car la porte s'ouvre d'une volée et Nicolas, le pas large, la cravate desserrée sur sa chemise blanche, s'engouffre dans le studio.

– Quelle chaleur ! jette-t-il à la jeune femme au travail, en achevant d'ôter ladite cravate signée « L.D. ». Je n'ai fait qu'escalader des étages, parcourir des corridors, mesurer des murs, des emplacements, des hauteurs de plafond. Enfin, à quelques retouches près que je vais vous indiquer, Danièle, le client va accepter notre maquette !

– Bravo ! dit la jeune Danièle. Je vais me mettre tout de suite aux modifications... Ah, quelqu'un vous attend dans votre bureau.

À travers la vitre, Nicolas reconnaît Fanny et son sourire s'élargit.

L'assistante de Léonore ne peut être que son envoyée, et il va vers elle les deux bras ouverts pour l'embrasser. Fanny en ressent comme un vague malaise. Remords, jalousie, plaisir ? Le tout, en fait, est mélangé, comme le sont ordinairement ses sentiments – il n'y a que son ambition pour être claire et nette.

– Bonjour, monsieur... Voici ce qui m'amène : Léonore, enfin Mme Duval, m'a priée de vous soumettre ces croquis qu'elle a exécutés ce matin. Elle aimerait avoir votre avis, éventuellement vos critiques ou suggestions... Je dois lui rapporter les documents, dont elle a besoin pour l'atelier, dès que vous les aurez vus !

– Mais c'est charmant, ces petites figurines, très joli... Toutefois, je ne suis pas expert en jupons... Qu'en pensez-vous vous-même, Fanny ?

– Je...

Fanny ne s'attendait pas à être consultée sur un sujet dont, en réalité, elle se fiche : son boulot n'est pas d'évaluer l'œuvre de modéliste de Mme Duval, mais de travailler sur ses relations avec la presse, les médias, à l'occasion son entourage, le personnel, la famille, les connaissances, les amis, etc.

– Cela me paraît très bien !

– Vous le porteriez !

– À vrai dire, je ne suis pas en mesure de juger... Il me faut les vêtements achevés, pouvoir les passer sur moi devant une glace... Un croquis ne me dit rien !

– Nous allons demander à Danièle : elle a commencé sa carrière dans le dessin de mode.

Danièle n'hésite pas une seconde :

– Un chic fou ! En plus, tout à fait nouveau. Je ne sais pas comment fait Mme Duval pour accomplir ce qui est un tour de force : inventer de nouvelles formes tout en conservant un style qui n'appartient qu'à elle... Incontestablement, ce qui est là c'est du Duval, mais du Duval comme on n'en a pas encore vu. J'adore ! J'espère que cela descendra rapidement dans la rue pour qu'on puisse le trouver à moindre prix...

La jeune femme examine à nouveau les croquis, cette fois plus longuement.

– Elle devrait peut-être...

Mais elle hésite à se prononcer davantage.

– Allez-y Danièle ! Qu'alliez-vous dire ?

– La jupe, là, je la verrais plus courte, plus étroite... Et les épaules des vestes plus carrées, plus masculines ! Avec des poches en plus... Oh, ce ne sont que des détails !

– Très précieux, Danièle : je vais savoir quoi dire à la créatrice. Pour moi, je suis comme un loup dans une bergerie : tout me paraît beau et bon, mais tout me semble pareil ! Il n'y a que vous, les femmes, pour déceler les infimes différences...

Danièle retourne à sa planche à dessin, ravie d'avoir pu être utile à son patron. Fanny râle un peu : une autre qu'elle a du prestige auprès de Nicolas et, sur le sujet, elle ne voit pas bien comment elle pourrait en acquérir.

Une idée lui vient :

– Vous allez peut-être me trouver indiscrète, monsieur, mais je me demandais...

– Oui, Fanny ?

– Vous qui avez de l'influence sur Mme Duval, il me semble qu'elle devrait faire davantage de publicité dans des journaux plus populaires que ceux dans lesquels elle apparaît... Tenez, comme *Questions de femmes*, ou *Femme actuelle*. Sans compter qu'on ne la voit guère dans les soirées mondaines ; je sais bien que sortir l'ennuie, surtout ces derniers temps, mais les pages *people* dans *Gala* ou *Match* touchent énormément le public. Mon expérience m'a appris que c'est la répétition d'un nom et d'un visage qui finit par attirer la clientèle... Mme Duval, bien sûr, c'est sa qualité, demeure extrêmement élitiste, sans compter qu'elle ne vend rien ou presque à bon marché : vous avez entendu la réflexion de cette demoiselle... Je n'ose pas le lui dire, mais cela m'est souvent reproché. Les gens aimeraient pouvoir acheter quelque chose d'elle qui soit abordable : un petit sac, un foulard de coton, je ne sais pas, moi...

Nicolas l'écoute sans mot dire. Fanny s'inquiète :

– Je vous parais peut-être viser trop bas, vers le populaire ?

– Non, Fanny, d'autant moins qu'une autre personne m'a récemment dit la même chose : un écrivain... Je ne sais pas si je peux influencer en quoi que ce soit Mme Duval, mais je tirerai profit de vos propos pour moi-même. Je veux mettre mon talent de décorateur au service des gens simples et même peu fortunés : ce sont ceux-là qui ont plus besoin encore que les autres qu'on les aide à s'inventer un espace qui ne soit pas uniquement utilitaire – mal conçu, par-dessus le marché... Je vais y réfléchir, voir comment c'est applicable. Bravo, Fanny ! Vous allez dans le bon sens. Mme Duval a de la chance de vous avoir à ses côtés, vous pouvez sûrement l'aider à évoluer...

« Et je ferais mieux encore en m'employant à la protéger des bonshommes comme toi ! » se dit Fanny, une fois dans la rue, ravie d'elle-même mais irritée de ce que Nicolas ne lui ait pas déclaré : « Voulez-vous travailler pour moi ? », comme il l'a proposé à Georgine Mallet. N'est-elle destinée, d'après ces gens-là, qu'aux rôles de second ordre ? Ils vont voir !

Et l'assistante de serrer très fort contre sa poitrine – ce n'est pas le moment de se le faire voler – son grand cabas qui contient sûrement quelque chose de très précieux, sans qu'elle sache encore quoi.

Peut-être une bombe ?

Nicolas, mon bel ami !
J'ai besoin de vous...

Ne vous inquiétez pas. Il ne s'agit pas de vous impliquer dans ma vie privée – je suis une femme seule qui assume sa solitude, je ne dirais pas allègrement, mais avec conviction, et jamais je ne demanderais à un homme – surtout pas à vous – de venir la combler. (Une nuit, peut-être, et encore, pas entière, comme nous savons l'apprécier l'un et l'autre...)

Non, il ne s'agit pas de ça – aussi délicieux que puisse être ce « ça » –, mais de quelque chose de plus essentiel, mettons de plus perpétuable – et je crois que, là-dessus, nous sommes tous les deux d'accord : de l'écriture.

Voilà, je suis non pas en panne, c'est une de mes singularités d'écrivain de ne jamais l'être et de ne pas redouter la page blanche que j'ai toujours hâte de remplir (ainsi celle-là même), mais en perplexité.

On m'a beaucoup accusée, reproché d'être l'écrivain des femmes... Sans nul doute est-ce le sujet que je connais le mieux ! (Les commentaires seront pour une autre fois.) Or, il y a de plus en plus de personnages d'hommes dans mes romans, et c'est non pas en les décrivant – pour cette besogne-là, j'ai un pinceau au bout de ma plume –, mais en les faisant agir que j'ai parfois des doutes...

Mais assez tergiversé ! Passons à mon problème : mon personnage, qui se nomme Quentin, qui est en analyse, a croisé à plusieurs reprises, sur le palier de son thérapeute, une femme qui lui plaît bien. Énormément, même... Ils n'ont pas encore osé se parler et voici que le « psy », jaloux comme ils le sont tous de tout ce qui vit et bouge hors de leur cabinet, a changé les horaires de leurs rendez-vous respectifs pour que les amoureux en puissance ne se rencontrent plus ! (Je vous parlerai de cet analyste à l'occasion ; je crois que je l'ai plutôt bien réussi...)

Magli – ma belle héroïne, car elle est séduisante, bien sûr ; sinon, pas de roman ! – ne sait comment faire pour revoir Quentin, d'autant moins qu'elle ne tient pas à prendre *les devants : un rôle qui doit rester dévolu aux hommes, même à notre époque, n'est-ce pas ?*

À ce propos, je vous ai vu agir, admirablement : vous avez avec les femmes le talent de leur faire ce qu'autrefois on nommait la cour, qu'on taxe aujourd'hui de « rentrer dedans », ce qui est vulgaire et même grossier ! Nous dirons donc la « grâce des approches ». Ou, mieux, je viens de l'inventer : vous avez l'art des préambules ! Ça vous va ?

Donc, monsieur l'expert en préambulation, renseignez-moi : dites-moi ce que vous feriez à la place de mon Quentin, qui veut sa Magli et ne sait comment la rencontrer, à moins d'étrangler le « psy », de consulter son fichier pour y découvrir l'adresse de la jeune femme, et de s'apercevoir alors, pauvre assassin transi, qu'il ne sait ni son nom ni même son prénom...

Ciel, je déraille ! Mon roman d'amour tourne au policier et il paraît que ce n'est pas mon meilleur genre ! (Bien que j'en aie commis quelques-uns qui ne me déplaisent pas, à moi ; il faudra que je vous les envoie pour vos heures de dents creuses... si vous avez jamais le temps d'en avoir !

D'ici là, au secours, mon ami de Reims et d'ailleurs ! Soyez mon guide, mon sauveur, mon... Mais tout ce que vous voudrez, Nicolas !

« Eh bien merde alors ! se dit Fanny qui s'est assise à un arrêt du bus pour lire à loisir le fax manuscrit qu'elle vient de dérober. Si ce n'est pas une lettre d'amour, ça ! Une déclaration enflammée ! Un appel à se refaire sauter... Je ne suis pas très bonne en décryptage, mais je me rends compte qu'il faut lire ce texte-là ligne à ligne, mot à mot, et que ce qu'il recèle en noir sur blanc, et même entre les lignes, en blanc sur blanc, ne peut que sauter aux yeux de quiconque le lira ! Ce torchon brûle... ! »

Qu'en faire ? Le rendre, mine de rien, à son destinataire en le postant ? Puis attendre les réactions, en fait la poursuite de l'affaire, qui ne peut être que chaude, jusqu'à ce que la Léonore s'y brûle les doigts et le teint ?

Cela risque de prendre du temps : les amants clandestins sont gens habiles et fins dissimulateurs. Bien sûr qu'ils ont fait l'amour à Reims ! La Mallet le laisse entendre, le crie même, signe et voudrait bien persister...

Cette enamourée de Léonore va se faire rouler dans la farine de l'infidélité et de la trahison sans être du tout capable de s'en apercevoir.

Mais Fanny Rancenne est là. Elle peut l'en avertir. Preuve à l'appui de ses dires !

Le bus arrive, Fanny se lève mais ne le prend pas, elle est à deux pas de la maison Duval. Toutefois, elle se met en marche. Et son cerveau, irrigué par le mouvement, lui suggère la solution. Celle par laquelle elle ne risque pas de se trouver impliquée, car la révélation paraîtra due au hasard. Tandis que si elle tendait elle-même le fax à Léonore, son sort risquerait fort d'être celui de l'envoyé venu annoncer la défaite à son empereur : elle aurait la tête tranchée...

Et c'est d'un geste rapide que Fanny Rancenne glisse les feuillets compromettants dans la chemise qu'elle a sous le bras, parmi les croquis de mode faits par Léonore. En ouvrant le cartonnage pour reprendre son bien, celle-ci ne peut manquer d'apercevoir le texte de la main de Georgine, de s'étonner : que fait-il là ! et de le lire...

Et si elle demande à Fanny comment expliquer la présence d'une telle épître parmi ses dessins, celle-ci, après avoir feint l'étonnement, saura suggérer une réponse : M. Charpentier avait étalé les croquis sur son bureau pour mieux les admirer, et, en les ramassant, il a dû prendre avec ces trois feuillets qui devaient s'y trouver. Sûrement une erreur de sa part. Fanny doit-elle les lui rapporter ?

Leur élégante quarantaine à peine entamée, les deux femmes vont s'asseoir à la terrasse du café, place du Palais-Royal, non loin du salon, sous la pyramide du Louvre, où vient d'avoir lieu la présentation de la dernière collection de Léonore Duval.

– Comment tu trouves ? demande Janet, une rousse un peu rondelette, au décolleté large sur une poitrine rebondie, après avoir commandé un café glacé surmonté d'un jet de crème Chantilly.

– Comme toi ! réplique Léa, son amie, une grande brune, le cheveu en mèches gominées, habillée pour faire plus jeune que son âge : jean et sweater strassé. J'ai trouvé ça plus que chic, super !

– Tout à fait génial, reprend la rousse Janet sur un ton d'envie mélancolique.

– Comment fait-elle, reprend la brune Léa, pour avoir autant d'idées nouvelles ?... Lesquelles nous coûtent des fortunes, à nous, pauvres idiotes !

– On n'est pas forcées d'acheter !

– Tu peux te retenir, toi ? Moi pas... Je me sentirais une vieille peau, d'un coup...

– C'est vrai qu'elle trouve le moyen de te donner un coup de jeune, j'sais pas comment !

– Les couleurs, peut-être...

– Ou alors ce collé-au-corps qui en même temps dissimule.

– C'est qu'elle n'est plus toute jeune, la Duval, elle doit penser à elle ! T'as vu l'allure qu'elle avait parmi ses mannequins, à la fin du défilé ?

– Ouais, elle marche mieux que ces empotées !

– Empotées, t'exagères, j'aimerais être fichue comme n'importe laquelle de ces nanas-là !

– Aucun sex-appeal, tandis que Léonore...

– Ah, tu trouves aussi ? dit Léa en sirotant son gin-orange. Il paraît qu'elle a un jeune amant, délectable. Qu'on en mangerait, tellement il est croustillant...

– Tu n'y es pas, ma vieille, la reprend Janet en secouant la tête, les coins de sa bouche abaissés en signe de désolation. Ils sont brouillés de chez Brouillé !

– Pas possible, il l'a plaquée ! Remarque, c'est ce qui finit toujours par arriver avec les trop jeunes. Ils se jettent sur vous comme des affamés, vous croquent à belles dents, et puis, après s'être repus de leur fabuleux inceste avec leur substitut de maman, c'est tchao ! Et ils vont proliférer avec une jeunesse... Quand j'ai rencontré Eddy...

– Toi et Eddy, c'était peut-être comme tu dis, mais pour Léonore, t'as tout faux ! C'est elle qui l'a jeté.

– Non ? Elle a su prendre les devants ? Elle a eu raison. C'est sûrement pour ça qu'elle était si resplendissante... Doit y en avoir un autre sous roche... enfin, sous jupon, tu ne crois pas ?

– Possible. Elle a un petit assistant mignon comme tout... Tu ne l'as pas vu, à l'entrée ?

– Un peu trop mignon de chez Mignon, si tu vois ce que je veux dire...

Les deux de rire, le nez dans leur consommation.

Elles ne s'en font pas pour Léonore : quand on est si talentueuse, pour ne pas dire géniale, si riche aussi, si présente sur tous les fronts, tous les podiums, mais aussi les vitrines, le trottoir, si « en vue », en somme, on ne manque de rien ! Surtout pas d'hommes ! Encore moins d'hommes jeunes ! La denrée rare et si prisée des femmes matures...

Pour le reste, elles se débrouillent : l'argent, avec du savoir-faire, ça se gagne ; mais le sexe, le joli sexe, avec un partenaire de charme, c'est plus dur !

Peut-être qu'en s'habillant en Duval...

– Moi, c'est le tailleur-pantalon dans son nouveau rouge qu'il me faut, et tout de suite !

– Je vais prendre le même en noir, c'est plus fatal... Ils te regardent, croient voir Marlène

Dietrich, tombent comme des mouches : t'as plus qu'à ramasser…

Nouveaux rires.

– Ça va flasher ! Tu sais, chaque fois que j'ai une nouvelle tenue, je me sens irrésistible !

– Mais tu l'es, ma chérie, et tu vas le rencontrer bientôt, t'en fais pas !

– Qui ?

– Mais le nouvel homme de ta vie, idiote, et moi le mien ! Tiens, ils étaient peut-être dans la foule…

– Ouais, à condition que Léonore ne nous les rafle pas !

– Aucune chance, bébé, les vrais hommes aiment les vraies femmes, comme nous.

– Léonore n'est pas une vraie femme ?

– Elle est comme les poupées gonflables : elle en a l'apparence, mais, au fond, c'est…

– Quoi ?

– Une sorte d'homme, comme toutes les stars, en fait un épouvantail… Tu vois bien qu'elle vit seule !

– Ça, si elle les renvoie tous après les avoir utilisés… Tiens, j'aimerais bien faire ses poubelles ! Le dernier en date me suffirait…

– À moi aussi. Il paraît qu'elle a aussi jeté son assistante ; je peux la connaître, par ma cousine, on lui demandera l'adresse de Monsieur-le-congédié…

DEUX FEMMES EN VUE

– Bonne idée ! Mais, avant ça, sus aux nouvelles fringues !

– J'ai envie de me faire décolorer en blond ; j'en ai marre d'être rousse, ça tourne au banal, qu'en penses-tu ?

– Moi, je voudrais être acajou : avec le nouveau rouge saumon, ça va être divin ! Garçon, on vous doit ?

C'est ainsi qu'auraient conclu les « tricoteuses », au temps de la Révolution, s'il y avait eu des cafés où discuter des femmes trop en vue », juste bonnes à raccourcir – qu'on décapiterait mieux qu'en paroles, si on pouvait !

« Tout ce bruit de papier déroulé, coupé, collé, empaqueté, et qui pourtant ne vient pas jusqu'à mes oreilles ! » se dit Georgine en apprenant que son livre, trois semaines seulement après sa sortie, en est déjà à son troisième tirage, soit soixante-dix mille exemplaires.

Un succès de librairie implique l'énorme maniement de dizaines de tonnes de papier, ce à quoi l'auteur n'assiste pas, qu'il ne peut que supposer et se représenter dans le silence de son cabinet, face à son ordinateur désormais muet.

Ce sont les presses qui sont bruissantes maintenant : il y en a parfois plusieurs, l'une pour traiter le bloc de quelque 350 pages, l'autre la couverture ; parfois, une seule machine combine les deux opérations. Ensuite, c'est la mise en raquettes par vingt volumes sous plastique. Des montagnes de ces paquets qui sortent de chez le fabricant pour être déposés par vastes camions transporteurs dans les entrepôts du distributeur puis acheminés par petites livraisons, au gré de la demande, dans les milliers de points de vente couvrant la France entière...

Une fois les exemplaires achetés un à un, tout retombe dans le silence, celui de la lecture qui est à peu de chose près le même – aussi créatif – que celui de l'écriture. Le lecteur ou la lectrice s'enferme en lui-même afin de la rencontrer, elle, l'auteur invisible, toutefois si présente derrière chaque mot, chaque ligne...

Il arrive qu'on lui écrive des lettres, mises à la poste ou déposées directement dans sa boîte à lettres – tout cela, toujours dans le plus complet silence : point d'applaudissements audibles pour les écrivains ! –, des messages commençant par « Chère Georgine », ou « Madame », ou « Très chère Madame Mallet »... Souvent aussi : « C'est la première fois que j'écris à un auteur, mais je tiens à vous dire... »

Quoi ? Qu'on a vécu la même chose qu'elle, souffert les mêmes maux, subi les mêmes épreuves – spécifiquement féminines –, et qu'on la remercie de l'avoir mis en mots. C'est une délivrance, comme l'exprime si bien le langage commun – ah, vive tout ce qui est « commun », c'est ce qui nous relie tous ! – : « Enfin, c'est dit... »

Dit pour les autres, dit pour elle.

Dans *Les Feuilles d'automne*, son titre emprunté à Hugo, Georgine a relaté ce que cela représente, pour une femme, de voir passer l'amour comme un train à grande vitesse sans pouvoir vraiment monter dedans...

Car c'est ce qui s'est passé pour Magli, son héroïne : elle a fini par rencontrer Quentin, l'ombre croisée sur le palier de l'analyste, Nick Raffeuille, pour avoir une relation amoureuse avec lui, mais c'était effectivement une ombre.

Plus jeune qu'elle, pourtant marié – avec deux enfants en bas âge. Tous liens qu'il s'est bien gardé de lui avouer au départ de leur liaison, et qu'elle a fini par découvrir, mais pas toute seule !

Sortant soudain de son silence déontologique, Raffeuille lui a dit :

– Je ne peux pas tolérer de vous voir vous enfoncer dans ce qui est un abus de confiance, qui a commencé chez moi ! Cet homme que vous croyez aimer est marié...

– Marié ? Merci de prendre la peine de me le révéler... Toutefois, docteur, sachez que je l'aime et que cela ne changera rien ! Il divorcera, je l'épouserai, il est à moi ; je le sais, je le sens... Au revoir, monsieur !

Magli s'est extirpée du divan, est partie cette fois sans payer, pour ne jamais revenir chez son thérapeute. Lequel lui a pourtant rendu un grand service : car Quentin, pressé de questions, a fini par avouer, reconnaître qu'il n'était pas libre, contrairement à ce qu'il lui avait fait croire, et enfin déclarer qu'il ne quitterait jamais sa femme-enfant, ni leurs deux petits, ni même, tenez-vous bien, son analyste !

Il a du travail sur lui-même à faire. Il est en plein dedans. Magli aura été comme une étape sur son chemin. Un – comment dit-on, déjà ? Un « objet transitionnel »... N'est-ce pas ainsi qu'en psychologie on appelle la peluche qu'un tout-petit, voire même un plus grand, serre continuellement dans ses bras jusqu'à ce qu'il ait fait ses premiers pas dans le monde réel ?

Magli a été sa peluche en attendant son entrée dans l'âge adulte... Il va pouvoir y parvenir. Au revoir, Magli !

Georgine Mallet aurait pu titrer son roman *Au revoir, Magli*, comme Louis Malle a intitulé son terrible et beau film sur les petits déportés juifs : *Au revoir les enfants*. Elle a préféré *Les Feuilles d'automne*, car Magli, son héroïne abandonnée, s'est sentie vieillir d'un seul coup.

Comme elle-même, Georgine, après le départ précipité, hors de sa vie, de Nicolas Charpentier.

Plus tard...

– Pourquoi tu me crois pas ? Par le bout du nez, je le mène, comme si j'y avais passé un anneau... D'ailleurs je l'attends, il arrive d'une minute à l'autre... Et je vais lui tenir la dragée haute, crois-moi, jusqu'à ce qu'il demande qu'on vive ensemble... Quoi ? Qu'est-ce que tu dis ?... Mais non, je n'y vais pas trop fort, je sais quand je tiens un homme, quand même, je commence à avoir de l'expérience... La preuve, il est là !... Et puisque Nicolas m'est revenu, c'est bien qu'il ne m'avait jamais lâchée... Tu es d'accord ? Écoute, Nicole, arrête de vouloir me faire peur ! J'ai raison, et tu verras : c'est lui qui me passera bientôt l'anneau... Mais non, pas au nez, au doigt !... Attends, c'est lui qui sonne, je raccroche. À plus, bébé !

Corinne repose le récepteur sur son socle, et, pieds nus, dans une robe de jersey de coton gris qui la moule, rien en dessous, se précipite pour ouvrir la porte d'entrée de son petit deux-pièces.

– Salut, mon loup ! dit-elle à Nicolas qui se présente avec, dans les bras, deux de ces gros sacs en papier kraft qu'on vous donne, comme en Amérique, dans certains magasins d'alimentation.

– Tu vas bien, ce soir, ma jolie ? Mais tu es mince comme un fil ! Tu as besoin de manger : ça tombe bien, j'apporte ce qu'il faut...

– On sort pas ? Regarde, je suis prête : j'ai que mes souliers à chausser !

– Non, pas ce soir, j'ai besoin de me reposer. J'ai un gros coup de feu, demain, mais, en guise de compensation, il y a du champagne, et du tarama, et du caviar rouge, et des blinis, et du saumon fumé... Je suis passé au Drugstore...

– Tout ce que j'aime, merci, mon Nini ! Et moi qui n'ai rien à t'offrir... sauf moi ! dit-elle en se suspendant à son cou.

– Tout ce que j'aime !

Il ne lui a pas toujours dit ça, loin de là. Mais Corinne, qui se veut maligne, est bien décidée à ne pas faire état du passé et de la façon dont il l'avait envoyée balader, il n'y a pas si longtemps. Ni à faire allusion – bien qu'elle en meure d'envie – à la liaison, incongrue à ses yeux, de Nicolas avec Léonore Duval. En vrai, elle aimerait qu'il lui en parle le premier, pour finir par conclure : « Tu sais, elle ne te vaut pas, personne ne te vaut, ma chérie. Non seulement tu es jeune et jolie, mais je sais que tu as un formidable talent qui va rapidement éclater aux yeux de tous ! »

Peut-être faut-il qu'elle attende encore un peu ? Que son amant prodigue – comme le fils dans la Bible – soit tout à fait remis de ses émotions ? Faut-il dire de sa rupture ?

– À tes amours ! dit-elle en plongeant ses lèvres dans le liquide frais à souhait, bulleux, divin.

– Mes amours sont les tiennes ! répond galamment Nicolas en buvant son verre d'un trait.

Sa journée a été rude. Il a besoin de délassement, la petite est parfaite pour cela : elle jacasse, lui raconte des anecdotes sur le milieu du cinéma, les acteurs, les réalisateurs, les bons et mauvais coups que se font les uns et les autres… C'est piquant – elle ne manque pas de vivacité, sinon d'esprit. Et, la nuit avançant, le champagne baissant dans les bouteilles – il en a pris deux –, il n'a aucune peine à l'entraîner sous les draps de coton blanc – « Plus tard, j'aurai du satin ! » – où il suffit de pas grand-chose pour qu'elle soit satisfaite et qu'il ait gagné le droit de dormir.

L'idéal ! Si l'on veut… Plutôt le nécessaire pour que passe le temps avant qu'il ne soit en mesure d'aimer à nouveau…

Car il l'aimait et l'aime encore, sa couturière, sa sorcière bien-aimée, sa princesse lointaine, si géniale et si seule dans sa tour… Quelle bêtise ! Quel inexcusable faux pas il a commis !

Le fond des choses, la cause de son erreur, c'est qu'il n'osait s'avouer qu'il pouvait aimer une femme tellement plus âgée que lui, tellement « arrivée » par rapport à lui – cela devait le vexer, quelque part, de n'en être encore qu'à ses débuts alors qu'elle régnait, vivait son apogée de créatrice – et il a voulu se prouver qu'il n'était pas dans sa dépendance. Ni son chauffeur, ni son valet, ni son gigolo... Et, pour cela, qu'il pouvait plaire ailleurs, à une femme de même envergure, qu'en somme ce n'était pas Léonore qui l'avait élu, mais lui qui l'avait choisie. Que c'était elle qui était « à sa main ».

Mais pourquoi diable avoir jeté son dévolu sur Georgine ? Déjà parce qu'elle lui rappelait Léonore, qu'elle était son double, en quelque sorte (mais de cela, sur-le-champ, il n'en a pas eu conscience). Aussi parce qu'elle lui plaisait – si c'était elle qu'il avait rencontrée la première, il en serait sans doute tombé tout aussi amoureux. Et, puisque la dame écrivain était sensible à lui, pourquoi ne pas chercher à l'avoir ?

Oh, pour ça, il l'a eue, plus qu'il ne le souhaitait, d'ailleurs, puisqu'elle l'a relancé !

Et c'est là que tout s'est compliqué jusqu'à foirer – comment ne s'est-il pas aperçu qu'un fax était arrivé et qu'il l'avait glissé dans les croquis de Léonore en les rassemblant pour les lui retourner ? Qui avait sorti les feuillets de la machine ? La dessinatrice, puisqu'il n'a pas de secrétaire ? Ou alors cette Fanny Rancenne, croyant bien faire ? Sans le prévenir qu'un message était arrivé à son intention ?

Le soir même, le fax fonctionnait de nouveau et, cette fois, Nicolas était présent : sa surprise lorsqu'il voit l'en-tête de Georgine ! Un léger malaise, aussi, car, dès les premières lignes, lues à l'envers, il comprend qu'elle veut encore de lui... Alors que, de son côté, c'est fini : il a fait son choix, sondé son cœur – c'est Léonore.

La bombe est sur le troisième feuillet, après la signature de la Mallet. Deux lignes au napalm de la main de Léonore :

Bravo pour votre conquête... Je vous laisse à elle !

Elle avait d'abord écrit « Je vous abandonne », puis barré – assez furieusement, comme tout ce qu'elle fait – pour une formule plus dédaigneuse : « Je vous laisse... »

Or, elle avait raison dans son premier jet : c'est bien « abandonné » qu'il s'est senti. Rejeté, même. En train de glisser vers le néant. Pire : la médiocrité. Corinne, en somme.

Il va lui falloir beaucoup travailler, travailler encore et encore, comme Léonore le fait elle-même, et Georgine de son côté, pour en sortir un jour et les rejoindre.

Mais trop tard, elles seront vieilles.

Pourvu qu'il rencontre une femme de mérite avant, lui aussi, d'en finir !

Une chose est certaine : celle-là, il saura la reconnaître et la garder.

– Demain, je me lèverai tôt ; je ne te réveillerai pas...

Cette petite-là, il vaudrait mieux qu'il la quitte avant de lui avoir fait du mal en décevant ses espérances, comme on disait au Grand Siècle, car Nicolas devine bien qu'elle en a et qu'elles sont démesurées.

Si vraiment il a besoin de compagnie pour meubler ses soirées d'après-boulot, il n'a qu'à se prendre un chien. Ou un chat.

Ces vivantes incarnations de ce qu'il n'a pas su donner : la fidélité.

Plus tard encore...

– Tu te sens vieille, toi ?
– Non... Et toi ?
– Moi non plus.
– Alors, pourquoi les autres pensent-ils qu'on l'est ?
– Justement parce qu'on ne l'est pas assez à leur goût, et qu'ils sont jaloux...

Les deux femmes de rire.

Elles sont attablées au Flore, ce qu'elles n'avaient pas été, du moins ensemble, depuis longtemps. Sous la table, Léonore s'est extirpée de ses chaussures – ses « cothurnes », dit-elle – en cuir découpé vert et or, aux talons plates-formes, et elle frotte ses pieds nus l'un contre l'autre comme on fait de ses mains. « Cela redonne de l'énergie », lui enseigne Valerie, son professeur de *fung-sen*, cette pratique chinoise proche du *tai-chi*, qui vous apprend à capter à votre profit les ondes venues du Cosmos.

Des gestes qu'elle faisait d'instinct avant même d'avoir rencontré Valerie. Lorsqu'on crée, on est forcément en relation avec l'invisible – un procédé, une méthode, un « truc » qu'on ne vous enseigne pas, du moins dans nos civilisations qui se cantonnent à l'apprentissage des sciences positives, et que certains êtres, plus affûtés que d'autres, découvrent par eux-mêmes...

Ils entendent des « voix », comme ces sorcières d'autrefois qu'on a tantôt brûlées, tantôt béatifiées.

Léonore et Georgine sont à la fois l'un et l'autre : lapidées ou adorées selon les moments, les individus, les courants si changeants de l'opinion.

Georgine, elle, joue à ôter et remettre ses nombreuses bagues – *Elle avait des bagues à chaque doigt...* – en attendant qu'on leur serve leur salade composée : magret, laitue, tomates, tranches d'orange, olives noires, etc. L'écrivain a l'habitude de retirer ses anneaux pour taper sur le clavier de son ordinateur – non que leur poids la gêne, mais parce que les bagues aussi, qu'elles soient d'or, d'argent ou de platine, dégagent des ondes qui la coupent de celles qu'elle entend capter – comme si son corps entier lui tenait lieu d'antenne pour son écriture.

Manies pour les uns, secrets de fabrication pour les autres. Tous en ont, comme en avaient ceux dont les œuvres nous éblouissent depuis des siècles. Mais, hormis leurs très proches qui ont pu s'apercevoir de certaines singularités puis les ont oubliées, nul ne les a remarquées, encore moins notées...

Ce n'est d'ailleurs qu'assez récemment qu'on s'est intéressé au radar des chauves-souris, au sens de l'orientation des oiseaux migrateurs, au langage des dauphins, pour ne parler que de phénomènes naturels frappants, jadis mystérieux, désormais élucidés. Mais il n'est toujours pas question d'étudier, sauf pour s'en gausser, ce qui distingue les artistes des gens plus ordinaires : certain sixième sens qui pourrait expliquer qu'ils sont si intuitifs, ou si prolifiques, ou si créatifs, et en même temps si malheureux lorsqu'ils ne peuvent vivre à leur manière.

Et qui se retrouvent coupés des autres, parfois jusqu'à l'enfermement et l'asile, quand ils refusent de se laisser couper d'eux-mêmes par le conformisme ou la bêtise ambiante.

Mis à l'écart par le gros du troupeau, quand ils ne le rejettent pas eux-mêmes.

C'est Georgine qui, un matin, a téléphoné la première à Léonore, à leur heure d'appel habituelle :

– Tu me manques...

Silence au bout du fil. Mais on ne raccroche pas.

Alors Georgine poursuit d'une voix posée :

– Tu crois vraiment...

Là, on réagit :

– Quoi ?

– ... que nous sommes brouillées ? Moi, je ne le crois pas...

– Moi non plus !

– Je suis contente que tu ressentes la même chose que moi... Personne ne m'est aussi proche que toi. Les autres ne comprennent pas... ou n'entendent pas...

– Je sais, Georgine, mais j'ai eu mal. Très mal.

– Je te demande pardon... Je pourrais me chercher des excuses, j'en trouverais quelques-unes, mais je n'en ai pas envie : j'ai eu tort. Point com !

– Tu parles l'internet, maintenant ?

– Ça m'arrive... Veux-tu qu'on déjeune ? Je te ferai une démonstration.

– Demain au Flore ; je vais retenir notre table...

Leur dialogue a repris comme s'il ne s'était jamais interrompu, Léonore commençant par se plaindre de son équipe, et Georgine de certains retards observés chez son éditeur. Tous ceux qui ont fréquenté des couturiers ou des écrivains, des peintres, des sculpteurs, des musiciens, savent qu'ils entament invariablement une conversation en maugréant à propos des grumeaux dans le potage... (Chanel était la plus terrible pour l'esquintage de son entourage, préambule obligé à toute visite ; Céline, pas mal non plus dans le genre...). Puis on descend dans les profondeurs, on en arrive à l'essentiel, à ce qui gît au cœur de ces êtres aux ailes trop vastement déployées pour qu'ils ne soient pas maladroits et blessés dans la vie ordinaire.

D'où leur solitude.

D'où leurs perpétuels rebondissements, aussi, ces sauts quantiques qui achèvent d'agacer ceux qui n'en connaissent pas.

– Georgine, il faut que je te fasse un aveu...

– Vas-y.

– Tu ne l'as pas fait exprès, mais tu m'as rendu service, avec Nicolas Charpentier.

Ce nom n'a pas été prononcé jusque-là et Georgine se raidit ; les deux femmes sont sur le fil du rasoir, tout peut les séparer à nouveau...

– Que veux-tu dire ?

– Il était trop jeune pour moi...

– Tu viens de me dire que tu ne te sens pas vieille !

– Mais lui me jugeait telle... Je le devinais à d'infimes détails... Une façon de chercher à m'épargner certains gestes, à me ménager physiquement, si tu vois ce que je veux dire, qui excédait la politesse...

– Il est vrai qu'il a fait de même avec moi dans le peu de temps que je l'ai vu, mais j'ai pensé que c'était pure courtoisie...

– Envers l'autre génération, oui, et pour bien marquer la différence ! Vingt ans, c'est une génération !

– Mais il y a des hommes qui ont deux générations d'écart avec leur dernière minette : cela ne les empêche pas de les épouser !

– Reste qu'ils les traitent comme si elles étaient leurs filles ou leurs petites-filles : cadeau sur cadeau – *My dad is so good for me* –, et même de leur dénicher un petit copain pour les emmener danser... J'aurais été incapable d'offrir une petite à Nicolas : un de mes mannequins, par exemple, servie dénudée sur un podium... D'ailleurs, il le savait et faisait bien attention à ne pas reluquer les filles jeunes quand nous étions ensemble en public...

– Ça ne l'intéressait peut-être pas ?

– J'ai des yeux dans le dos, tu le sais bien ! Je sais aussi utiliser les glaces, c'est mon métier... Non, il attendait que je ne le voie pas – à ce qu'il croyait – pour se rincer l'œil avec une jeunesse... Comme on boit un bon coup d'eau glacée au cours d'une marche dans le désert...

– Tu n'étais pas le désert aux yeux de cet homme ; une source merveilleuse, au contraire. Il t'adorait, il me l'a dit...

– Et, une fois bien abreuvé, il aurait soudain décidé qu'il avait besoin de faire des enfants ! Quand j'aurais été encore plus attachée à lui...

– Ça, c'est bien possible ! Dis donc, comment a marché ta collection ?

– Du tonnerre ! Jusqu'au Japon et même sur la Cinquième Avenue où c'est si dur... Et toi, il paraît que ton roman est en tête des listes ?

– L'éditeur l'a déjà réimprimé trois fois ! Qu'est-ce qu'on deviendra quand ça ne marchera plus, nos affaires ? C'est qu'on est des saisonnières, soumises à tous les aléas de la mode, moi autant que toi. Tu as déjà pensé à ça ?

— Eh bien, on se retirera : tu as une maison à Noirmoutier, moi en Corrèze. On ira planter nos légumes, élever nos poules, nos chiens, nos chats...

— J'ai une meilleure idée. Tu te mettras enfin à écrire, tu feras un livre de mémoires sur les grands de ce monde ; tu en as côtoyé suffisamment, tu connais tous leurs ragots, le dessous des cartes...

— Ça, quand on est couturière, on a droit aux dessous, c'est vrai ! Et il y en a de toutes les couleurs, pour rester polie...

— Et moi, je ferai des robes pour habiller les dames du coin : les agricultrices, les commerçantes au détail... J'ai plein d'idées ! Tu me donnera au besoin un coup de main...

— Ça nous suffira pour subsister, sûr !

— Non.

— Comment ça, non ?

— Ça sera mieux ! On redeviendra riches ! Quand on a du talent, on ne peut pas s'empêcher de s'en servir, ça se remarque, ça fait du fric, et tout sera à recommencer !

Toutes deux grignotent tout en causant.

— Mâche ! intime Léonore à Georgine. Mon médecin vient de me dire que c'est essentiel, pour bien digérer ; il y a dans la salive des trucs qui ne se trouvent pas dans l'estomac...

— Alors, on n'a pas dû mâcher assez Nicolas ! Il nous est resté sur l'estomac...

À nouveau de rire ! Leur gaieté ne vient pas de ce qu'elles ne sont pas vieilles, mais de ce qu'elles sont restées des gamines. Reliées éternellement à leur enfance, comme tous les vrais créateurs.

Georgine juge l'atmosphère propice – suffisamment réchauffée, en tout cas, bien qu'elles n'aient bu que de l'eau glacée – pour poser la question qui la travaille :

— Comment s'est passée votre rupture ?

— Le plus simplement du monde.

— Tu lui as dit : « Va-t'en » ?

— Je lui ai dit, ou plutôt faxé : « Je te laisse... »

— Cela a suffi ? Il n'a pas protesté ?

— Non, parce que je le lui ai écrit au bas d'une lettre.

— Dans laquelle tu lui disais quoi ?

— Moi, je ne disais rien, c'était toi... C'était « ta » lettre !

Silence stupéfié.

— Ne fais pas cette tête, Georgine ! Sais-tu que tu écris très bien ? Elle était belle et même marrante, ta missive !... Tiens, ça m'a même donné une idée pour toi : tu devrais te mettre au roman épistolaire...

— Léonore, comment peux-tu prendre les choses avec autant de détachement et d'humour ? En fait, c'est tout toi : tu es comme ça, géniale, et c'est parce que tu l'es, dans toutes

tes réactions, pas seulement dans ta création, que je t'aime. Bon, je t'aime, c'est tout. N'en parlons plus !

– Moi aussi, je t'aime... Qu'est-ce que tu sais bien draper, tailler, rabouter et coudre le langage, lui faire dire autre chose que ce qu'il prétend énoncer ! J'aurais aimé être écrivain et faire des livres, moi aussi, au lieu de chiffonner...

– Quelle idée ! Il y a beaucoup moins de grands couturiers que de bons écrivains ! C'est plus rare, plus singulier, peut-être même plus précieux pour civiliser ses contemporains... Tiens, réfléchis : qu'est-ce qui reste d'un siècle ? Les œuvres d'art, certes, mais aussi et avant tout la mode ! Dès qu'on te parle d'une époque, tu en vois d'abord les habits... Les fraises de ces messieurs de la Renaissance, les vertugadins des marquises Louis XV, les chapeaux du temps de Marie-Antoinette, les robes nouées sous le sein de Mme Récamier, les crinolines d'Eugénie de Montijo, les garçonnes des années vingt, l'après-guerre à la Dior... Et toi, ta mode, ta ligne, c'est ce qui restera du franchissement à grande enjambée de ces deux siècles... C'est-y pas mieux que tout, ça : faire la « peau » à son temps ? L'empaqueter en quelque sorte à destination du futur...

– Ouais. En attendant, pour ma prochaine collection, j'ai pas d'idées...

– Fais-nous des robes-rupture, des robes-départ...

– Et des robes-rencontre... ? Tu crois que je vais me trouver un nouvel amoureux ?

– Tu as vu le jeune homme assis en face de nous : il ne te quitte pas des yeux...

– Tu veux dire que c'est toi qu'il regarde...

– Non, c'est toi qu'il vise ! Tu as ôté tes lunettes... Remets-les, tu verras !

– Pas question ! Pour qu'il me croie la vue courte !

En fait, ce que perçoit Antoine, étudiant aux Beaux-Arts, face à ces deux femmes effectivement sans âge, c'est leur bonheur d'exister, et il est tangible. Elles paraissent si vivantes, si prêtes à tout... Leurs visages lui disent quelque chose, mais qui elles sont exactement, il l'ignore et s'en fiche ; il sait seulement qu'il aimerait les connaître... Mais pas l'une sans l'autre : toutes les deux ensemble, pour partager leur fou rire, car elles en ont un, maintenant !

– Non, tu veux dire qu'en ce moment, elle se paie une dépression ? a soufflé Georgine, étonnée. Mais pourquoi ça, tu l'as renvoyée ?

– Pas eu besoin, elle est partie d'elle-même... Après m'avoir avoué qu'elle m'avait délibérément fourré ton fax sous le nez – ce fax qu'elle avait dérobé, soi-disant pour me rendre service, afin que j'apprenne à me méfier de ma meilleure amie... c'est-à-dire de toi ! Tu te rends compte : l'idiote, elle n'avait rien compris !... Une assistante qui ne comprend rien à votre manière de fonctionner n'est qu'une infirme : inutilisable !

– Si elle nous voyait en ce moment, assises côte à côte, en train de faire de l'œil à un grand jeune homme blond, timide autant qu'il est baraqué, qui ne nous quitte pas des yeux et nous, on...

– Je te préviens, l'interrompt Léonore, que si on se prend celui-là, ce sera toutes les deux ensemble : on ne lui laissera pas la possibilité de choisir, on le préviendra qu'on est un lot, et pas parce qu'on est en solde, c'est le contraire : plus on vieillit, plus on devient rares et plus les prix montent...

– Il va penser qu'on est folles !

– Mais on l'est, folles ! Et, du coup, drôlement en vue...

– Lorgnées, même !

Elles se mettent en mouvement pour partir en même temps, et passent, l'une suivant l'autre, devant la table où Antoine, fauché, se contente de boire un café. Georgine balaie négligemment le plateau en bois de la frange de son châle, et Léonore, derrière elle, tapote le guéridon de ses longs ongles vernissés, comme si elle émettait un message en morse. Quelque chose comme un « Suivez-moi, jeune homme... »

À déchiffrer. Aujourd'hui, demain, toujours...

Antoine va-t-il se lever ?

DU MÊME AUTEUR

Un été sans histoire, roman, Mercure de France, 1973 ; Folio, 958.
Je m'amuse et je t'aime, roman, Gallimard, 1976.
Grands Cris dans la nuit du couple, roman, Gallimard, 1976 ; Folio, 1359.
La Jalousie, essai, Fayard, 1977 ; rééd., 1994.
Une femme en exil, récit, Grasset, 1979.
Un homme infidèle, roman, Grasset, 1980 ; Le Livre de Poche, 5773.
Divine Passion, poésie, Grasset, 1981.
Envoyez la petite musique..., essai, Grasset, 1984 ; Le Livre de Poche, Biblio/essais, 4079.
Un flingue sous les roses, théâtre, Gallimard, 1985.
La Maison de Jade, roman, Grasset, 1986 ; Le Livre de Poche, 6441.
Adieu l'amour, roman, Fayard, 1987 ; Le Livre de Poche, 6523.
Une saison de feuilles, roman, Fayard, 1988 ; Le Livre de Poche, 6792.
Douleur d'Août, Grasset, 1988 ; Le Livre de Poche, 6792.
Quelques pas sur la terre, théâtre, Gallimard, 1989.
La Chair de la robe, essai, Fayard, 1989 ; Le Livre de Poche, 6901.
Si aimée, si seule, roman, Fayard, 1990 ; Le Livre de Poche, 6999.
Le Retour du bonheur, essai, Fayard, 1990 ; Le Livre de Poche, 4353
L'Ami chien, récit, Acropole, 1990 ; Le Livre de Poche, 14913.
On attend les enfants, roman, Fayard, 1991 ; Le Livre de Poche, 9746.
Mère et Filles, roman, Fayard, 1992 ; Le Livre de Poche, 9760.
La Femme abandonnée, roman, Fayard, 1992 ; Le Livre de Poche, 3767.
Suzanne et la province, roman, Fayard, 1993 ; Le Livre de Poche, 13624.

Oser écrire, essai, Fayard, 1993.
L'Inondation, récit, Fixot, 1994 ; Le Livre de Poche, 14061.
Ce que m'a appris Françoise Dolto, Fayard, 1994 ; Le Livre de Poche, 14381.
L'Inventaire, roman, Fayard, 1994 ; Le Livre de Poche, 4008.
Une femme heureuse, roman, Fayard, 1995 ; Le Livre de Poche, 4021.
Une soudaine solitude, essai, Fayard, 1995 ; Le Livre de Poche, 14151.
Le Foulard bleu, roman, Fayard, 1996 ; Le Livre de Poche, 14260.
Paroles d'amoureuse, poésie, Fayard, 1996.
Reviens, Simone, suspense, Stock, 1996 ; Le Livre de Poche, 14464.
La Femme en moi, essai, Fayard, 1996 ; Le Livre de Poche, 14507.
Les Amoureux, roman, Fayard, 1997 ; Le Livre de Poche, 14588.
Les Amis sont de passage, essai, Fayard, 1997 ; Le Livre de Poche, 14751.
Un bouquet de violettes, suspense, Stock, 1997 ; Le Livre de Poche, 14563.
La Maîtresse de mon mari, roman, Fayard, 1997 ; Le Livre de Poche, 14733.
Un été sans toi, récit, Fayard, 1997 ; Le Livre de Poche, 14670.
Ils l'ont tuée, récit, Stock, 1997 ; Le Livre de Poche, 14488.
Meurtre en thalasso, suspense, Stock, 1998 ; Le Livre de Poche, 14966.
Défense d'aimer, Fayard, 1998 ; Le Livre de Poche, 14814
Les Plus Belles Lettres d'amour, Albin Michel, 1998.
Théâtre I, En scène pour l'entracte, Fayard, 1998.
Théâtre II, Combien de femmes pour faire un homme ?, Fayard, 1998.
La Mieux Aimée, roman, Fayard, 1998 ; Le Livre de Poche, 14961.
Cet homme est marié, roman, Fayard, 1998 ; Le Livre de Poche, 14870.

Si je vous dis le mot passion..., entretiens, Fayard, 1999.
Trous de mémoire, essai, Fayard, 1999.
L'Indivision, roman, Fayard, 1999.
L'Embellisseur, roman, Fayard, 1999.
Jeu de femme, roman, Fayard, 2000.
Divine Passion, poésie, Fayard, 2000.
Dans la tempête, roman, Fayard, 2000.
Nos jours heureux, roman, Fayard, 2000.
La maison, récit, Fayard, 2001.
La Femme sans, roman, Fayard, 2001.
Les Chiffons du rêve, nouvelles, Fayard, 2001.

Si vous voulez me retrouver et m'envoyer des messages, vous pouvez consulter mon site :

www.madeleine-chapsal.com

Impression réalisée sur CAMERON par
BRODARD ET TAUPIN
La Flèche

pour le compte des Éditions Fayard
en septembre 2001

Imprimé en France
Dépôt légal : octobre 2001
N° d'édition : 16097 – N° d'impression : 9487
ISBN : 2-213-60863-6
35-33-1063-01/3